吃飯娘子大

上

風文創 1061

眠舟 著

目錄

序文

眠舟

一個美好的假期，我和朋友決定到一座陌生的城市旅遊。

熱愛美食的我早早就做了筆記，什麼網紅美食店、吃貨必打卡處，在小本子上標注得十分詳細，就盼著能大飽口福。

來到這座城市，我們玩得很開心，筆記裡的美食幾乎都品嚐到了。

只不過，這些美食餐廳似乎就是裝修得好了點、排隊的人多了點，食物並沒有讓我覺得很滿足。吃到嘴裡的感覺就像是在家門口吃了一頓很平常的飯菜，味道還可以，但沒有特色。朋友安慰我，至少我們玩得還不錯，但對於一個吃貨來講，這是一種遺憾。

可能老天不想讓我懷著失望的心情告別這座城市，就在我們要離開的前一天清晨，我漫步在人行道上，欣賞著一天的開始，看著匆匆忙忙的上班族……突然，我發現這些迎面而來的人們，手中都拿著同一種包裝的早餐。

這時我才豁然開朗，還有什麼是比本地人更好的宣傳呢？那些千辛萬苦找到的網紅餐廳，未必代表本地的特色。

我一邊迎著這些人往前走，一邊想著這家早餐店應該很大很熱鬧吧？畢竟和我擦肩而過的人都買了他家的早餐。走沒多久，卻是一間小小的、很不起眼的早餐店躍然眼前。

這家早餐店小到門口只能單人進出。不過大家似乎已經習慣了，都很有秩序地排隊買早餐，也很禮讓對方先出門。

我望著進進出出的人們恍惚了半晌，很難相信這樣一家小店竟然有這麼多客人。我懷著半分期待，進店試著點了兩種不同的早餐——一碗麵食，另一碗是米粉之類的湯食。

當我坐在屋中嚐到第一口麵時，腦袋裡猛然綻開一朵絢麗的煙花，砰的一下全是美麗的花火，滿腦子裡只有一個聲音：好好吃！

那頓早飯毫不誇張地說，我整個人吃得都要開心地起飛了，就像觸碰到了一個城市的靈魂。以至於回家後我還一直惦念著要再去一趟那個城市，再吃一次那家的早餐。

可惜的是，幾年後當我再次尋到那家早餐店，那裡早已換成了別的店鋪。

後來我才意識到，一個城市之所以會讓人念念不忘，不是因為它多麼繁華，不是因為它多麼熱鬧，而是因為它有讓人難以忘懷的獨特風格和事物。

與此同時，我也意識到，食物的美味不在於店面的大小，只要好吃，總會有越來越多的人光顧。

所以我拿起筆寫了《**吃飯娘子大**》這部小說，在那個世界裡描繪出一家美味、永不閉店的小小飯館。

故事的結局很完美，也衷心祝福大家的人生旅途不留遺憾，一路繁花似錦，笑語相伴。

第一章

辰時二刻，日頭漸上，一頂大紅喜轎停在白江村東頭的一個石砌小院前。

沒有新郎官，沒有嗩吶隊，整個迎親隊伍冷冷清清，寒磣得可憐。

隨轎的喜娘往地上撒了一把果子糖，說著吉慶話。「花轎到，賀新人紅梅多結子，日子蒸騰上，好事連不斷，喜事年年現！」

一路跟在轎子後湊熱鬧的孩童爭相搶著地上的喜果、喜糖。

轎子抬進院內，一名頭髮半白的老頭跟喜娘和抬轎人說了幾句感謝話，又給每人塞了個紅布包，然後端著木盤走到院門口，往地上撒了些銅錢，算是把新娘子娶進了家門。

撒在地上的銅錢並不多，但也有不少人爭相搶撿。

一個瘦高的婦人探著脖子往前瞅，撇嘴道：「狗蛋娘，這書生家好歹也是娶親，怎麼連張桌子都捨不得擺？」

「羅芳，他家的情況，妳又不是不知道？」旁邊的婦人掐了點糖疙瘩塞在孩子嘴裡。「聽說池書生快不行了，連床都下不了，也就再有個把月的事了。錢都看病花了，這能找個媳婦就不錯了，還哪有閒錢擺桌？」

這時，坐在轎子裡的夏魚渾身一顫，一把將頭上的紅蓋頭扯下，清秀的小臉上寫滿了驚慌。

她這是在哪兒？

今天早上，她像往常一樣按時去餐廳上班，誰知道一輛麵包車在拐彎時失控了，直直撞向她。等她再睜開眼時，就發現自己來到了這裡，還身披著紅色嫁衣。

突然，一段不屬於她的記憶湧進腦海中，驚得夏魚半天合不上嘴。

原來她穿越了，還穿到了一個沒有記載的朝代。

原主的身世很悲慘。父母雙亡，她和弟弟被幾個叔嬸輪流收養。本到了該說親的年紀，別家一聽她沒父沒母，還拖著一個七歲的弟弟，都避而遠之。

眼下已過了說親的最佳年紀，成了一個老姑娘，親戚家更不樂意多一張嘴吃飯，就把她賤賣給隔壁村的病癆子書生沖喜，還附送一個拖油瓶的弟弟。

原主因為這事心氣鬱結吃不下飯，就在今早暈死了過去，沒想到人都這樣了，還是被幾個嬸子塞進了轎子裡。

夏魚一時間氣得肝疼，哪有這樣害自己親姪女和姪子的親戚，嫁個活不了幾天的人，這不是逼著讓原主年紀輕輕就成寡婦嗎？在這個時代，一個十七、十八歲的寡婦還帶個半大的弟弟，可不是那麼容易生存的。

轎子裡半天沒有動靜，喜娘便在轎子外催促道：「新娘子，下轎了。」

夏魚猶豫一番，攥著紅蓋頭掀開簾布走出喜轎。

想再穿越回去多半是不可能了，上天既然給了她一次重生的機會，那她就要好好活著，還要活得精彩。

至於這個病癆子相公，反正兩人沒感情，如果他命不好，沒熬過去，那她也不怕守寡，一個人生活豈不是樂得自在；若是他命大，病好了起來，那時再跟他商量和離的事，到時候也不至於被人戳脊梁骨說她無情無義拋棄病夫。

剛出轎子，喜娘「哎喲」一聲，急忙搶過她手中的蓋頭給她蓋好。「祖宗喲，這蓋頭可不是現在取下來的，阿彌陀佛！」

在喜娘的攙扶下，夏魚蒙著蓋頭，跟著她進了屋子。

一進屋門，一股難聞的藥味撲面而來。

喜娘掩了掩鼻，忍住沒表現出嫌棄的樣子，將夏魚送到床邊，擠著笑道：「新人入房，好事成雙。姑爺，挑蓋頭吧。」

池溫文無力地倚靠在床邊，面容慘白消瘦，寬大的喜服鬆垮垮的掛在身子上。他重重咳嗽了兩聲，拿起身邊的小秤桿將蓋頭挑起。

喜娘長吁了一口氣，總算結束了。最後她連吉慶話都沒說，像躲瘟神一樣匆匆出了房間。

蓋頭掀起後，夏魚打量了一眼這間破舊的屋子。

進門是一張圓桌，桌上象徵性地擺了幾塊喜餅和幾根紅燭，簡陋無比。

屋子東邊靠牆擺放著一張書桌，桌上擺著些紙筆；西邊的一角放置了一張床，三屋連在一起，中間連個隔擋都沒有。

坐在床邊的池溫文面色慘澹如紙，薄唇無色，眉眼間看不出是喜是悲。

他望著正東瞅西看的夏魚，皺了皺眉，只覺得這姑娘也太不矜持了，大婚當天見到陌生男人連個嬌羞的模樣都沒有，就這麼大剌剌地四處張望。

夏魚見池溫文正注視著自己良久不說話，她也不好意思先開口了，一時間，屋裡安靜得掉一根針都聽得見。

她心裡犯起了嘀咕。這人怎麼這樣啊？臉上沒一點喜色，就跟今天成婚的不是他一樣。

這時，方才那位頭髮半白的老頭端著兩碗清湯麵走進來，他把碗放在桌上，對著夏魚客氣道：「少夫人，委屈妳了，今天的喜事一切從簡，希望妳別介意。忙碌了一早，先吃口麵墊墊肚子吧。」

少夫人？夏魚望向池溫文的目光帶著幾分探究，這個稱呼可不是一般村戶人家用得著的。而且，這個老頭竟然不是池溫文的父親。

「你們不是本鄉人？」夏魚問道。

池溫文劇烈咳嗽了一陣，道：「王伯，你說吧。」

這件事村裡的人都知道，只要夏魚稍微一打聽就明瞭，所以也沒必要瞞著她。

王伯幫池溫文褪去大紅色的外衣，邊扶他躺下，邊解釋。「我們少爺其實是東陽城池府的大少爺，因為命數跟家人相剋，八歲時就被送到村子裡賴養著，說是外鄉人也沒錯。」

王伯雖然沒再詳細解釋什麼，夏魚心裡也已經了然。

大門大戶家最是迷信這些事情，池溫文恐怕這輩子都回不去池府了。倒也可憐了他自幼沒有父母陪在身邊，如今生病了也沒個人關心。

池溫文躺下後，面色好了許多，王伯也稍稍放下心，招呼著夏魚一起坐下吃麵。「我的手藝不怎麼好，少夫人別嫌棄。」

看著那碗清湯麵，夏魚倒是一點也不懷疑王伯的話。她拿起筷子吃了一口麵條，寡淡無味，就是普通的清水加點鹽巴，連點油花都沒有，而且麵條也煮得失了韌性。

不過，夏魚早已餓得前胸貼後背，也顧不上好吃還是難吃，先墊了肚子再說。

「池……公子不吃嗎？」夏魚問道。

「少爺早上喝過稀粥了，別的東西他吃不下。現在一日就靠稀粥和藥湯子撐著了。」王伯心疼地回頭看了一眼，又提醒道：「對了，夫人，往後妳可不能再叫少爺為『公子』了，這不合規矩。」

夏魚點了點頭，笑道：「知道了，那我就叫池大哥。王伯，你也叫我阿魚吧，叫夫人我總覺得彆扭。」

王伯應了一聲，也沒多想，只當是村戶家小丫頭還不習慣。

吃完麵，夏魚正要收拾碗筷，王伯攔著她。「我來，妳去換身衣裳吧，把喜服弄髒了就可惜了。」

說完，王伯將兩個碗擺在一起，端著出了屋，還不忘把門關上。

夏魚一愣，這是讓她在池溫文面前換衣服？

她扭頭望向躺在床上的池溫文，只見他也正看著自己，一雙好看的桃花眼連眨都不眨一下。

夏魚一下紅了臉，指著他嬌怒道：「你不准看！」

池溫文本打算閉眼，但看到她氣急的模樣又覺得好笑，他輕飄飄扔出一句話。「我們成親了。」

夏魚瞪著又黑又亮的大眼睛，死死攥著自己的衣襟，氣鼓鼓道：「成親又怎麼樣，我們才第一天見面。」

池溫文突然劇烈地咳嗽著，也無心再與她說話，就面朝牆扭了過去，道：「換吧。」

夏魚糾結了一下，還是不放心，在床尾找了個死角才開始換衣裳。

「妳弟弟怎麼沒一起過來？」池溫文的聲音響起。

夏魚回憶了一番，低聲道：「家裡幾個叔嬸怕他鬧事，幾天前就把他鎖在了柴房裡。」

池溫文沈默半晌，道：「回頭跟王伯說一下，回門的時候就把人接來吧。」

「嗯。」夏魚回應了一聲。

他們兩人都能猜到，那些大人會怎麼對待一個不聽話的小孩。

她俐落地換完衣服，見池溫文一直沒回頭，才鬆了一口氣。

不過，她現在還發愁一件事，那就是晚上怎麼睡？

她走到床邊，輕輕推了推池溫文，一臉糾結道：「那個，晚上咱倆能不能分開睡？」

池溫文回身，細長的眼睛直勾勾盯著她。「我們成親了。」

夏魚被他盯得心裡發毛，立刻心虛地解釋道：「池大哥，我睡覺不老實，你現在病還沒好，我怕打擾到你休息。」

池溫文挑眉，用探究的目光打量她。不想同房就不同房，還真會找理由。

池溫文沒有戳破她，輕描淡寫道：「院裡就兩間屋子，外頭那間是王伯的。妳若不願睡床就自己打地鋪。」

夏魚心頭一喜，忙高興道：「我願意！」

池溫文瞥了她一眼沒再說話，強扭的瓜不甜，強迫的事沒意思。

住處的問題商量好，夏魚的心情一下放鬆了下來，對著池溫文是一口一個池大哥的叫。

她看著池溫文消瘦的臉頰，想著他肯定也一早沒吃東西，便問：「池大哥，你餓嗎？我去給你煮點稀粥。」

池溫文看著她殷勤的模樣，淡淡回道：「隨便。」

夏魚哼著小曲來到廚房，王伯正煨著中藥湯子，看見她來，立刻起身恭敬道：「阿魚，妳快進屋裡歇一會兒，廚房裡全是煙，不乾淨。」

在王伯心裡，夏魚嫁給池溫文就是主子，可不能幹這麼髒這麼累的活。

「沒事，王伯，我在家經常做飯。」夏魚笑道：「我想給池大哥煮點稀粥，家裡還有什麼糧食？」

「還有半缸小米和半袋高粱麵，白麵也有。」

「王伯，麻煩幫我取點小米，我給池大哥煮點小米粥。」生病的人還是喝小米粥最佳，既容易消化，營養又豐富。

在王伯的幫助下，夏魚成功把火燒了起來，之後就讓王伯歇著去了。

王伯走進主屋，對池溫文誇道：「這個女娃兒真好，長得靈動清秀，愛笑脾氣好，做事也俐落，招人喜歡。」

池溫文默默地閉上了雙眼，假裝自己睡著了。他可沒覺得夏魚招人喜歡，又是指著他鼻子讓他閉眼，又是跟他分床的，哪有尋常女子半分溫柔的模樣。

他能感到夏魚對他的排斥，不過他不介意，反正他們只是強湊在一起的，等到哪天找個合適的機會提和離，兩人一拍即散，各奔東西即可。

夏魚在廚房裡專心煮著小米粥。她先將一鍋水燒開，然後加入淘洗乾淨的小米，等再次開鍋後用文火慢慢熬煮。

小米粥雖然做起來簡單，但也是有講究的，熱水下鍋的小米煮成粥後，不僅顏色鮮亮好看，米湯也香濃軟糯，靜放一會兒還會出現一層厚厚的誘人的米油。

這層米油可是整鍋小米粥的精華了。

夏魚正在煮粥時，大門外有個婦人敲門喊道：「王大哥，你在家不？」

王伯從屋裡走出來，開門將婦人迎進院子。「桂枝妹子，快進來。」

「今兒個池先生娶親，我叫大壯給你們送點剛撈的小魚，還活著呢。」李桂枝說完，一腳跨進院子，還不忘回頭讓身後的黑壯少年把一竹簍的小魚搬進來。

竹簍裡的小魚最大也不過巴掌大小，個個活蹦亂跳，可新鮮了。

夏魚聽到動靜走出來，見了李桂枝甜甜一笑。「大娘好。」

李桂枝高興地應了一聲，拉著她的手驚訝道：「我的娘！這閨女水靈靈的，長得真標緻！」

夏魚害羞地低下了頭。「大娘過獎了。」

白大壯穿著灰色的褂子和短褲，哼哧哼哧地把一簍小魚放在廚房門口，他抹了一把臉頰上的汗水，突然鼻子一嗅，聞到一股濃郁誘人的小米香味。

「嫂子，妳這鍋裡做的啥？好香啊！」

白大壯摸了摸肚子，他一早起來就跑去河裡撈魚，忙了一上午早就餓了。

夏魚笑道：「我給池大哥煮了點小米粥，馬上就好，等會兒給你盛一碗嚐嚐。」

李桂枝知道池溫文的家裡沒什麼存貨，能喝上一碗米粥都是不容易的。她扯著白大壯的耳朵，罵道：「整天就惦記著吃，不幹一點正事。走，跟我回家劈柴去。」

白大壯疼得齜牙咧嘴。「疼疼疼，娘，妳鬆手，我不吃了，不吃了。」

李桂枝把他推出門外，笑道：「王大哥，我先回去了。」

王伯急忙掏出一個紅布包塞給李桂枝。「桂枝妹子，謝謝妳。我家這情況……擺不了喜桌，這紅包妳收著，圖個吉利。」

李桂枝推讓幾次後拗不過，只好把紅包收下了，臨走前，她還熱情的對著夏魚招呼道：「妮啊，有空上我家坐，我家就在這條道的最西頭。」

「好嘞，大娘。」夏魚脆聲應道。

「噯，這妮的聲音也好聽，就跟百靈鳥似的……」李桂枝的聲音漸漸遠去。

等李桂枝一走，王伯又將厚重的木門關上，插上門閂。

夏魚疑惑道：「王伯，怎麼大白天的也把大門關上啊？」

王伯擺了擺手，搬了個小凳坐在魚簍前。「村裡的閒人太多了，沒事總愛串門子，少爺養病宜靜，受不了吵鬧。」

「原來是這樣啊。」

粥還沒煮好，夏魚也搬了個小凳和王伯一起處理小魚。

她拎了拎半人高的竹簍，看了一眼裡面的小銀魚。「桂枝大娘真好，給咱送這麼多小魚。」

這樣的小魚雖然沒肉，刺還多，但炸著吃最香了。

王伯捏著小魚，漫不經心地跟夏魚聊起來。「桂枝家的大孫子白祥，以前跟著少爺讀書認字，少爺看他學得不錯，就讓他去鎮裡的學堂念書。白祥這個娃兒也爭氣，總被先生誇，所以桂枝一家特別感謝少爺給指了一條好路。」

夏魚一邊給魚開膛破肚，一邊又問道：「池大哥念過書，就沒想過考個功名什麼的嗎？」

「少爺被耽誤了。」王伯嘆了一口氣。「以前在池府時，少爺的功課總拿第一，後來被送到鄉下，功課就斷了。十歲那年，我給他找過先生繼續念書，但功課就不如從前那樣拔尖了。畢竟經歷了一場風浪，心緒難免不會被擾亂。」

提起這些往事，王伯的情緒也低落了幾分。夏魚的心裡也不免多了幾分感慨，真是可惜了。

估摸著小米粥差不多煮好了，夏魚起身盛了一碗，準備讓王伯給池溫文端進去。

但是轉念一想，還是算了，不能什麼事都讓老人家去做，她如今已經嫁給池溫文，這些小事就不該讓王伯再操心了。

她看了一眼摸過魚的手，心想病人肯定聞不得魚腥味，如果因為這魚腥味池溫文吃不下，那她在灶火前熱死熱活地煮這一大鍋粥，豈不是白忙活了？

於是她用生薑仔細擦拭著指尖，又摘了些院裡種著的香葉在手心裡反覆揉搓，直到腥味幾乎消散。

王伯看在眼裡記在心裡，本以為像少爺這樣身體不好的人，姑娘家嫁過來肯定萬般不樂意，這日子得過且過罷了。沒想到夏魚竟是個貼心的人，王伯懸著的一顆心也漸漸放了下來。

「王伯，小魚收拾好放著就行了，一會兒我來做。」夏魚說完，端著一碗晾得差不多的小米粥走進了屋子。

池溫文看到她進來，勉強撐著身子坐起來。「王伯呢？」

夏魚用腳尖勾了張凳子拖到床邊，笑咪咪地坐下。「王伯正在洗小魚呢，還是我來吧。」

池溫文抬了抬下巴，示意她把小米粥給自己。他雖然沒食慾，但聞味道還挺香的。

夏魚暗暗撇了撇嘴，把碗遞過去，在心裡哼道：你不樂意，我還不願意餵你呢。

池溫文舀了一勺黃澄澄的小米粥，入口軟糯香滑，回味帶著甘甜，小米粒煮得開了花，入口即化，米香在唇齒間留香，讓人忍不住還想再喝上一口。

池溫文不禁懷疑，他之前喝的真的是小米粥嗎？

往日王伯煮的小米粥都像清水一般，喝起來沒什麼味道，米粒咬起來也有些硬，往下嚥著都覺得澀嗓子，和夏魚煮的完全不一樣。

半碗粥下肚，池溫文覺得胃裡暖暖的，這是他生病以來第一次吃下這麼多東西。

等他喝完一碗粥，夏魚笑咪咪問道：「好吃嗎？」

池溫文斜了她一眼，惜字如金。「還行。」

「只有還行？那你還把粥喝光了？」夏魚對於這個評價很不滿意。

池溫文側過頭，抿唇硬嘴道：「平時我能吃兩碗。」

夏魚呵呵一笑，她才不信呢。

「阿魚，小魚仔我洗完了。」王伯說著話走進屋子，突然看到桌上的空碗，驚訝得半天說不出話。「少爺，你、你能吃下東西了？」

王伯偷偷抹了一把眼淚，以前做的稀粥，池溫文只能喝幾口稀湯水，今天竟然把一碗都喝完了，真好，能吃下飯就有希望！

夏魚挑眉，問池溫文。「你不是說平時能吃兩碗？」

池溫文靠在床頭，閉上雙眼，假裝什麼都不知道。

第二章

夏魚走進廚房，灶臺上放著一大盆處理得乾乾淨淨的小魚仔。她端起盆，往裡面加了點清酒和蔥薑片，又撒了一把花椒和一些調味粉，攪拌均勻後放在一旁醃製入味。

醃魚時，加入清酒可以去除魚的土味，花椒能提升魚肉的鮮香，調味料就更不用說了，比例合適的調味料才能做出最美味的飯菜。

夏魚對於調料的比例再熟悉不過，閉著眼放都不會出錯。

趁著醃魚的功夫，她又調製了一碗稀麵糊，用來給小魚掛糊，這樣既能鎖住魚肉的鮮美，還能防止下鍋的過程中魚肉散成碎渣。

燒了柴，上了鍋，夏魚怎麼也找不到油在哪兒。她後背一涼，心道完了，竟然忘記油在古代是比較稀有的。

正巧王伯進來要倒一碗白開水，見她在翻找東西，便問道：「阿魚，在找什麼呢？」

夏魚硬著頭皮笑了笑，試探問道：「王伯，我想炸點小魚，家裡有油嗎？」

王伯想了想，走進廚房最裡面，從一個櫃子裡翻出一個密封完好的陶罐。「這兒有一罐油，妳看夠不夠用。少爺平時吃不下油腥，這罐油我都忘記了。」

過年時池溫文病重，他去池府求老爺請個大夫，沒想到被老爺差人趕了出來。後來管家實在看不下去了，偷偷讓人給他送來些銀錢、米麵還有一罐油。

想起池府那一家人模狗樣的主子，王伯就氣得牙癢癢。

那陣子，池府正好趕上生意危機，一連賠了幾間店鋪。王伯去求人時，府裡正在作法事，那老道不知從誰口中聽說池溫文生病的事，就攛掇著池老爺給池溫文買媳婦沖喜。說池家會走下坡就是因為池溫文身上的病祟在作怪，只有娶了媳婦沖了病氣，池家才會重新發達。

最後，大夫沒求來，王伯還被池府施壓，給池溫文帶回來個媳婦。這是他這輩子最後悔的一件事，不僅沒給少爺請來大夫，還連累了一個姑娘被逼著嫁過來。

當然，這些夏魚都不知道，她這會兒已經開始炸起小魚了。

醃好的小魚剔除花椒，在麵糊裡迅速裹上一圈，接著放入熱油中慢慢炸成金黃色。等炸好一盆小魚仔後，再放入油鍋炸一遍，將多餘的油脂逼出，這樣吃起來又酥又脆，一點都不油膩。

炸魚的香味順著池家的廚房漸漸飄散出去，引得幾個坐在門口嘮閒話的婦人都紛紛探頭張望。

一個相貌清秀的年輕婦人低頭納著鞋底，她聞到香味舔了舔嘴唇，用針尖刮著頭皮，問道：「這是誰家做的飯呀？真香！」

羅芳放下手中籮筐，站起身四下環顧著。「蘆花，妳先忙，我去瞅瞅。」

蘆花瞄了她一眼沒有吭聲，等瘦高的婦人走遠了，才撇嘴道：「肯定又去蹭吃蹭喝了。」

夏魚炸好了一大半的小魚，在表面撒上一點辣椒和椒鹽，將這些炸小魚放在一個乾淨的大盤子中，準備讓王伯給桂枝大娘家送去。

王伯在屋裡跟池溫文說著話，但炸魚的香味不停地往他鼻腔裡鑽，饞得他口水直流，早就心不在焉了。

直到夏魚在院裡叫王伯去嚐嚐味道，王伯立刻忍不住，應了夏魚一聲就走了出去。

池溫文並不介意王伯在他跟前如此隨意，他早就把王伯當成自己唯一的親人和長輩，所以兩人之間也不講究主僕之分，有的全都是親人間的牽掛。

池溫文也聞到了空氣中瀰漫的香味，可讓他奇怪的是，他雖然沒什麼胃口，但也沒有像往常一樣有反胃的感覺。

廚房裡，夏魚先給王伯挾了幾條小魚嚐嚐味道。

王伯激動地連連說好，他已經很久都沒沾油腥，今天終於能解解饞了。

一條炸魚入口，焦香酥脆，鮮香微辣，連魚頭和魚骨都炸得很酥。王伯忍不住又吃了一條。「阿魚，妳這手藝真是太好了，炸魚的滋味比池府裡的廚子做得都好。等下妳給我裝一些，我給桂枝家送去。」

夏魚把一盤炸好的小魚放在竹籃裡，遞過去。「王伯，這些先給桂枝大娘家送去吧？家裡還有一小半，等會兒炸好了咱留著自己吃。」

「行，正好我把空魚簍給送回去。」王伯點了點頭。

這魚畢竟是李桂枝送來的，做好後也應該給人家送回去一點嚐嚐。

王伯揹上竹簍，提著竹籃，前腳剛出門，羅芳後腳就尋到了院裡。

當她湊到廚房門口，看到夏魚在炸魚時，驚得眼珠子都要掉出來了。她在這片找了一圈，沒想到竟然是池溫文家裡在炸魚。

畢竟村裡人都知道，池書生為了看病花了不少錢，家裡窮得都揭不開鍋了，哪還會捨得下油鍋炸東西。

要不是她看到池書生家的大門沒關，想著來湊個熱鬧，還真猜不到是他家在做好吃的。

羅芳撇了撇嘴，早上娶新媳婦捨不得擺桌，這會兒關起門倒是捨得做炸魚了，真是小氣得不行。

夏魚背對著門口，聽到屋外有動靜，還以為是王伯回來了。「王伯啊，你這麼快就回來了？」

羅芳嘿嘿一笑，舔著嘴唇。「不是，我是妳羅芳嫂子。」

猛然聽到一個女人說話，夏魚嚇得一個激靈，油花一下子濺到手背上，疼得倒吸一口涼氣，但還是客氣道：「羅芳嫂子啊，坐坐坐，一會兒王伯就回來了。」

夏魚以為她是來找王伯的，急忙給她搬了張凳子讓她歇著，然後翻著油鍋裡的小魚，防止炸糊了。

「沒事，不坐了，我就是隨便看看。」羅芳擺了擺手，探頭往油鍋裡看。「妹子，妳這是做啥哩？我老遠就聞到了香味。」

剛好這一鍋小魚炸好了，夏魚便挾了一條給羅芳。「嫂子，妳嚐嚐我炸的小魚味道怎麼樣？」

羅芳聞著油香早就受不了了，她接過小魚不客氣地吃了起來，吃完還嗦嗦手指頭。「妹子，妳這是怎麼做的？比俺們平時過年炸的小魚好吃多了。」

說完，羅芳的眼睛不停地往盤子裡瞟，趁夏魚不注意又捏了一條炸魚。

夏魚沒注意羅芳的小動作，她一邊接著往油鍋裡炸小魚，一邊熱情地跟她講著操作步驟。

直到羅芳又拿起一條小魚，夏魚才發現她已經把盤子裡的七、八條炸魚吃光了。

夏魚心裡頓時升起一股火，家裡本來就窮，這人還一聲不吭的把炸魚吃光了，還真是不客氣！

第二鍋小魚出鍋，羅芳還要伸手拿，夏魚一把端過盤子放在另一側。「羅芳嫂子，這都晌午了，妳還不回去做飯呀？」

羅芳沒拿到魚，有些尷尬，她佯裝回頭看看院裡的日頭。「喲，一不留神可都該做晌午飯了。」

夏魚不客氣地下了逐客令。「是啊，時間過得可快了，妳也趕緊做飯去吧，不然家裡人趕不上吃飯了。」

可是羅芳一想到炸魚的味道，就饞得挪不動腿了，她還想給自己的兒子拿回去幾條嚐嚐呢。

「妹子，妳炸這麼多魚也吃不完，給我拿幾條唄！」

喲，還連吃帶拿呢。夏魚的臉上一下子沒了笑容。「妳怎麼知道我吃不完？我中午吃不完留著晚上吃，晚上吃不完明天吃，憑什麼給妳拿幾條？」

羅芳沒想到這個剛嫁來的新媳婦說翻臉就翻臉，當著面就給她難堪。她也不甘示弱，扯著脖子嚷嚷道：「怎麼了，不就吃妳兩條魚嗎？小氣成這樣！」

夏魚譏諷道：「妳偷偷吃了幾條魚自己心裡沒數嗎？吃完還想往家裡拿，到底是妳不要臉還是我小氣？」

羅芳被她戳穿心思，臉一下子紅了起來，卻還一副不講理的樣子。「我給我家娃娃拿點怎麼了，一點破魚摳成這樣！」

夏魚都被氣笑了，想占便宜嘴還硬。

「妳想拿回家幾條也行。」夏魚盯著羅芳。「一盤炸魚五文錢。」

想吃行啊，拿錢買唄！

羅芳瞪著眼珠子，還要錢？

她平時占便宜習慣了，這回沒占到，心裡自然惱得不行，嘴上也不乾不淨起來。「妳真是黑心，一盤不值錢的破魚都敢要五文錢，白給我都不要哩！小氣成這樣，活該妳嫁個病癆子、守活寡！」

夏魚一聽這話，火氣噌噌往上冒，說她黑心、不要臉、守活寡？這人嘴巴毒成這樣，是沒被人打過吧？

她臉色一變，一把將筷子摔在一邊，油鍋也不管了，拎起牆邊的掃帚就往羅芳身上打。「不會說話沒人把妳當啞巴！」

羅芳沒反應過來，臉上被掃帚的枝條劃了一道。

夏魚繼續掄起掃帚往她身上拍，把她打得眼前一片花白。

羅芳一邊用胳膊擋臉，一邊往院外跑，還不忘大聲叫道：「瘋了，池書生的新媳婦瘋了！」

鄰居聽見動靜，紛紛趕過來湊熱鬧。

夏魚把羅芳趕出去後，當著眾人的面，指著她大罵道：「在我家連吃帶拿的，還罵我不要臉、守活寡，往後我見妳一次打一次！」

說完，夏魚「砰」的一聲將門關上。

怪不得王伯白天也鎖門，碰到這種不要臉的，家裡兩個大老爺們也不好意思說什麼，只能任由欺負。

「咳咳……」池溫文在屋裡咳嗽起來。

夏魚急忙進去瞧。「你沒事吧？」

池溫文坐在床邊問道：「誰來了？」

他剛在屋裡聽到羅芳的鬼哭狼嚎，不知道發生了什麼事，就想著起身下床瞧瞧，可剛起身就咳嗽得不行。

想起羅芳，夏魚撇了撇嘴，冷哼道：「沒事，就是個晦氣的人，已經被我攆走了。」

攆走？池溫文不可置信地看了一眼她嬌弱的小身板。

門外還站著看熱鬧的人，見羅芳狼狽的樣子，都有些幸災樂禍。

蘆花早聽到動靜來湊熱鬧，這會兒見羅芳被趕出來，趕忙上前勸道：「別跟她一般見識，池書生這個新媳婦就是個瘋子。」

雖然蘆花平時看不慣羅芳，但也不想她被一個外地人的媳婦欺負了。

羅芳陰沈著臉，氣得牙癢癢。

住在池家隔壁的白小妹聽見這話，不樂意了。「蘆花嫂子，妳說話怎麼這樣不講理呢？剛才我都聽見了，要不是羅芳嫂子先罵人，池家嫂子會這麼生氣嗎？」

蘆花瞥了白小妹一眼，不想跟這個十一、二歲的丫頭片子爭論。「妳懂什麼，羅芳說的難道不是實話？池書生快不行了，這事咱村裡誰不知道。」

白小妹氣得小臉通紅，還想再說什麼，就被自己娘拉進院子裡，好一通訓斥。「妳沒事管羅芳的閒事幹啥！」

白小妹不服氣。「池大哥以前還教過小弟讀書哩，我為他說兩句話怎麼了？」

「以後他家的事妳別管，不然我打斷妳的腿！」

王伯將一盤炸魚給李桂枝一家送去後，李桂枝和兩個兒媳婦、兩個孫女吃得停不下來。大媳婦棗芝給閨女大丫挑了條炸得焦黃的，又給二丫挑了條大的，誇道：「王伯，你家新媳婦手可真巧，這小魚做得太好吃了，大丫平時都不愛吃魚，這一口氣連吃了好幾條。」

二媳婦柳雙兩隻手各拿著一條小魚，也顧不上自己閨女二丫，邊吃邊道：「這炸得焦香不膩，又酥又脆，味道真好。趕明兒我去跟阿魚學學怎麼做，回來也給你們做。」

李桂枝給王伯倒了一碗白開水，開玩笑打擊著柳雙的熱情。「妳可歇歇吧，平時連個蛋都煎不好，這會兒還想炸魚呢。」

王伯聽著她們誇阿魚，心裡也高興。「沒事，阿魚剛嫁來也沒個認識的人，她們年輕人多走動走動也好。」

在池家門口看熱鬧的村民陸陸續續都散了去，轉眼也到了該做晌午飯的時間。

夏魚看院裡種著韮菜，打算中午做韮菜煎餅，再燒個青菜湯，和王伯隨便吃一口。

她調好一盆麵糊，將洗淨的韮菜切成小段放入，磕進去一個雞蛋，又加了些蔥薑末和調料。等平底鍋一熱，擦上點油，一勺麵糊下去，鍋裡發出嗞嗞啦啦的響聲。

夏魚不慌不忙的將麵糊攤薄，等表面冒起小小的泡泡，再將煎餅翻面，不一會兒，幾張香氣撲鼻的韭菜煎餅就做好了。

王伯站在廚房門口，猶豫了一下。「阿魚，我這會兒要去鎮子裡一趟，這煎餅能不能給我捎上兩張？」

王伯從李桂枝家回來後，池溫文就交代他去鎮上跑一趟，他本打算揣兩個乾餅子在路上吃，可還沒出屋門，就聞到一陣誘人的香味。

這香味實在讓人難以拒絕，可比饅頭香多了。

夏魚當然點頭答應，給王伯帶了四張煎餅。

她的飯量不大，一張煎餅就能吃飽，倒是王伯，去鎮上一趟說不準什麼時間回來呢，多帶幾張餅省得半路餓了。

王伯接過煎餅，還沒走出門，就迫不及待地咬了一口。

這煎餅兩面金黃，外焦裡嫩，鹹香四溢，韭菜清脆的口感更是點睛之筆，王伯幾口就吃掉了一半。

半路，蘆花給羅芳送了針線籮筐往回走，迎面碰見王伯邊走邊吃煎餅，吃得可香了。

她吞著口水問道：「王伯，你吃的是什麼呀？還挺香呢。」

王伯笑了笑。「這是阿魚做的煎餅。我要去鎮上一趟，來不及在家裡吃，就帶著出來了。」

蘆花跟王伯道了別，心裡卻很不屑。

上午羅芳就因為夏魚的炸小魚鬧了一場不愉快，她就不信了，夏魚做的東西真能好吃到讓羅芳這麼沒出息？

等蘆花走到池家附近時，煎餅的香味四散開來，她的肚子登時不爭氣地咕嚕叫了起來。周邊左鄰右舍也端著碗，站在門口你一句我一句的議論著。「這是誰家做的飯？聞著都饞死人了！」

「池書生家唄！上午就是因為炸小魚太香了，羅芳想連盆端回家，讓池家媳婦一頓收拾。」

「池家媳婦做飯真香，聞著這香味，我碗裡的飯都吃不下去了。」

蘆花小聲嘟囔了一句。「就是聞著香，誰知道好不好吃？」

夏魚自然聽不到別人的議論，有了上午的教訓，王伯一走，她就把大門插上門了，也不往門外去。

吃完飯，夏魚看見廚房地上有兩個老南瓜，她靈機一動，不如做些甜甜的南瓜包吧！說做就做，她立刻和了麵等著發酵。發麵的時候，她抽空去了一趟屋裡，想看看池溫文要不要喝水或需不需要幫忙。

一進屋子，夏魚就看到池溫文睜著一雙細長的桃花眼，直勾勾盯著她，看得她心裡發虛。

可她轉念一想，自己又沒做錯什麼事，幹麼心虛呀？

她挺直了腰板，問道：「喝水嗎？」

池溫文不緊不慢道：「打人了？」

「嗯。」夏魚老老實實地點頭，心知打羅芳的事八成是王伯跟他說的。

剛才王伯回來時她就主動交代了自己打人的壯舉，沒想到王伯竟然沒責怪她，還感謝她幫忙出了口惡氣，看來平時羅芳沒少來欺負池家這一老一弱。

果然，池溫文也放下了姿態，輕聲道：「今天謝謝妳，要是王伯在家，肯定又會被人欺負得吃啞巴虧。」

夏魚挺起胸脯，自豪地道：「沒事，都是一家人，客氣什麼。你要喝水嗎？」

「不喝。」看著她驕傲的小模樣，池溫文嘆了一口氣，潑辣也有潑辣的好處吧。

「你要不喝水我就去蒸包子啦，剛才我看見地上有兩個南瓜，咱就蒸點南瓜包吧。」夏魚道。

池溫文點了點頭，輕聲道：「去吧，等會兒做完可以給桂枝大娘家送去一點。」

自他病了後，李桂枝一家對他和王伯就多有照顧，家裡大部分的瓜果蔬菜都是他們送來的，所以他就有勞夏魚辛苦一些，多做點送去李桂枝家。

夏魚點頭答應後去了廚房，麵還沒發好，她想了想，還是先把南瓜餡做好。

她挑了一個老一點的南瓜，用清水洗淨後將南瓜切成小塊，上鍋蒸熟，接著又把南瓜塊壓成南瓜泥，加一些黃糖在鍋裡炒，等南瓜泥的水分炒乾了，甜香軟糯的南瓜餡也就做好了。

這時，麵也發得差不多了。

夏魚遊刃有餘地將麵揉成一團，分成大小均勻的麵劑子，然後擀皮放餡捏摺子，再擱在蒸屜上發酵一會兒，最後上鍋用大火蒸。

包子蒸好後，夏魚沒急著開鍋，現在打開鍋蓋，包子會迅速癟下去，變得又硬又難吃。掐算著時間到了，夏魚用抹布墊著手，將大鍋蓋掀開。

鍋蓋一開，一股熱騰騰的蒸氣夾著麵香迎面撲來，蒸屜上整整齊齊擺了十幾個白白胖胖的大包子，看著就想讓人咬上一口。

趁著剛做好，包子又熱呼又鬆軟，夏魚拿出一個放在碗裡，準備給池溫文嚐嚐。

池溫文本來在床上坐著閉目養神，但蒸包子的白麵香味一直往他鼻子裡鑽，擾得他根本靜不下心來。

自從跟著王伯來到白江村後，他都好久沒吃過又香又軟的大包子了，現在聞到包子香味，一直沒胃口的他竟然有點想吃了。

第三章

夏魚端著包子來到池溫文的床前，把碗放在他的鼻前，搧著熱氣。「聞聞香不香？要是評價只有還行，那就算了，我留著自己吃。」

池溫文無語地看著她，沒想到她還記著小米粥的仇呢。

半晌後他咬牙道：「香！」

夏魚笑著把碗放在他手中，遞去一雙筷子。「這才對嘛！說違心的話你良心不會痛嗎？」

池溫文忍住想把她扔出去的衝動，狠狠地咬了一口南瓜包。

熱呼呼的包子一口咬下，又軟又香，還帶著甜絲絲的南瓜泥。

池溫文眼中閃過一絲驚訝。「包子還能做成甜的？」

南瓜的清甜滋味在嘴裡蔓延，讓他忍不住又咬了一口。

夏魚坐在桌前，兩個胳膊支著下巴，笑著問道：「好吃嗎？」

池溫文吃著包子，垂著眼不說話。

夏魚走過去，一把搶過他的碗，氣得直瞪眼。「就不能說句好聽話嗎？」

「……」池溫文看著碗裡的包子，屈服道：「好吃。」

「哼！」夏魚這才把碗還給他。
就這麼瞎鬧騰一會兒，夏魚的汗就順著額頭流了下來。
她走到緊閉的窗前，奇怪道：「為什麼不開窗透透氣？」
池溫文頭也不抬。「王伯不讓。」
「沒事，就開一會兒通通風，我去給桂枝大娘送完包子回來就關上。這屋裡實在太熱了。」夏魚打開窗，此刻外面一點風都沒有，世界安靜得就像是沈睡了一般。
池溫文沒有拒絕，其實他也很熱。
夏魚在竹籃裡放了幾個包子，拎著往李桂枝家走去。剛出門，她就看到白小妹坐在門口，逗著一隻剛滿月的小土狗玩。
白小妹看到夏魚，猶豫了一下，還是打了招呼。「夏魚嫂子好。」
夏魚笑著應了一聲。「妳爹娘不在家嗎？」
「我娘下地給我爹送飯去了。」白小妹看見她拿著籃子，裡面還放了幾個白白軟軟的大包子，立刻口水氾濫。「嫂子，妳做啥好吃的了？我剛才就聞見可香的味道了。」
夏魚看了籃子一眼，遞給她一個包子。「妳嚐嚐，這是南瓜包子。」
白小妹高興地接過咬了一口，驚訝道：「還是甜的，真好吃！」
這個時代的糖很金貴，普通人家的孩子平時很少能吃到甜食，只有逢年過節家裡買點黑糖或黃糖，才能沾一點過過癮。

所以白小妹吃到甜甜的南瓜包時特別開心，她還留了一半給弟弟，等白小弟晚上從隔壁村的學堂回來就能吃了。

一旁有孩子的婦人看到夏魚給白小妹分包子，紛紛抱著孩子來試運氣，看能不能分個包子嚐嚐。

夏魚瞧那些孩子都可憐巴巴的望著她，一個不忍心就把南瓜包都分了，但是因為包子不夠，給這些孩子只能一人分半個。

幾個婦人圍著夏魚，誇道：「阿魚妹子真是人美心善，這包子做得太好了。」

還有的婦人偷偷咬了一口孩子的包子，也不住的點頭。「還是甜的呢，沒想到南瓜還能做成包子餡，下回我也給娃娃包一個。」

夏魚看了看竹籃，這還沒走到李桂枝家呢，籃子裡的包子就只剩下一個了。

她只好回家又往裡添了三個，還在上面蓋了一層布，防止被人看見了再眼饞。

到了李桂枝家，她的兩個小孫女大丫和二丫看到大包子都格外高興，拿著道了謝，就大口吃起來。

「甜的！」

「奶奶，是甜的！」

李桂枝看兩個孫女吃得高興，自己也高興。「阿魚，真是謝謝了，妳家不容易，包個包子還想著我家的皮丫頭。」

夏魚擺了擺手，笑道：「大娘，別客氣，大丫和二丫喜歡吃就行。」

「妳這包的是啥餡？怎麼還是甜的呢？」李桂枝瞧兩個孩子吃得香，也想嚐一口，但見包子不多，就又忍住了。心想剩下的兩個包子留給兩個兒媳婦分算了。

夏魚回道：「這裡面是南瓜餡。」

李桂枝聽了直呼稀奇。「阿魚，妳可真厲害！炸魚也好吃，包子也好吃，池書生娶了妳可真是享福了。」

夏魚不好意思地笑了笑，又想到這會兒只有池溫文自己在家，大門還沒鎖，有點不放心，就跟李桂枝說了兩句話，趕緊回家去了。

李桂枝得了包子，就挑了兩根特別大的白蘿蔔非要讓她帶回去。

等夏魚走到自家門前時，發現剛才那幾個得了包子的婦人都在門口站著等她。

有的給她一個雞蛋，有的給她一把自家種的嫩菜，還有的實在不知道給什麼好，就塞給她一軲轆粗線。

夏魚一頭霧水。「嫂子們，妳們這是幹什麼呀？」

領頭的婦人寶才娘笑著說：「阿魚，拿著，這些東西不值錢，妳別嫌棄。」

後面跟著的二剩娘接著說：「你們家蒸幾個包子不容易，還叫我們分了，我們不能白吃妳的東西。」

還有的人雖然不情願送，但也跟著說起體面話來。「是啊，阿魚，妳放心，我們不是羅芳那種人，不會白占妳的便宜。」

吃了包子回送東西這主意還是寶才娘提出來的。有的人一開始不願意，寶才娘就拿羅芳的事作文章指桑罵槐，到了最後，願不願意的都來送點東西做回禮。

「那就謝謝各位嫂子們，東西我就收下了。」夏魚聽了幾個婦人的閒扯，一時間哭笑不得。

送完了東西，這些婦人也三三兩兩的散去，只有寶才娘還沒走。

她抱著三歲的寶才，湊到夏魚跟前，壓低聲音道：「阿魚妹子，我有件事想求妳。」

寶才捧著半個南瓜包慢慢啃，看見夏魚就樂呵呵地笑起來。

夏魚拉了拉寶才胖乎乎的小手，笑道：「嫂子，什麼事呀？」

「我明天想回娘家一趟，妳能不能幫我蒸一鍋南瓜包？」寶才娘怕夏魚因為家裡的食材不夠而回絕，立刻又道：「南瓜和白麵我出，我再給妳五文錢工錢，不叫妳白幹。」

寶才娘叫周林，娘家在隔壁周村，因為家裡只有三個女娃，沒有男丁，爹娘被村裡的人笑話得直不起腰。

周林三姊妹每隔一段時間就回去看看，好叫兩個老人心裡好受點。這次她回去就要讓碎嘴婆子都知道，閨女也比兒子強，有好東西還想著自己的爹娘，比那些被兒媳婦拿捏著，自己又捨不得吃喝的公婆活得更自在。

「行是行，但是嫂子妳還得給我拿點黃糖，這餡裡沒有黃糖就差味了。」夏魚當然同意，不管給多少錢，這可是她在這裡賺的第一桶金。

周林一想到能讓爹娘在村裡人面前活得硬氣點，咬了咬牙，決定把家裡攢的糖拿出來。「行，妹子，我一會兒就把要用的食材給妳送來。」

夏魚又叮囑了寶才娘怎麼挑南瓜，完事才推門回了院裡。

池溫文因為太久沒吃過主食，剛才一個南瓜包下肚就撐得不行了，夏魚不在家，他只好自己扶著床下地走兩步。

夏魚回屋時，見他正扶著床沿慢慢走，額頭上布了一層細汗，也不知道是因為天熱還是因為走得太勉強了。

「你在幹什麼呢？」夏魚驚訝道。

池溫文怎麼可能告訴她是吃撐了難受，他雲淡風輕地瞎扯道：「在床上躺久了，渾身乏。」

夏魚一想，他整天躺在床上不運動，可不越躺越乏嗎？於是叮囑道：「別心急，你長時間沒下床有點虛，不適合走太久，少走兩步，等歇一陣了再起來活動。」

說完遞給他一方帕子，讓他自己擦汗。

竟然說他虛？池溫文斜一眼夏魚，拒絕接過她的帕子。

夏魚翻了個白眼。「切，不要拉倒，省得我洗帕子了。」

「拿來。」池溫文從她手中抽過帕子。

夏魚無奈。這人啥毛病啊，這麼愛跟人唱反調！

但是池溫文不得不承認，他現在確實很虛。

剛吃完包子時，他覺得自己渾身都充滿了力氣，能在屋裡走兩圈。可實際上他還沒走兩步呢，這力氣就沒了，腿腳軟得都不聽使喚。

池溫文暗暗地嘆了一口氣，這副身子骨真是不爭氣。

夏魚關上窗戶，跟池溫文說起幫周林蒸包子賺錢的事。

池溫文默默聽著，心裡卻很是驚訝，沒想到她還能靠著蒸包子賺錢。

這時，夏魚突然一臉嚴肅，盯著他一本正經道：「池溫文，我先跟你說好了，我賺的銀子都是我的，你不准覬覦。」

池溫文對上她真誠的眼神，點了點頭。「好。」

難不成他一個大男人還要靠一個小姑娘養活？

然而，夏魚接下來的一句話直接讓他驚掉了下巴。

「等我攢夠了錢，我一定要開一間食肆！」夏魚自信滿滿地說著，亮晶晶的眼眸滿是對未來的憧憬。

今天周林讓她看到了賺錢的希望，也讓她萌生開飯館的念頭，自己做買賣，可比只拿做活的工錢賺得多。

「可以。」池溫文沒想到她還有這麼大的志向，竟然想要自己當老闆。

不過這是夏魚的事，他沒有資格指指點點。而且夏魚如果把這件事做成了，能夠自己養活自己，那他就能心安理得的提和離一事。

夏魚掌握了自己的財政大權，心頭美滋滋的，開心道：「晚上想吃什麼，隨便點。」

池溫文難得沒跟她唱反調。「手擀麵。」

「小意思！你先躺著歇會兒，我去和麵。」夏魚說完，一溜煙跑去了廚房，準備做麵條。

她的心情很好，動作自然也就順暢麻利。

她先將粗糧麵和白麵混在一起，加鹽加水和成麵團，再靜置十幾分鐘醒麵，接著把麵團揉得更光滑細膩，分成幾小份，按壓擀薄成接近透亮的麵皮，再在麵皮上撒一層麵粉，呈三字形摺疊，用刀切成柳葉的寬度，麵條就做好了。

夏魚抖摟著切好的麵條，把麵條放在竹籮裡晾著，等要吃的時候直接開水下鍋煮就行了。

剛把麵條放進竹籮，周林就敲起了大門。「阿魚妹子，在家嗎？」

夏魚忙洗了把手，開門把周林迎進來。「嫂子，快進來。」

周林一手提了小半袋白麵，一手抱著個大南瓜，夏魚趕緊幫她接過手裡的東西放在牆邊。

「妹子，明兒天一亮我就要出發回娘家了，妳可別忘了做。嫂子我可指望著南瓜包子讓我老爹、老娘開心呢。」周林說完，從兜裡摸出一小包黃糖。「妹子，妳看這糖夠不？」

夏魚接過黃糖。「夠了，這老南瓜甜，用不了多少糖。」

周林笑著將五文錢放到夏魚手裡，拍了拍她的胳膊。「那行，我就把這一切交給妳了。」

夏魚握著這五文錢，心裡喜孜孜的，這可是她靠自己的勞力得來的錢呢。「好，嫂子放心吧，明兒天亮前我就把包子送過去。」

「好好，那我就先回去哄娃兒了。」周林聽她說沒問題，頓時心裡就踏實了。

夏魚把人送出門，然後將麵粉和南瓜搬到廚房裡。

放南瓜時，她瞥見李桂枝給她的兩根大蘿蔔，一琢磨，乾脆醃點酸辣蘿蔔丁，等過幾天吃又爽口又下飯，那滋味想想就讓人流口水。

說幹就幹，夏魚將兩根白蘿蔔洗淨、削皮，再將蘿蔔切丁，撒鹽醃出水，又在院子裡摘了幾根小辣椒洗淨切碎，放入加了醋和調料的涼水裡做湯底。

等蘿蔔醃得差不多了，去掉多餘的水分放進湯底裡，密封好過幾日就可以吃了。

而那些削掉的蘿蔔皮，夏魚也沒浪費，又做了一份醃蘿蔔皮。

等忙完後，天色也暗了下來。

金烏斜下，傾灑了一地霞光，家家戶戶炊煙裊裊。

王伯還沒有回來，夏魚準備先做飯填飽自己和池溫文的肚子。

麵條不能放，時間長了就會黏在一起，夏魚準備等王伯回來後再給他做一份新鮮熱呼的。

夏魚煮了一鍋清淡爽口的青菜蛋花手擀麵，池溫文還在病中，不能吃太過油膩的東西，清淡的軟食是最好的選擇。

夏魚端了兩碗麵進屋，見池溫文已經在桌前坐好了。

她驚訝道：「你這麼坐著沒事嗎？」

池溫文抬了抬眼皮。「能有什麼事？」

其實他剛才也發現了，下床走幾步之後，自己的精氣神明顯不一樣了，連久臥不起的身體都舒坦了許多，看來以後還是多活動活動比較好。

夏魚抽動了一下嘴角，重重把碗放在桌上，沒好氣道：「沒事，吃吧。」

跟這個人說話真是能氣死人！就不能對她溫柔客氣一點？

她遞去一雙筷子，忍不住問道：「你怎麼就不能好好跟我說話呢？」

池溫文接過筷子，慢條斯理地吃著麵。他也不知道該怎麼回答這個問題，反正看見夏魚興奮的樣子，他就不由自主地想打擊她一番。

見他又不說話，夏魚不滿地嘟著嘴。「真是搞不懂你。」

池溫文挾起一筷子麵條，不疾不徐地吹了吹。「食不言，寢不語。」

夏魚氣得只好瞪了他一眼。「下次再做飯你別吃了！」

「下次再說。」

池溫文絲毫不受威脅，反正眼下有飯吃。這麵條爽滑薄軟，蛋湯更是鮮美至極，比之前吃的好吃太多了。

雖然一直以來，王伯也是盡心費力地做飯，但實在是不好吃。

兩人吃完飯沒多久，王伯便回來了。回來時，他抱著一個大布兜，看起來還挺重的。

夏魚幫忙接過東西放進屋子，然後趕忙燒火做飯。

王伯跑了一天，這會兒肯定餓著肚子呢，夏魚就先給王伯熱了個南瓜包墊肚子。

王伯吃著南瓜包，不住地點頭。「好吃！真沒想到阿魚妳的手藝這麼好，什麼都會。」

夏魚笑道：「王伯過獎了，這不過都是些家常便飯。」

王伯擺了擺手。「是家常便飯，可旁人做不出這麼好的味道呀。」

夏魚就喜歡聽別人誇她，王伯這句句都誇在她的心坎上，把她樂得美滋滋的。「王伯你先吃，我再給你做碗蔥油拌麵去。」

王伯眼睛一亮，聽著這名字就直流口水。「去吧、去吧。」

夏魚在廚房生了火，將蔥花炸糊加醬汁調成蔥油，又把煮好的麵條過涼水，最後拌在一起。

蔥油拌麵的味道鹹中帶著微甜，鮮香爽口，醬汁拌好的麵條根根分明，看著就勾人食慾。最重要的是吃起來不燙口，最適合急著吃飯的人了。

夏魚端著麵條進屋時，王伯正在和池溫文說著今天下午發生的事。「書院的唐先生先預付了二十文錢，剩下的四十五文說交書了再結。」

原來池溫文一直靠抄書補貼家用，王伯今日出門正是幫他接些活計來做。

看到夏魚端著麵進來，王伯吸了吸鼻子。「太好了，我這回來還能吃上一口熱呼飯。」

夏魚笑著給王伯遞去一雙筷子。

王伯早餓得頭昏眼花，接過碗就聞到糊蔥的香味，口水都快流出來了，也顧不得再說什麼，直接大口吃起來。

等王伯吃完，夏魚便提起給周林蒸包子賺錢的事。畢竟王伯管著家，收入支出還是應該向他彙報一聲。

但她沒有提想開食肆的事，這種事等做成了再說都不晚。

王伯當然是支持夏魚有額外的收入，一個勁兒地誇夏魚能幹，還表示支持夏魚自己收著這些錢。

他就當是小姑娘想攢點錢，等遇到喜歡的東西時，不至於眼饞拿不出錢又不好問家裡要。

提起錢這事，王伯突然覺得應該把家裡的銀錢交給夏魚掌管。「阿魚，既然妳已經嫁過來了，我覺得家裡所有的收支應該都交給妳管。」

夏魚搖搖頭表示不行，家裡的收支太零碎，如果讓她去管絕對會亂成一團。「這事我不行，還是得王伯來操心。」

王伯語重心長道：「阿魚，女人嫁了人就要學會當家，妳遲早有一天得接手這事的。趁著我還在，能指點妳一下，萬一哪天我不在了，妳連個問的人都沒有。」

夏魚給王伯遞了一碗開水，趕緊說道：「呸呸呸，王伯你說啥呢，你絕對能長命百歲。」

王伯嘿嘿笑了兩聲，開始給兩人算起家底和必要支出。「咱家現在總共還有三十文錢。少爺這次又接了點抄書的活，能給六十多文錢，不過只先給預付的二十文，剩下的把書送回去了才能給。不算沒到手的，現錢也不多，但是少爺過兩天還得拿藥，又得花十幾文，這預付的錢等於沒給。」

王伯把所有錢都交給了夏魚，算是把家交給她接管了。

夏魚無奈地收下銀錢，鎖在池溫文床頭櫃的一個小匣子裡，準備以後家裡的錢都收在這裡，而她自己的錢則收在另一個匣子裡。

這樣一來，萬一哪天池溫文的病好了，她也能帶著自己的錢遠走高飛，免得兩人在錢財上牽扯不清。

王伯喝了口水，說起另一件事。「過幾天鎮上就有大集了，我去買點菜，再順便買兩隻小雞仔回來。」

以前他一個人忙著照顧池溫文，只能得空的功夫在家裡種點菜苗，現在夏魚來了，他就輕鬆了很多，就想買兩隻小雞仔養著，等養大下了蛋，自己家裡能吃，還能拿去賣。

家裡不能只有他們兩個賺錢，他也想做點什麼。

夏魚一聽有集市，眼裡閃著希望的小火苗。「我想跟著擺個小飯攤，賣點小吃，行嗎？」

「當然行了。」王伯點了點頭，開始跟夏魚講起在集市擺攤的注意事項。

夏魚默默算了算日子，離初一還有七、八天，這幾天她可以先想想要做點什麼。

兩人聊到很晚，直到池溫文沈著臉色攆人，王伯才意猶未盡地離開，他還沒說夠呢。

王伯走後，夏魚將屋子東邊的書桌收拾出來，當作一張小床，雖然只有五十公分的寬度，但是她人小也夠睡。

池溫文瞧著她忙碌的身影，從容淡定地開口。「妳確定不睡床上？」

夏魚收拾著被褥，頭也不回道：「才不，我這裡也挺好的。」

一來她的心裡並沒有把池溫文當成自己的夫君；二來她怕池溫文萬一說什麼不中聽的話，她忍不住會一腳把他踢下床。

「隨便。」池溫文一挑眉，閉上了眼睛。

不睡床上更好，萬一她再惹他生氣了，也不至於被他拎著扔下床去。

第四章

翌日，天還沒亮，隔壁家的公雞就打起鳴。

夏魚心裡惦記著蒸包子的事，一晚上睡得不踏實，聽見雞叫就趕緊爬起來，準備把包子蒸上。

見池溫文還沒醒，她就沒收拾被褥，免得把他吵醒了。可沒想到她一轉身，不小心絆倒了個矮凳，小腿被撞得生疼。

如果有光，甚至可以看到她眼眶中閃著的淚花。

「就不會點個燈？」池溫文的聲音突然響起。

夏魚心裡沒有防備，被嚇了一跳。「你什麼時候醒的？」

「比妳醒得早。」

夏魚聽出他語氣中的嘲諷，也不難想像出他現在冷淡的神情，不高興道：「那你怎麼不出聲，害得我被撞得疼死了。」

「自己不會走路怨別人？」

「拜託，大哥，這黑不拉嘰的，我又不屬貓，怎麼看得清啊！」夏魚氣得直翻白眼，這人真是站著說話不腰疼。

她看了看外面的天色，生怕再吵下去趕不上做包子，趕緊阻止池溫文說話。「池大哥，我知道你不是啞巴，求你趕緊睡吧，我得去蒸包子了。」

池溫文正要起身點燈，聽了這話直接黑著臉又躺了回去，就該知道她嘴裡說不出什麼好聽的話。

廚房裡，王伯已經把火生了起來，夏魚驚訝道：「王伯，你起得這麼早呀。」

「人老了就不怎麼容易犯睏，睡不著了。」王伯往灶膛裡塞了點乾柴，笑道：「妳在這兒先忙著，我去院裡再劈點柴。」

夏魚看到案板上放著洗好、切好的南瓜，莞爾一笑，王伯還真是個不可多得的好長輩。

麵是提前一天發好的，省去了處理南瓜這步驟，夏魚的速度就快了。南瓜包蒸好時天才矇矇亮，外面還一陣靜悄悄，只有幾縷炊煙裊裊升起。

她看天色還早，就把剔出來的老南瓜籽炒乾，做成鹽焗南瓜子，等會兒一起給周林帶去。

準備好後，夏魚跟王伯打了聲招呼，把十幾個南瓜包裝進竹籃，在上面蓋了一層布，拎著剩餘的材料和炒好的南瓜子去了周林的家。

給周林送包子的路上，夏魚正好碰到李桂枝的小兒子白大壯捲著褲管，揹著空魚簍走過來。

「嫂子，這麼早妳去哪兒呢？」白大壯憨憨一笑。

夏魚掂了掂手中的竹籃，笑道：「我幫周林嫂子做了點南瓜包子，正要給她送去呢。」

白大壯想起昨天兩個嫂子吃的南瓜包，口水都要流了出來。他一聽夏魚要給周林送包子，忙問道：「嫂子，妳做的包子給她送去幹啥？她是不是欺負妳了？」

夏魚急忙擺手。「沒有，沒有，周林有給我工錢，她要帶這些包子回娘家去。」

白大壯得知這包子是賣給周林的，立刻歇了想吃一個的念頭。

夏魚打量著他的一身行頭，問道：「這麼早你又去抓魚呀？」

白大壯點了點頭，老實巴交道：「嫂子，昨天妳做的魚太好吃，我還沒吃夠。」

夏魚抿嘴笑道：「行，你去抓魚吧，等會兒回來我再給你做一鍋炸魚解饞。」

白大壯立刻眉開眼笑。「謝謝嫂子，妳真好，池大哥真是找了個好媳婦！」

夏魚笑了笑，心裡默默道，誰說不是呢！

到周林家時，周林和自家男人白崇正忙著往木板車上裝東西，看到夏魚這麼早就來了，周林忙迎了出來。「呀，妹子，妳來得太早了。」

夏魚笑了笑，把包子和炒好的南瓜子還有剩餘的食材都遞了過去。「今天起得早，這南瓜子我也順便炒了一下。嫂子妳看這包子怎麼樣？」

周林掀開布簾，看到擺得整整齊齊的大包子，樂得嘴都合不上了，連連點頭。「好，好。」

等夏魚走後，周林清點著剩餘的食材，跟白崇道：「池家媳婦真是個實在人，這食材還剩了不少呢。」

白崇本來還擔心夏魚會浪費家裡的糧食，聽了周林的話便默不作聲，不再說什麼了。

回到家，夏魚看到王伯把劈好的柴捆在一起，正揹著出門呢。

「王伯，你這是去哪兒呀？」

「這不是想養雞仔嗎，我去村口跟白木匠家換點竹篾條，回來紮個雞圈。」

「那我跟你一起去吧，這柴挺重的。」說著，夏魚就去接王伯手中的柴。

王伯堅決地擺了擺手。「我去就行了，妳忙了一早上，歇歇吧。妳要實在想幹點啥，就做點飯吧。」

自從王伯吃過夏魚做的飯後，就決定再也不下廚了。

夏魚看了看快亮的天色，便應了下來。她現在做飯，等會兒王伯回來正好能趕上吃飯。

王伯一走，她突然想起屋裡自己的被褥還沒收呢，也不知道王伯看見沒？

她匆匆走進屋裡，發現書桌上的被褥已經疊得整整齊齊，池溫文也洗漱完畢，正坐在床上整理昨天王伯帶回來的書籍。

「自己把被褥收了，別影響我等會兒抄書。」池溫文的聲音不鹹不淡的響起。

夏魚疑惑道：「這是你還是王伯收拾的？」

「問那麼多幹什麼？」池溫文掃了她一眼。「我收拾的。」

「哦。」看在他幫忙疊被子的分上，夏魚就沒再懟他。「王伯知道咱倆分床了？」

「嗯，我跟王伯說妳睡覺打呼太吵了，就讓妳睡桌子去了。」池溫文滿不在乎地說著。

夏魚兩眼一黑，這人怎麼連找藉口都這麼氣人！

她眼中怒火熊熊，恨不得對著池溫文一頓拳打腳踢。「你才打呼呢！」

池溫文停下手中的動作，盯著她認真道：「妳昨晚真的有打呼。」

看著他這般真誠的眼神，夏魚竟然有點開始懷疑自我。

她沈著臉色不再理池溫文，跟這人多說一句話，她覺得自己就得少活一天。

收拾好被褥，夏魚開始忙活著做早飯，沒一會兒，王伯就揹了一捆竹篾條回來。

夏魚瞧飯快要做好了，忙招呼他一起吃飯。

王伯忙碌了一早上，渾身汗涔涔的，他擦了擦額頭的汗，從自己屋裡搬出一張小桌子。

「阿魚，我在這兒吃飯就行了，屋裡熱。」

「王伯，我剛做完飯也嫌熱，一會兒咱倆一起在院裡吃。」夏魚才不想跟池溫文坐在一起呢。

王伯沒多想，應了一聲就去洗手盛飯了。

早上的飯很簡單，南瓜稀粥、蒜炒鮮蔬，還有昨天剩下的幾個南瓜包，再配個油煎麵裹辣椒圈當小菜，十分過癮。

只要夏魚生氣，池溫文的心情就特別好，他在屋裡獨自悠哉吃著早飯，突然一時恍惚，竟有了在池府的錯覺。

曾幾何時，他也這樣輕鬆自在，心中無雜事的吃著熱呼美味的早飯。

「哇哇哇——」

突然，隔壁白小妹家傳來一陣鬼哭狼嚎的哭聲，打破了清晨的寧靜。

「這不是我要的南瓜包子！我不吃！」白小弟扯著嗓子大叫著。

余翠撿起白小弟扔在地上的包子，心疼地嘴角直抽。「乖兒啊，怎麼不是？娘做的也是南瓜包呀。你快吃了去上學吧，不然趕不上去隔壁村的牛車了。」

白小弟搶過她手裡又黃又乾癟的包子，扔在地上用腳踩得稀爛。「不是，就不是！這包子餡不甜，稀得很，包子還硬，難吃！我就要吃昨天的南瓜包子！」

說完，白小弟在地上打起滾來。

余翠捨不得打兒子，只好把氣出在白小妹身上。「誰讓妳昨天吃了半個包子的？就不會全都留給小弟，小弟整天去學堂那麼累，妳還不想著他，怎麼這麼自私啊？」

白小妹脾氣也倔，不服氣道：「那是夏魚嫂子給我的包子，我吃半個怎麼了？」

余翠氣得狠狠打了白小妹一巴掌。「給妳的怎麼了？妳在家啥也不幹，還有臉吃包子？」

白小妹捂著臉，委屈地哭道：「我怎麼不幹了，豬圈我天天收拾，雞鴨我也天天餵，家裡的衣服都是我洗的……」

看著白小弟嚎啕大哭，余翠也心煩得很，把脾氣全發洩在白小妹身上。「讓妳幹點活就這麼不願意？養妳這麼大有啥用！」

最後余翠一把將白小妹推到地上，怒道：「妳去池家再要一個南瓜包回來，讓小弟吃了趕緊上學去！」

白小妹哭道：「不去，妳怎麼不自己去？」

「讓妳去就去，啥都幹不好，我養條狗都比妳強！」余翠拎著掃帚就往白小妹身上打。

白小妹撕心裂肺的哭聲傳了半個村子。

夏魚和王伯正在院裡吃飯，自然將隔壁的話聽得清清楚楚。

最後夏魚實在忍不住了，拿了兩個南瓜包就走出門。

哪有這樣打孩子的，這余翠偏心得太厲害了。

一打開大門，夏魚就看到白小妹蹲在自家的牆根抽抽搭搭地哭著，頭髮亂蓬蓬的，臉上還有巴掌印。

夏魚忍住想去跟余翠理論一番的衝動，將白小妹扶起來，把包子遞過去，心疼道：「拿回去吧。」

她知道自己找余翠理論後，白小妹可能會被打得更狠。

白小妹擦了擦眼淚，只拿了一個包子，低聲道：「謝謝嫂子，這一個就夠了，拿兩個我娘該得寸進尺了。」

看著白小妹紅腫的眼睛，夏魚心裡不是滋味。這麼懂事的小姑娘，怎麼攤上這樣的家人？

她摸了摸白小妹的頭髮，小聲道：「中午妳家沒人時，妳來嫂子家，嫂子給妳做好吃的。」

白小妹望著夏魚，哇的一聲撲在她懷裡大哭起來，最後哭得都斷了氣。從小到大都沒人關心、在乎過她，更別說給她做好吃的了。

夏魚知道，白小妹這些年肯定受了家裡不少的壓迫。她輕輕拍著白小妹的背，任由她哭著。

白小妹哭夠了，朝夏魚深深鞠了一躬。「謝謝嫂子。」

說完，她急匆匆地回家去了。

今天如果沒拿到包子，白小弟鬧著不去學堂，那余翠和她爹白進財肯定又要拿她撒氣。

夏魚回到院子裡，再也沒心情吃飯了。

隔壁傳來余翠不悅的聲音。「小弟，拿著包子邊走邊吃，我送你去村口坐牛車。好好讀書，將來考個狀元給娘長長臉。小妹，做好飯把妳爹叫起來，別叫他睡了。」

聽著隔壁大門開開關關的聲音，夏魚氣道：「這余翠也太不像話了，想要包子自己來要唄，就會把氣撒在孩子身上。」

王伯嘆了一口氣，低聲道：「余翠不來咱家，她記恨少爺。之前白小弟和桂枝的孫子白祥，一起在少爺這兒認字啟蒙，白祥能坐得住、學得進去，白小弟就不行，來了一會兒就跑出院子玩去。少爺跟余翠說，讓白小弟找點其他擅長的事做，別浪費時間。余翠就覺得少爺是因為白小弟沒繳學費，不讓白小弟跟著學，就恨上咱家了。」

夏魚無語，余翠這也太不講理了。

吃過飯，王伯搶著去洗碗，夏魚就去屋裡坐著歇一會兒。

書桌被王伯搬到了床前，以便池溫文抄書時累了能歇一會兒。

池溫文今天的狀態比昨天好多了，雖然還時不時地咳嗽，但是也能在屋裡活動一會兒了。

他坐在書桌前，研了墨，提筆抄錄著書上的內容。

夏魚走過去將窗戶打開，道：「也不嫌黑。」

窗子一開，就聽王伯在院裡喊道：「阿魚啊，窗戶不能開。」

池溫文抿嘴笑著，看好戲似的望向夏魚。

夏魚回他一個白眼，跟王伯道：「沒事，外面沒風，開窗戶透透氣，一會兒就關。」

窗子一開，清晨新鮮的空氣一下湧入房間，池溫文感覺身子舒服多了。

今天他要趕著抄書，沒功夫跟夏魚拌嘴，也就不再多說什麼了。

池溫文提筆蘸墨，字跡游雲驚龍，力透紙背，夏魚雖然不懂毛筆字，但也能看出他的字寫得很不錯。

沒一會兒日頭昇了上來，白大壯提著一條大草魚來到院裡，喊道：「嫂子，我給妳送魚來了！」

夏魚急忙迎了出去，看到那條大魚，驚訝道：「這麼大的魚你們留著自己吃呀。」

白大壯將魚遞給王伯，撓頭笑道：「我家裡還有一條呢。」

夏魚回身要去屋裡取錢。「你等會兒，我把魚折成錢給你。」

白大壯急忙道：「不用了，嫂子，我找妳有事。」

「什麼事？」夏魚問道。

「我娘想去鎮上給大哥和白祥送點炸小魚，妳能不能去俺家一趟幫忙炸魚？」白大壯用渴望的眼神看向夏魚。

夏魚自然是應了。

到李桂枝家時，大丫帶著二丫在院裡玩，大媳婦棗芝和二媳婦柳雙兩人正在處理兩大盆的小魚仔，李桂枝則坐在一旁揉白麵。

見夏魚來，一家人都十分歡喜。

柳雙趕緊招呼夏魚坐下。「今天妳炸小魚，我可得跟妳學學，實在太好吃了，那天送來的一盤都不夠吃呢。」

夏魚笑著爽快的答應下來。「行，嫂子，一會兒我教妳怎麼做。」

炸小魚這種簡單的東西，只要有心多試兩次就能做出最好的味道，所以夏魚也沒必要掖著藏著不告訴別人怎麼做。

她端著一盆處理好的小魚，一邊往裡面加調味料，一邊跟柳雙說明要放多少比例。

柳雙聽得頭都大了。「炸個魚怎麼還有這麼多講究？不就捏點鹽撒裡面就行了？」

棗芝在一旁笑道：「怪不得阿魚比咱做得好吃呢。」

夏魚把小魚醃上，又教柳雙怎麼調製麵糊，這下柳雙徹底不行了，哀號著向棗芝求救。

「嫂子，妳來學吧，我去洗小魚。」

棗芝知道柳雙的性子就是三分鐘熱度，便笑著跟她換了位置。

李桂枝沒好氣地說道柳雙。「妳不是要學嗎？這就不幹了？」

柳雙笑嘻嘻地湊過去。「娘，這不還有妳跟嫂子嘛？我給妳們打下手。」

一家人其樂融融，看著就很幸福。

調完麵糊，棗芝接過小魚負責下油鍋炸，就讓夏魚去歇會兒，吃點果子喝點水。

夏魚看到李桂枝拿著一個大南瓜，正在發愁，便問道：「桂枝大娘，怎麼了？」

李桂枝招了招手，把她叫到身邊。「妮啊，妳那南瓜餡怎麼切得那麼碎，都能成泥了？」

夏魚恍然大悟，原來李桂枝是想做南瓜包子啊。

她搬了凳子坐在李桂枝旁邊，把南瓜包子的做法和注意事項都講了一遍，聽得李桂枝連連拍大腿。「原來是這樣啊！怪不得妳做的包子又白又軟！」

忙到最後，夏魚看也沒什麼需要幫忙的了，便起身辭別準備回家。

李桂枝拉住她，塞給她十文錢。「妮啊，拿著，妳給周林做一鍋包子五文錢，在俺家又做魚又教我蒸包子的，這錢妳得拿著。」

早上周林去娘家，還沒出村，就到處跟人宣傳夏魚的生意，弄得全村人都知道可以拿錢找夏魚做包子了。

但是夏魚當然不會收李桂枝的錢。「大娘不用了，大壯給我拎去一條魚，就當抵銷了。」

回到家時，王伯已經把魚收拾乾淨了。

夏魚想了想，道：「王伯，今天中午咱們喝魚頭湯，吃發糕。」

考慮到池溫文不能吃辛辣刺激的食物，夏魚就歇了做水煮魚的念頭。「晚上做砂鍋燜魚肉。」

「行，正好剛才有貨郎來賣豆腐，我買了一塊，放在一起燉。」王伯聽著就直流口水，高興地直哼小曲，這兩天的日子真是比過年都好呢。

兩人說著話，屋裡傳來池溫文重重的咳嗽聲。

王伯一拍腦門。「呀，忘了把窗戶關上了。」

王伯要關窗戶，池溫文卻拒絕了，他覺得開著窗戶挺好的，至少心裡沒那麼壓抑了，身體也放鬆了許多。

「這不行啊。」王伯苦口婆心的勸道。

夏魚道：「王伯，開著沒事，這都夏天了，不開窗子屋裡悶，池大哥的病更難好了。」

王伯抹了一把額頭的汗，抬頭看樹梢的葉子一動不動，只好作罷。

眼看要中午了，夏魚就去廚房裡做飯，王伯也跟著進去燒火打打下手。

夏魚一邊將魚頭放進油鍋裡慢慢煎，一邊問道：「王伯，池大哥生的到底是什麼病啊？」

王伯拉動著風箱。「少爺起初是染了風寒，後來一直沒好，徹底留了病根，一直咳嗽，一見風就高燒，反覆幾次就把人折磨倒了。」

看著魚頭煎得兩面金黃，夏魚添了半鍋開水，加入配料。「沒換個大夫瞧瞧嗎？」

「村裡的大夫水準也就這樣了，鎮子裡的大夫看病太貴請不起，就一直拖著。」王伯嘆了一口氣。

夏魚也跟著嘆了一口氣，在古代看不起病的窮人可不就得聽天由命嗎？

但是，她可不能看著池溫文的病一直半好不好的，她還得等他病好了和離呢。

夏魚眼神定了定，決定盡快把飯館開起來，多賺錢給池溫文看病。

魚頭在鍋裡慢慢燉著，夏魚將粗糧麵和白麵調在一起成麵糊，在裡面加入酵母上鍋蒸成發糕。

不多時，一鍋香濃四溢、呈現奶白色的魚頭豆腐湯和飽滿回彈的發糕就做好了。

三人坐在屋裡喝著鮮美濃郁的魚湯，吃著鬆軟的發糕，好不滿足。

池家人是吃得美滋滋，可苦了周圍的鄰居們。

「今天池書生家的又做啥了？聞著可饞死我了。」

「要不咱去要一碗嚐嚐？」

「妳就不怕跟羅芳一樣，被她打出來？」

「咱拿東西換，不白吃！」

說著，四、五個人回家拿了自家種的菜和新鮮雞蛋，便來敲池家的大門。

夏魚一開門，就看見門口氣勢洶洶圍著五個人，嚇了一跳。「大哥、嫂子們，你們有事嗎？」

為首的白三牛大聲道：「妹子，俺們想跟妳換碗吃的，妳家做的飯太香了，聞著味兒我都吃不下自個兒碗裡的飯了。」

後面幾個人也跟著附和。「是啊，俺們拿東西跟妳交換，就讓俺們嚐嚐味道吧。」

夏魚聽這些人誇她做飯香，高興道：「行，你們進來吧。」

她給這些人每人盛了一碗魚湯，才把他們送走。

出了門，有幾個人便忍不住喝了一口魚湯，魚湯香濃鮮美，舌尖被魚的鮮香包圍，讓人喝完一口還想再喝一口。

「真是太鮮了，還沒有土腥味。」

「這換得可真值了！」

白三牛端著魚湯跑回家，興沖沖道：「媳婦、娘，妳們看這是什麼？」

蘆花看著那碗白色香濃的魚湯，奇怪道：「你從哪裡弄來的？」

白三牛指了指雞棚。「我拿兩個雞蛋跟池家媳婦換的。」

這話一出，蘆花氣得使勁拍著白三牛。「又是夏魚！她做的飯就那麼好吃？」

李婆子也氣得直翻白眼。「我那雞蛋是留給你二嫂補身子的，你竟然拿去換了一碗湯？」

二兒媳婦牛月剛懷孕，李婆子把家裡的雞蛋和肉看得特別緊，除了牛月，別人都不能吃，可沒想到竟被白三牛拿了兩個新鮮的蛋換了一碗沒有肉的魚湯。

第五章

白三牛一邊護著碗，一邊道：「別打了，一會兒湯灑了。」

蘆花和李婆子這才停歇。

白三牛給兩人一人分了一碗魚湯，李婆子看著蘆花那碗，想讓她給牛月留著，可話還沒說呢，蘆花就捧著碗咕嚕喝個精光。

蘆花心裡冷哼，她才不留給牛月呢，家裡的好東西都給她還不夠，還要搶自己的魚湯？她舔著嘴，還別說，這魚湯真是鮮美濃香，好喝極了！

李婆子看了一眼白三牛，見他沒反應，哼了一聲端著碗去牛月的屋裡。

她這個三兒子都只聽媳婦的話，氣人得很。

池家。

池溫文一碗魚湯下肚，難得還想再喝一碗，夏魚尷尬道：「沒了。」

池溫文瞇眼望著她，顯然不相信。

夏魚忽閃著大眼睛，無辜道：「剛剛你也看到了，都給鄉親們分完了。」

池溫文微微皺眉。「我覺得下次應該多做點。」

夏魚嘿嘿一笑，指了指自己的碗。「要是不嫌棄，你接著喝我的？」

池溫文掃了一眼那碗奶白色的魚湯，看著夏魚像小松鼠一樣捧著發糕啃得開心，淡淡道：「自己喝吧，噎著了還能順口氣。」

夏魚啃發糕沒噎著，倒是被他這句話氣得噎了一下。

她剜了一眼池溫文，沒好氣道：「不說話沒人當你是啞巴。」

吃過飯，王伯收拾了碗筷坐在院裡的井邊刷碗，夏魚又聽到余翠在隔壁喊道：「小妹啊，我去地裡給妳爹送飯，妳在家看門啊。」

白小妹應道：「知道了。」

夏魚估摸著余翠走遠了，就去隔壁把白小妹帶到自家院子來。

白小妹雖然平時脾氣倔，敢跟余翠吵兩句，但到底是小孩子，總怕余翠突然回來看到她在池家。

她從進了院子就有些不安，時不時地探頭往門口看去。「嫂子，我得回去了。」

夏魚切了塊發糕，在上面撒了一點黃糖，把白小妹拉進廚房道：「妳安心吃，妳娘看不見。她要回來我就出去把她支開，妳再偷偷溜回去。」

白小妹的身子很單薄，夏魚拉著她的胳膊時只覺得硌手。

夏魚有點心疼白小妹，明明吃個包子還想著自己的弟弟，卻被余翠罵自私。想必平時家裡有好東西，余翠也只留給白小弟一人。

白小妹中午在家只喝了一碗麵條湯，就著早上的剩菜吃了幾口，這會兒看見又軟又蓬鬆的發糕，饞得不行。

她接過發糕，趕緊大口吃起來，一口咬下，發糕鬆鬆軟軟的，表面的糖粒還咯吱咯吱作響，又甜又香又好吃。

夏魚怕她噎著，忙給她倒了一碗水。

白小妹吃完，用袖子擦了擦嘴。「夏魚嫂子，謝謝妳。」

白小妹兩隻小手微微顫抖著，這是她第一次自己吃東西不用幫白小弟留，也不用擔心余翠打罵她。

夏魚揉了揉她的腦袋。「行了，快回去吧。」

白小妹點了點頭，提心吊膽地回了家，當她看到家裡沒人時，不由得鬆了一口氣。

她摸著樹下拴著的小奶狗，想著給夏魚送去點什麼表示感謝才好呢。

下午，周林喜氣洋洋地從娘家回來，一進村，就直奔池家找夏魚，把從娘家帶回來的桃子和青菜分給夏魚。

這次周林回娘家時，家裡正好來了個哭訴兒媳婦總要錢，買了好東西還不想著老兩口的劉婆子。

劉婆子看到周林給娘家帶了十來個白麵大包子，還是花了心思做的南瓜餡，羨慕得不行。

周林乘機跟劉婆子灌輸閨女不比兒子差的思想，加上她又給劉婆子嚐了個大包子，把劉婆子哄得十分開心，一個勁兒地說周林比自己兒媳婦都孝順。

出門後，劉婆子逢人便誇周林爹娘有福氣，姑娘出嫁不忘娘。

不出半天，全村人都知道周林三姊妹孝順，得空總回娘家看看，還給爹娘帶了白麵大包子，可把不少人眼饞壞了。

這次，周林的爹娘也想開了，沒兒子就沒兒子吧，自己也落個清閒，養三個孝順閨女可比養個糟心兒子強多了。

周林把從娘家帶來的桃子塞到夏魚懷裡，笑容滿面道：「拿著吃，別客氣，這是我爹娘自己種的，可好了。」

夏魚看著這又大又紅又水靈的桃子，突然有了個想法。

她問道：「嫂子，妳娘家種的桃子賣嗎？」

周林說：「賣啊，不賣自己家可吃不完。」

夏魚又問道：「嫂子，妳知道多少錢一斤嗎？我想買一點。」

往年，周林男人總幫老丈人賣桃子，從中賺點差價，周林自然知道價格。「桃子比別的瓜果貴，妳大哥去鎮子賣是一斤兩文。阿魚，妳如果要就一斤一文。」

現在正是桃子的季節，夏魚想做桃子酒去大集上賣，她算了算時間，現在做的話，只能趕上下次初一的大集了。「嫂子，妳先給我來十斤桃子吧。」
夏魚沒有要太多，畢竟她也不知道桃子酒在這兒能不能賣得好。
周林點頭道：「行，回來時我爹給我裝了兩筐桃子，我回去稱一下看夠不夠。」
周林一走，夏魚就喊來王伯。
王伯的籬笆已經建好了，這會兒正在處理菜地，聽到夏魚叫他，立刻就過來了。「怎麼了？」
「王伯，咱家有沒有大陶罐？越大越好。」
王伯想了想，帶著夏魚到屋後的小倉庫，從裡面找了好幾個大小不一的罈子。
夏魚挑了個差不多的，看了看罐身和底部沒有裂痕，滿意地點了點頭。「王伯，家裡有酒嗎？」
王伯道：「有，但是不多了。」
夏魚想了想。「王伯，明天我想去鎮上買點白酒和糖，做些桃子酒，趕下次初一的大集去賣。」
王伯聽了她的想法後自然同意，去趕大集的都是泉春鎮周邊十里八鄉的鄉民，人多東西好賣，尤其是新鮮玩意兒更受歡迎。
但夏魚又發起愁了，桃子酒只能下次賣了，那這次賣點什麼好呢？
沒一會兒，周林就拎著二十多個桃子過來了，這桃子都是個頂個的水靈，光看一眼就知道果肉很津甜多汁。

夏魚接過桃子，付了周林銅錢。

周林好心提醒道：「妳家就三個人，買這麼多桃子吃不完別放壞了啊。」

夏魚笑了笑。「我想做點桃子酒，等初一拿去大集上賣。」

「咦？桃子酒？」周林來了興致。「那是啥？」

夏魚解釋道：「桃子酒是果酒，味道清甜可口，女子也能喝。」

「酒不都是辣的，還能變成甜的？」周林期待道：「阿魚，妳做吧，若好喝我幫妳去其他村裡也宣傳宣傳。」

周林是有小心思的，夏魚的酒要是賣得好，就能再買她家的桃子，她爹娘和男人就不用到處奔波賣桃子了。

夏魚知道她的心思，也沒戳破，畢竟這件事對她們兩人都有好處，她笑道：「好，那就提前謝謝嫂子了。」

周林走後，王伯幫忙清洗著半身高的圓肚罈子，夏魚則開始做晚飯。

晚上要做砂鍋燜魚肉和米飯，還是挺費事的。

夏魚刀起刀落，將魚攔腰切成一截一截，用調味料醃上。

廚房裡有不少中午用魚湯換的青菜，還有半塊中午沒做完的豆腐，夏魚就著手把青菜和豆腐洗淨切好，按順序擺在砂鍋底部備用。

看魚肉醃得差不多了，她先將魚拍上粉，用熱油煎得兩面焦黃，依次擺放在砂鍋的配菜上，最後加了一碗調製好的醬汁，蓋上鍋蓋在火上慢慢煮。

煎魚的香味，左鄰右舍都已經再熟悉不過了，畢竟路口的李桂枝家上午也在炸魚。

可沒一會兒，魚香變成了醬香，兩種味道混在一起更加鮮香誘人，聞著就直讓人抓心撓肝。

「又是池家媳婦吧？天天趕飯點做好吃的，真是要饞死人。」

「可不是？但咱也不能不叫人家做飯。」

「一會兒我再去換一碗。」

「我也去。」

在屋裡抄書的池溫文聞到香味也寫不下去了，他看紙上、書頁上到處都是魚的影子，最後實在沒辦法，只好把東西全部收起來，等著吃飯。

飯還沒做好，池家的大門就再次被敲響，外邊的人還親熱地喊著「夏魚妹子」。

池溫文不用想也知道是村民來換飯的，他叫住正要去開門的夏魚和王伯。「先把自家的飯留出來。」

夏魚做了個鬼臉。「知道了。」

分魚湯的事是她考慮不周，忘記自己人還沒吃飽，晚上她不會再犯這樣的錯誤了。

夏魚準備給王伯留兩塊魚肉，給池溫文留兩塊，給自己留一塊，剩下沒幾塊了。

這次分到魚的只有四個人，其他沒分到的都失望得不行。

「妹子啊，明天能不能多做點飯菜，讓我們沒分上的也嚐嚐？」

「是啊，要不咱們輪流著換也行，今天白洪、白么得了魚，那他們明天就不能換了。」

被點名的白洪不樂意了。「憑啥啊！」

夏魚笑道：「明天我要去鎮上一趟，不在家做飯，對不住大家了。」

聽到這話有人歡喜有人憂。歡喜的人想著總算不用聞著別人家的菜香味吃飯；憂愁的人嘆氣明天又換不上好吃的解饞了。

夏魚送走村民回屋時，王伯已經又添了一碗飯，用燜魚的醬汁拌著飯吃得賊香。

「這味道絕了，又鮮又美，還有豆豉的醬香，我吃了一輩子的飯，就這頓最好吃！」王伯不吝嗇地誇道。

池溫文挾了一塊魚肉，魚肉鮮嫩多汁，和帶點甜味的鹹香醬汁融合在一起，簡直是人間美味。「妳可以在大集那天把這道菜當午飯賣。」

夏魚眼睛一亮。「真的可以嗎？」

王伯一拍大腿。「行，沒問題！去趕大集的人一般都在鎮上吃過晌午飯才回家，咱就把這燜魚當午飯賣。」

「那就這麼定了！」夏魚點了點頭。「回頭讓大壯再去抓幾條魚，咱給他算成錢折下來。」

王伯三兩口就把飯吃完了。「我去找大壯，還有六天就大集了，得讓他趁著這兩天多抓點魚。」

白大壯聽王伯說讓他抓魚，還給他折成錢，登時高興得手舞足蹈，終於他也能掙錢了。平時他不愛種地，就愛去村後的林子裡打麻雀、去河裡抓魚，尤其是抓魚，他有自己獨特的技巧，從來不空手回家。

李桂枝瞅了一眼傻樂的白大壯。「抓的大魚按條算，一條一文錢，不用論斤稱，那魚也不是他養的。」

白大壯當然不介意，只要不讓他下地就行。

第二日，天色才矇矇亮，夏魚隨便吃了幾口飯，就帶著家裡所有的銅板出發了。臨走前，王伯不放心地千叮萬囑，跟她說在哪兒坐牛車、在哪家買酒最便宜。在王伯眼裡，夏魚就是個從沒出過遠門的小姑娘。

夏魚心裡暖暖的。「沒事，王伯，我不是小孩子了。」

到了村口，果然有幾輛牛車在等著，這些村民都是去別的地方賣貨或拉東西的，順便捎上一個趕路的人也能賺點錢。

夏魚掏了一文錢，坐上一個去鎮上賣木柴的牛車。

到鎮子時已是巳時，太陽曬在頭頂躁熱，夏魚跟趕車的人約好，晌午過後還坐他的車回去，這才直奔酒鋪買酒。

王伯之前靠著給鄉親們去鎮上跑腿賺差價，總往返鎮上採買，自然知道哪家的酒好。

夏魚趕到酒鋪時，掌櫃的不在，夥計正懶洋洋地坐在門口。

看見有客人上門，還是個從鄉下來的、穿著破舊的女子，小夥計有些不耐煩。「要買什麼啊？」

這個夥計不過十五、六歲，卻一臉油滑世故的模樣。

夏魚瞥了他一眼。「白酒怎麼賣？」

小夥計踢了踢腳邊的板凳，隨口道：「一升十文錢。」

夏魚心裡冷笑，王伯之前就交代過白酒一升四文，一斗四十，但要等掌櫃在的時候再買。

她剛開始還不明白什麼意思，現在倒是懂了。掌櫃的不在，夥計就漫天要價，碰到不懂的外鄉人，這差價就落在夥計的手裡了。

夏魚二話不說轉身就走，夥計啐了一口。「買不起別來。」

夏魚現在不想跟他計較，她要趕緊去買黃糖，再順便買點別的東西，酒就等掌櫃回來了再買吧。

她在鎮子的菜市口轉了一圈，買了些黃糖，想了想，又買了一小塊肉，準備晚上回去做幾塊紅燒肉給王伯解解饞。

買了黃糖和豬肉，夏魚就往酒鋪趕去，在半路的一個丁字路口，她注意到一個半大門臉的店鋪門上貼著一張紅紙。

上面寫著：轉讓食肆，八兩銀子，不議價。

夏魚也就是掃了一眼，門口坐著的老阿婆就拉住了她。「小娘子啊，看鋪子嗎？走，進去瞧瞧。」

夏魚笑著拒絕道：「大娘，不用了。」

老阿婆不由分說，熱情地拉著她走進屋子裡，要不是店裡還坐著個四、五歲的小孩，一邊吃東西一邊跟她說嫂嫂好，夏魚差點就要喊救命了。

老阿婆道：「來來來，妳看看，這店鋪裡頭多好啊，又寬敞又明亮，就是門臉小了點，八兩銀子一點也不貴，轉讓後每個月的月租也就五兩銀子。」

自從這店鋪貼了轉讓後，來的人都是只看一眼轉身就走，不為別的，就這個兩人寬的大門就沒人看得上。

畢竟做生意講究的是大門臉，寬敞明亮，這樣客人才舒心滿意下次再來。

一連等了半個月都沒人看上這間店，老阿婆只好坐在門口守著，看有人往這兒瞧，就把人拉進店裡勸著買。

夏魚四下打量了一番，這間店在外面看是不大，但進來後還挺寬敞的，不算後廚，廳裡能擺下十多張桌子用餐，但這也不能值八兩銀子啊，太貴了。

夏魚道：「阿婆，就這一個店面，妳要八兩銀子也不算便宜啊。」

阿婆嘖嘖道：「就這一個店面我要八兩銀子那不是黑心嗎？走，我帶妳去後面瞅瞅，還有個小院能住人呢。」

夏魚跟著阿婆從店裡的側門出去，果然，一出去就是個乾淨整潔的小院。院子一左一右分別有兩間青磚瓦房，院子不大，但是廚房、水井和茅房都很齊全，還有棵開了花的石榴樹。

阿婆看了夏魚一眼，道：「小娘子，我看妳是外鄉人，妳要是來這兒做生意，不得再找個住的地方？正好咱這店鋪連著後院多省事啊。不是阿婆跟妳吹，就這個小院，妳單獨租下來也得四、五兩銀子，再另外租個店面三、四兩銀子，可比我這還貴多了。」

夏魚疑惑道：「阿婆，妳為什麼這麼急著轉讓出去啊？」

這阿婆一直催她接手店鋪，她有點懷疑這裡是不是發生過什麼不好的事？

阿婆道：「嗐，這不是生意不好，入不敷出嘛！我也不能老是倒貼房租呀，就想著回鄉下養老算了。店鋪這個月底就到期了，我當然著急了。」

看夏魚沒說話，阿婆又問道：「妳看怎麼樣？」

夏魚搖了搖頭。「這事大，我得回去跟家裡商量一下，而且現在銀子也不夠。」

阿婆還不死心。「那妳回去後跟家人說說，不行帶他們來看看。」

直到夏魚點頭保證，阿婆才放她走。

夏魚回到酒鋪時，掌櫃的正在撥算盤記帳，小夥計估計是去送貨了，這會兒不在。

夏魚走進去問道：「掌櫃的，白酒怎麼賣？」

掌櫃的熱情道：「一升四文，一斗四十。小娘子快進來看看。」

夏魚想起剛才小夥計的模樣，不由得皺起眉頭。老闆人挺好，就是夥計太奸，長久下去，這酒鋪遲早被那心思不正的夥計弄得開不下去。

但是她不明白，為啥王伯知道這情況還不提點掌櫃的一下？

夏魚要了五升白酒，跟掌櫃的聊了起來。「掌櫃的，這都快中午了，你家也沒什麼人啊？」

掌櫃的無奈道：「不知道怎麼回事，人都去隔壁街的酒鋪打酒了，我嚐了我家的酒，沒問題啊。」

夏魚贊同道：「你家的酒是挺香，味正。」

「還是妳有眼光。」掌櫃的笑道。

夏魚回了一笑。「但就是你店裡的夥計心術不正。」

掌櫃的一愣，頓時明白了，他皺著眉，忍下一口氣。「我早就該想到了！唉，但這事沒法避免。」

原來，之前王伯已經提醒過張掌櫃一次了，他就把夥計換成了媳婦娘家的熟人，沒想到這次又出現老闆不在夥計賺差價的情況。

第六章

老闆發了愁，表示無計可施，夏魚笑道：「這簡單，你寫一張價格表貼在牆上，客人來了不就能看到了嗎？」

張掌櫃恍然大悟，連忙拱手道謝。「小娘子的辦法甚好！」

「客氣了，我只是希望以後還能買到這麼香的酒。」夏魚笑著擺了擺手，又乘機問道：「掌櫃的，前面丁字口路頭那家店怎麼不做了？」

張掌櫃道：「那家食肆啊，我去過兩回，味道也就那樣，他家門臉太小了，進去後像在籠子裡，憋屈啊，反正就沒什麼特點。」

「原來是這樣啊。」

又跟張掌櫃聊了一會兒，夏魚看時間差不多了，便坐著牛車回到白江村。

到家時，太陽都已經西斜了，王伯熱切地把她迎進屋裡，給她倒了碗水，對著她問長問短。

池溫文也破天荒的放下毛筆，在她身邊安生坐下，看她的眼神都不太一樣了。

夏魚敏銳地察覺到自己出門這一趟，家裡的兩個人似乎都變了，她喝了一口水。「你倆有什麼話直說吧。」

池溫文給王伯遞了個眼神，王伯領會後不好意思地說道：「阿魚，咱晚上吃什麼啊？妳這不在家，我們爺兒倆中午都沒吃飽。」

夏魚默默聽著王伯跟她訴苦。

今天早上，夏魚走時留了一鍋粥和幾張煎餅，兩人吃得還挺好；到了中午，王伯按照以前的習慣做了一鍋麵條，沒想到煮出來自己都嚥不下去，更別說給池溫文吃了。

沒辦法，兩人喝了點清水麵條湯，餓了一下午的肚子。

王伯嘆了一口氣，沒想到夏魚來這兩天就把他們的嘴巴養刁了，要是哪天夏魚不在家可怎麼辦？

夏魚難得看到池溫文今天老實一次，心情還不錯，笑咪咪道：「行，晚上給你們做紅燒肉。」

王伯想著想著，口水都快要流出來了，他都多少年沒吃過紅燒肉了。

池溫文吃紅燒肉的印象還留在小時候，只記得紅燒肉特別香。

說完，夏魚就去廚房裡做飯了，今天早點吃飯，不說家裡這兩人餓了一下午，她跑這一天也餓了。

王伯自告奮勇去洗桃子、去桃核，幫她提前做桃子酒的準備，夏魚就專心做飯去了。

她將肥瘦相間的五花肉切成麻將大小焯水，然後將肉煎得兩面金黃，在砂鍋裡鋪上蔥薑配料，把肉放進砂鍋裡，加入炒好的冰糖、醬汁，淹過五花肉慢慢燉。

燉肉的時候，她在旁邊的小灶上煮了粗糧粥，蒸了軟乎乎的發糕，考慮到池溫文不能吃太過油膩的食物，夏魚又蒸了一碗香滑軟嫩的雞蛋羹。

飯做好後，王伯的桃子也早就洗淨晾著了，夏魚隨便吃了兩口飯墊肚子，就開始忙著做桃子酒。今天耽誤了一天，這酒要快點釀才行。

夏魚把桃子切片放入煮過的陶罐中，一層桃肉一層糖，全部放進去後加入淹過桃肉一半的白酒，然後用油紙紅布將罐口紮緊，再封上一層蜜蠟，最後放在陰涼處發酵。等到初一大集時，正好夠二十天開封。

屋裡，王伯和池溫文吃得津津有味，果然還是夏魚做的飯最好吃。

王伯聽了夏魚的交代，只給池溫文嚐一塊紅燒肉，再想吃就得吃雞蛋羹。

池溫文看著碗裡油光紅亮被醬汁包裹的紅燒肉，一時間有些捨不得吃了，但是不吃聞著還饞人。

看王伯吃得很香，他也忍不住吃了起來。這紅燒肉晶瑩剔透，肥而不膩，表皮彈牙肉質軟糯，鮮鹹帶甜的棕紅色醬汁更是下飯。

只是夏魚為了晚飯好消化，沒有做米飯，只蒸了發糕配稀粥。

不過發糕蘸醬汁也好吃！池溫文吃完一塊還想再挾，被王伯一下打了回去。「阿魚說你只能吃一塊肉。」

池溫文雲淡風輕道：「她說不讓我吃肉，沒說不讓我蘸湯汁。」

王伯一聽也是，就沒再阻攔，看池溫文用發糕蘸著湯汁吃得有滋有味，也跟著吃了起來。

池溫文吃完一小塊發糕，用勺子舀了一口雞蛋羹，淋了香油的雞蛋羹吃起來又是另一番風味。這雞蛋羹蒸得光滑細膩，入口即化，鹹淡適口，很是好吃。

王伯湊上去道：「少爺，你讓我嚐一口雞蛋羹，我讓你吃一塊肉，不跟阿魚說。」

「好。」池溫文把雞蛋羹推給了王伯，又挾了一塊肉。

沒想到，就是這一碗紅燒肉，讓池溫文跑了一夜的茅房，急得王伯也一夜沒睡好。

夏魚黑著臉，數落著池溫文。「你是不是非得跟我唱反調？我都說了只允許你吃一塊，你不聽，現在鬧肚子舒服了？」

池溫文自知理虧，抿嘴默不作聲。

夏魚又對王伯道：「王伯，池大哥現在病還沒好，又那麼久沒吃油膩的，這一下把一碗紅燒肉的油湯汁都吃完，能不鬧肚子嗎？行了，明天繼續吃清水麵條吧。」

王伯躲在角落裡瑟瑟發抖，哀怨地看了池溫文一眼，本來還想讓夏魚明天再做點其他好吃的呢，這下別想了。

三天後是回門的日子，其實回門也沒什麼可回的，幾個叔嬸不待見夏魚，還把她往絕路上逼，夏魚對他們可沒什麼好感。

不過夏魚想把原主的弟弟夏果接過來。原主以前和弟弟相依為命，兩人的感情很深厚，善待了她的弟弟，也當作是對這具身體讓她重生的報答。

夏魚本想著吃完早飯去夏家村一趟，把自己的弟弟接過來一起住，省得在親戚家受氣。可沒想到她還沒回夏家，夏家的叔嬸便一早託人把弟弟夏果送了過來。

夏果怯怯地站在院子裡，因為現在天熱，他穿的是短袖衣衫和半褲，胳膊和腿都露在外面。

夏魚發現他除了腿上磕流血的一塊，胳膊上還有一塊塊青紫的印子，像是被人打過的痕跡。

她一把拉過夏果，掀開他的衣裳，只見他瘦骨如柴的後背上滿是鞭子血印，有的還沒結痂。

一道道可怖交錯的血印讓夏魚看得心驚膽戰，不由閉上了眼。

這才幾天功夫，夏果就被打成這樣，這家人怎麼忍心對一個小孩這樣狠毒？

「造孽啊！」王伯不忍地移開眼，趕忙找些藥酒來給夏果搽。

夏果急忙拉扯著自己的衣服，想遮住傷口。他知道姊姊嫁得不好，一個人不容易，就不想讓姊姊再為他擔心了。

夏魚把他帶進屋裡，為他處理背後的傷痕。她拿了一塊乾淨的紗布沾了些藥酒，一邊塗著傷口，一邊輕輕吹著涼氣，心疼地問道：「疼嗎？」

夏果身子微微顫抖，疼得眼淚在眼眶裡打轉，還是咬著牙搖頭道：「不疼。」

夏魚鼻子一酸，眼淚就掉了下來。「夏果，這是不是二叔、二嬸打的？」

夏果低著頭沒有說話，他怕說了姊姊會傷心，但是說謊了姊姊會更生氣。

一旁的池溫文雖然表面雲淡風輕，一副無所謂的樣子，但是心裡的那道傷疤像是又被重新揭開似的，疼痛得令人窒息。

他看到夏果，就想起了自己幼時。

也是這般大的年紀，因為親娘去世不被府裡的人待見，更是被姨娘陷害，找了個道士說他與親爹命數相剋，最後被驅逐出府。

他能體會夏果內心被親人嫌棄、孤苦伶仃的無助感。

好在他有王伯，夏果有姊姊。

池溫文語氣中有些惱怒。「這種惡親戚斷了關係也好。」

王伯也跟著道：「對，咱家雖然窮，但是多出一口飯吃還是沒問題的。」

夏魚感激地看了池溫文和王伯一眼。「池大哥，王伯，謝謝你們。」

夏果沒想到池溫文和王伯一下就接受了他，抹了一把眼淚，哽咽地道：「謝謝池大哥，謝謝王伯。我會劈柴、會洗衣服、會做家務，我以後一定會好好報答你們的。」

王伯憐惜地摸了摸夏果的腦袋，起身道：「好好，真是個懂事的娃兒。我去收拾屋子，晚上你就跟我睡吧。」

安頓好夏果，夏魚便起身去廚房忙活。

夏果在屋裡坐了一會兒，覺得大家都去幹活就他自己坐著有點不好意思，便對正在抄書的池溫文道：「池大哥，我去院裡劈點柴。」

池溫文停下筆，抬頭看了他一眼，道：「別去了，過來幫我研墨。」

池溫文看出了他的心思，但是夏果後背的傷還沒徹底癒合，眼看天越來越熱，如果因為用力過大拉扯傷口感染就不妙了。

夏果乖巧地點了點頭，跟池溫文學習怎麼研墨，學會後，他站在一旁連大氣都不敢出，生怕耽誤了池溫文抄書。

夏果心想，池大哥可真厲害，不光認識字，還能抄書賺錢，可比村裡那些幹重活餬口的人好多了。

中午，白大壯送來兩條草魚，王伯說要給夏果補一補，就讓夏魚把一條小的魚料理了。

夏魚沒有拒絕，三下五除二就把魚收拾好了。

她拎起處理好的魚放在砧板上，鋒利的刀刃斜斜地劃進魚身，飛速地打著一字刀花，隨後將切好的蔥薑絲塞入肉中醃製去腥，在盤底鋪上蔥薑片防止湯汁浸泡魚肉，最後把魚擺放在盤子中。

而另一旁，灶上的一鍋水也冒起滾滾白煙，夏魚將盤子放入鍋內，蓋上鍋蓋蒸了起來。

蒸魚的時候，小爐灶也不停歇，夏魚將池溫文的中藥罐子挪到不礙事的地方，起鍋燒了一汪熱油，油裡加入花椒和大料瓣，頓時嗞嗞冒著小氣泡。

算著時間，夏魚把蒸好的魚端出鍋，倒掉汁水，淋上調配好的醬汁，再鋪上切碎的蔥薑絲，潑上滾燙的熱油。

只聽「嗞啦」一聲，魚的鮮味和醬汁的香味立刻撲面而來，蔥絲的顏色也因為油的浸潤變得鮮亮起來。

「開飯啦！」

隨著夏魚的叫聲，家裡三個人都停下手中的動作，趕到桌前。

夏果主動幫忙拿碗筷、擺桌椅，最後一個才落坐。

清蒸魚湯清味濃，肉質細嫩，鹹鮮可口，吃得大家心滿意足。

夏果在家時偶爾吃過一次魚，但是叔嬸也只准他吃魚頭，說魚肉太少了，堂弟不夠吃。

他看池溫文和王伯吃得那麼香，怕他們也不夠吃，就挾著魚頭吃起來。

看到夏果挾了個魚頭，池溫文皺了皺眉，給他碗裡挾了一大塊魚肚子的嫩肉。「吃這塊。」

夏果搖了搖頭。「我喜歡吃魚頭。」

夏魚也給他挾了一塊魚肉，一本正經道：「吃魚頭不長個子。」

天真的夏果以為姊姊說的是真的，也不敢推讓了。他還想趕快長大幫姊姊和池大哥幹更多活呢！

說到吃魚頭，夏魚又有了個想法。

她之前還在想，如果在大集那天做砂鍋燜魚肉，那魚頭肯定沒人要，多了那麼多的魚頭賣不出去可怎麼辦？

剛剛夏果提到喜歡吃魚頭，她突然想到可以把魚頭做成剁椒魚頭賣，一魚兩吃，一舉兩得！

這天依舊晴空萬里，夏魚在廚房準備大集那日要用的調料和醬汁，夏果在院裡的槐樹下擇菜。

李桂枝和白大壯拎著一筐魚來到院裡。

「嫂子，我這次可是大豐收，有四條魚呢！」白大壯臉上洋溢著喜氣。

李桂枝進院後第一時間就注意到了夏果。

夏果又瘦又小，眼睛顯得格外的大，他看見李桂枝盯著他看，手忙腳亂地站了起來，道：「大娘好。」

「咦，你是誰啊？」李桂枝奇怪道。

夏魚聽到動靜走了出來，笑道：「這是我弟弟夏果，以後就跟著我和池大哥了。夏果，這是桂枝大娘和大壯哥。」

夏果點了點頭，攥緊了衣角，又道：「桂枝大娘好，大壯哥好。」

李桂枝之前聽說過夏魚有個弟弟，她餘光一瞥，看見夏果胳膊上的傷一塊青一塊紫的，心底瞬間了然。「跟著你們也好過點。」

看著跟孫子白祥一般大的夏果，李桂枝當即交代白大壯。「大壯，你領著夏果和大祥去村口摘果子吧。大祥今天學堂休息，正好在家沒啥事。」

大壯接了命令，應了聲就帶著夏果出門了。

夏魚知道，李桂枝這是讓白大壯帶著夏果在村裡混個臉熟，以後不至於被人欺負。

夏魚感激一笑。「謝謝妳，桂枝大娘。」

「謝啥啊，大祥平時不回村裡，沒人跟他玩，我也是給大祥找個玩伴。」李桂枝笑道：「對了，我來找妳就是想問問妳，有啥能給小孩子做零嘴的嗎？大祥明天就要跟他爹回鎮裡了，我想給他做一點能帶走的。」

夏魚把魚放進水缸裡，想了想，道：「有，大娘，妳看油炸貓耳朵怎麼樣？」

「貓耳朵？好哇！」李桂枝高興道。

之前白祥的爹白慶從鎮上帶過一次貓耳朵，酥酥脆脆十分好吃。後來賣貓耳朵的人走了，就再也沒買到了，白祥還總是惦記這一口呢，要是能做一回貓耳朵還真行！

夏魚見李桂枝點頭，便道：「大娘，那我收拾完東西就去妳家。」

夏魚現在幫村人做吃的都是直接到別人家裡，一來用的材料不怕別人懷疑掉包，二來也方便她不用擇菜、洗菜，不用收拾灶臺和鍋碗瓢盆。

至於做完後會不會被人模仿、流傳，那她就更不在意了，反正都是些家常菜，就算她不教，聰明的人只要細細琢磨也會做，只是口味可能會有點偏差。

再者，她也不打算一直在村裡給人做飯謀生，她還是想攢錢去鎮上開間飯館最好。

李桂枝笑得合不攏嘴，她就知道夏魚會不少花樣。「好，我需要準備啥，妳先跟我叨咕叨咕。」

夏魚扳著指頭道：「麵、油、糖和紅糖，沒什麼特別需要準備的。」

「好，那我先回去了。」

送走李桂枝，夏魚把調料和醬汁收好，跟正在抄書的池溫文和種菜苗的王伯交代一聲，就去了李桂枝家。

要說李桂枝家最歡迎的人是誰，那絕對是夏魚了。

只要夏魚來他們家，大丫、二丫兩個小姑娘第一個衝出來迎接。

大丫眼巴巴望著夏魚，問道：「嬸子，今天妳又要給我們做什麼好吃的呀？」

二丫也湊上肉乎乎的小臉。「嬸子，妳做的飯我能吃兩碗呢。」

自從夏魚來李桂枝家做過兩次飯菜後，大丫和二丫就頓頓惦記上了，巴不得一到飯點夏魚就出現在家裡。

夏魚笑道：「我今天要做貓耳朵，妳們吃過沒有呀？」

大丫興高采烈道：「貓耳朵我最喜歡啦！」

她記得上次吃貓耳朵還是很久以前哥哥給她帶回來的。

二丫當時還小，沒有對貓耳朵的印象，嗦著手指頭道：「貓耳朵是什麼呀？」

夏魚把她的手指頭從嘴裡拿出來，笑道：「一會兒做好妳就知道了。」

柳雙從屋裡走出來，看見夏魚被大丫和二丫圍住，忙過來把她迎進屋裡。「阿魚，快進屋涼快著。我娘說了，妳這兩天在準備大集用的食材，特別忙。等會兒妳把貓耳朵的主要步驟做好，剩下的我們自己來就行。」

夏魚進了堂屋，李桂枝已經把桌上收拾乾淨，食材都準備好了。

李桂枝招呼道：「天熱，咱就不在廚房做了。來，先喝口水。」

夏魚笑著應了一聲，接過她手中的茶碗。「謝謝大娘。」

「謝啥啊，要謝也是我們家謝謝你們。」李桂枝咧嘴笑道：「鎮裡的先生說了，大祥以後肯定能考上秀才。這要不是有池先生指點，大祥以後還得在家種地呢。」

「是呀，阿魚，以後有啥事妳就跟嫂子說，嫂子一定盡力幫妳。」棗芝點了點頭，眼中滿是笑意，白祥出息了，她這個當娘的是最高興的。

夏魚笑道：「這也是大祥自己爭氣。」

說完，她接過李桂枝手中的麵粉袋，問道：「棗芝嫂子、柳雙嫂子，妳們會揉麵嗎？」

柳雙嘿嘿一笑。「這事別找我，我去廚房給妳們生火。」

棗芝端了個麵盆過來。「我會，妳說怎麼做，我聽妳的。」

夏魚接過麵盆，倒入兩碗麵粉。「嫂子，妳揉白麵團，我來做紅麵團。」

「好。」

夏魚在麵盆裡加了些糖、油和少許的鹽，將麵盆遞給棗芝，吩咐道：「妳看著往裡面加水，就跟咱平時做麵條揉麵一樣，把麵團揉光滑就行了。」

「好。」這對棗芝來說再容易不過了。

紅麵團和白麵團一樣的做法，只不過把黃糖換成了紅糖水。

兩人的速度都不慢，過沒一會兒，麵團就揉得又光滑又圓潤。

夏魚將兩個麵團分別擀圓，刷上水疊在一起，再次擀薄擀大，接著又在紅色那一面刷水捲起，搓成粗細均勻的長條，最後切成薄片。

她輕微按壓，將麵片得更薄，成貓耳狀後，對棗芝道：「切成這樣的薄片就能下油鍋炸了，炸成兩面金黃就行，很簡單。」

棗芝驚奇道：「原來貓耳朵這麼簡單呀。」

夏魚笑道：「是啊，做起來一點也不費事，沒事可以多做點給幾個孩子吃。」

李桂枝拿了五文錢的工錢遞給夏魚。「妮啊，謝謝妳了，這回大祥終於又能吃到貓耳朵了。」

夏魚推脫道：「大娘，你們總是幫襯我們家，這錢我不能收。」

光白大壯幫她捕魚只收一條一文錢這事，她就不能再收李桂枝別的錢了。

李桂枝皺了皺眉。「之前兩次妳也沒收，要是讓村裡人知道了，指不定背後說什麼閒話呢，那可不成。」

夏魚一點也不在意，寬慰道：「別人愛說就說吧，也不耽誤我們吃喝，咱自己過得開心就行。」

李桂枝笑道：「妳說得有理呢。」

還有三天就要大集了，夏魚急著回去準備東西，在廚房裡指點了棗芝一番，就匆匆回了家。

第七章

回到家，夏魚向池溫文要了一張廢紙，用燒得黑漆漆的炭筆在紙上記錄著需要準備的食材。

調料和醬汁已經調好，剩下的就是要炸好所有的魚塊，準備好當天需要帶的新鮮食材。

「砂鍋底下可以鋪上冬瓜、嫩青菜、蘑菇……」夏魚一邊念叨，一邊翻看著櫃子上存放的蔬菜。

突然，她發現櫃子上的籮筐裡已經攢了不少雞蛋，這些都是鄉親們在飯點換菜時拿來的。

夏魚覺得這些雞蛋可以做成滷蛋，早上賣，賣不完在小灶上煮，中午還能繼續賣，也不會變質。

越想越覺得可行，便立刻把滷蛋加入售賣名單中。

這時，夏果從外面回來了，他衣兜裡塞了滿滿兩口袋的桑葚，一進門就興奮道：「姊、池大哥、王伯，我給你們摘了好多桑葚。」

夏魚看他滿頭都是汗，就讓他趕快進屋。「這麼多桑葚呀？」

夏果自豪道：「村口有一片桑樹林，這些都是我爬到樹上摘的，還給大祥分了不少呢。」

夏魚給他打了一盆水洗臉，關心道：「別摔著了。」

夏果將桑葚掏出來，放在桌子上的空碗裡。「沒事，我爬樹可厲害了，要不是我急著回來，還能採得更多。」

王伯起身把桑葚洗完拿回來，捏了一粒飽滿紫紅的桑葚放進嘴裡，一口咬下酸甜多汁，很是可口。「還真是不錯。」

夏果給夏魚挑了一顆大的，眼中閃著渴望被誇獎的光芒。「姊，妳嚐嚐。」

夏魚嚐了一顆，確實很甜，還帶著微酸，在躁熱的天氣吃一些酸甜可口的果子很是開胃。

她點頭笑道：「很好吃呀。」

夏果眼睛笑得彎成了月牙，捧著碗跑到池溫文身邊，道：「池大哥，你嚐嚐。」

池溫文近日能吃下不少東西，身體明顯恢復了不少，他一連吃了好幾個桑葚，點頭道：「不錯。」

夏果道：「明天我再去摘一些回來，不然過不了幾日果子就沒了。」

王伯看大家都挺喜歡吃，便道：「明天我跟你一起去，咱倆多摘點。」

夏魚想，一過季就再也吃不到這麼酸甜可口的果子了，不如把桑葚做成果醬，能存放三、四個月，不用擔心果子壞掉，想吃隨時都可以吃得到。

她點頭道：「行，你們這幾天就去多摘一點，回頭我給你們做成果醬，能吃好幾個月呢。」

三個人一聽，眼神同時一亮。又有好吃的了！

夏果使勁點了點頭。「那我現在就出去再摘一點。」

「我也去。」王伯說著，拎起門口的水桶跟著夏果去了村口。

池溫文收起紙筆，和夏魚坐在桌前悠閒吃著桑葚，紅紅的汁水將他蒼白的薄唇染上些許紅潤，讓他看起來更加俊逸。

自從池溫文的病情好轉後，整個人越來越有翩翩公子的模樣了。

夏魚一手支著下巴，一手往嘴裡塞著果子，盯著他憨笑道：「你以前照過鏡子嗎？」

池溫文瞥了她一眼。「妳覺得家裡哪個東西長得像鏡子？」

夏魚這才想起來，她自從來到這個世界，每天都忙得要死，根本沒空捯飭自己，更沒空照鏡子了。

她繼續問道：「那有人誇過你好看嗎？」

「睡糊塗了？」池溫文毫不客氣地用力敲了一下她的腦門，皺眉道：「別人說什麼我哪知道？誰會像妳一樣追在別人身後說人好看？」

夏魚被他敲得腦門生疼，忙捂住額頭，氣呼呼地瞪著他。「我什麼時候追人身後說人好看了！」

「現在！」說完，池溫文起身回到書桌前繼續抄書去了。

留下夏魚獨自一人坐在桌前，憤怒地咬著手中的桑葚。「從沒見過這麼厚臉皮，自己誇自己好看的人！」

瞥見夏魚氣鼓鼓的模樣，池溫文微微彎起唇角，就當作什麼都沒聽見，如果再繼續把她惹毛，那他今天可能又沒有飯吃了。

晚上，夏果和王伯摘回來一大桶桑葚，個個果大色深，一看就是熟透的甜果。

吃過飯，王伯去村裡借大集那天要拉的板車，夏魚、池溫文和夏果三人在院裡納涼，順便挑揀著桑葚的小綠梗。

夏果湊到池溫文身旁，猶豫了好一會兒，才開口道：「池大哥，書裡是不是有好多稀奇古怪的故事？」

池溫文用修長的指尖拔掉桑葚上的雜葉。「嗯，書中自有千鍾粟，書中自有黃金屋。」

夏果撓了撓頭，不好意思道：「這是什麼意思？」

夏魚看了夏果一眼，奇怪他怎麼突然問起了讀書的事，難不成和白祥玩了一天後，他想跟著一起學習？

她解釋道：「意思就是考取功名後有吃不完的糧食和金銀錢財。」

池溫文目光裡的驚訝轉瞬即逝，心頭浮出一絲疑惑，夏魚只是一個村裡長大的小丫頭，怎麼懂得這句話的意思？
夏果倒是沒有多想，聽到姊姊的話，他激動道：「那我可以讀書考功名嗎？」
池溫文道：「可以是可以，只是錯過了開蒙階段，會更難一些。」
夏魚很高興夏果想讀書，在她看來，七歲的年齡正是接受教育的好時機。「讀書不分早晚，只要你想學，肯下功夫好好學，什麼時候都不晚。」
池溫文目光中帶著驚訝，很是贊同夏魚的觀點。她說得沒錯。這個觀點是很多人家都會忽略的，他們只認為錯過三歲的開蒙就晚了別人一步，沒有了讀書的希望。
池溫文揪著桑葚梗，淡淡道：「確實如此，有些人到了花甲年齡還在讀書考試，只要用功肯學，什麼時候都不晚。」
夏果堅定地望著池溫文。「姊、池大哥，我想讀書。今天下午摘桑葚時，白祥跟我講了好多書裡的東西，都是我沒聽說過的，我也想成為一個有學問的人。」
夏魚笑道：「當然可以啦，你池大哥就是白祥的開蒙先生呢，教你還不是小意思，是不是啊，池先生？」
池溫文將桑葚放進盆裡，點頭道：「可以，不過讀書是件費腦的事情，教書也很累，往後的一日三餐妳就多勞心了。」
夏魚扯了扯嘴角，這意思不就是讓她以後不能一生氣就不給他飯吃嘛！不過看在他同意教夏果讀書的分上，也只能妥協了。

到了大集這日，剛過四更，池家所有人都醒了。

夏魚忙著把前一晚醃好的魚塊過油炸一遍，均勻地放在墊著荷葉的竹筐裡；池溫文把需要用的青菜洗淨；王伯和夏果把爐灶、鍋具、板凳和木柴裝在板車上。

去鎮子的路程很遠，還需要自己推車走去，池溫文的體力不夠，只能留在家裡看門。一切準備妥當後，夏魚給他留了些鬆軟的發糕，以及前幾日醃好的鹹菜，作為一天的乾糧。

王伯說去得晚就沒位置了，因此天還沒亮，夏魚幾人就出發了。

夏季的天總是亮得特別早，到泉春鎮時，天已經大亮，有不少商販都開始忙忙碌碌地擺攤了。

王伯找了棵枝繁葉茂的大樹，讓夏魚把攤子擺在樹下。「有棵樹好，一會兒太陽出來了不熱。」

夏魚從板車上拿出一個板凳和一壺水給王伯。「王伯，你快歇歇吧，我跟夏果收拾東西。」

王伯擦了擦汗沒有拒絕，從白江村走到泉春鎮要一個半的時辰，他年輕時走這麼遠的路沒問題，但現在還真有點累。

眼看著來趕集市的人越來越多，夏魚迅速把攤子支好，在爐灶上擺著早起滷好的雞蛋。因為趕路太久，滷汁已經不熱了，夏果在旁邊麻溜的將火點起來。

趁著滷汁還沒燒開，夏魚拉著夏果在小凳上坐下，從籃子裡拿出臨走時切好的發糕片，再將之前做好的桑葚果醬均勻地抹在一片發糕上。白白的發糕瞬間出現一片瑩亮的紫色，接著夏魚又拿出一片發糕蓋上，簡易型的果醬麵包就完成了。

但是叫果醬麵包不太合適，夏魚決定就叫果醬發糕好了。

「王伯，你先嚐一個。」夏魚將做好的果醬發糕遞過去。

王伯的肚子早就咕嚕叫了，接過發糕就大口吃了起來。

發糕鬆軟，果醬酸甜，配在一起吃十分爽口。

「這是發糕嗎？」王伯看了看發糕，確定這和平時吃的一樣，但口感卻變得不同了，咬上一口香軟的發糕，帶著酸甜的桑葚口味，真是讓人欲罷不能，吃了一個還想再吃。

夏魚又遞給夏果一個，笑道：「這叫果醬發糕。」

夏果也早就流口水了，拿著果醬發糕吃得賊香。「真好吃，又酸又甜的，比直接吃果醬好吃多了。」

桑葚醬做好的時候，夏魚給他嚐過一勺，酸酸甜甜的可好吃了，之後夏果因為捨不得吃果醬，就一直沒再碰過，饞的時候就看上兩眼。

「奶奶，我也要吃！」這時，一個稚嫩的聲音傳了過來。

夏魚側頭看去，原來是一個大娘帶著自己的小孫子來趕集，小孩眼巴巴看著夏果的發糕，咬著自己的手指頭。

「多少錢一個啊？」大娘問道。

夏魚一愣，她還沒想過賣發糕呢。

不過，她立刻反應了過來。「果醬發糕啊，兩文錢一個，酸酸甜甜的特別好吃。」

說著，夏魚把果醬抹在發糕片上，讓大娘和小孩看了一眼。

「這麼貴？」大娘皺了皺眉頭，拉著小孫子要走。

那小孩看到發糕上亮晶晶的果醬，想起過年時吃的蜜糖漿，又甜又好看，也是這樣亮晶晶的，他立刻大哭起來。「我要吃，我要吃！」

路過的人紛紛回頭，看著嚎啕大哭的小孩。

這時，滷雞蛋的鍋也燒開了，夏魚掀開鍋蓋，滷汁咕嘟冒著泡，雞蛋在鍋裡跟著翻滾，濃郁鮮香的味道迅速瀰漫開來，路過的人聞到香味都忍不住吞著口水，望向夏魚的攤子。

一個拉車的壯漢問道：「小娘子，妳這滷雞蛋怎麼賣？」

夏魚笑道：「滷雞蛋一文錢。」

「給俺來一個。」壯漢遞了錢過去。

夏魚迅速撈起一個雞蛋，用備好的乾淨荷葉裹上遞了過去。

壯漢拉了一早的車，早就餓腸轆轆了，他把板車放在一旁，蹲在地上就剝起雞蛋殼。

剝去棕紅色的蛋殼，被滷汁浸泡成大理石紋路的雞蛋格外誘人，壯漢一口將雞蛋吃下，入口鹹香帶甜，味道濃郁，可見是用足了調料。

「再來四個。」壯漢吆喝道。

聞著滷汁的香味，大娘拉著孫子也不由吞起口水，她哄道：「乖孫，咱吃雞蛋好不好？吃雞蛋長得壯。」

小孩在家整天被奶奶逼著吃雞蛋，早就吃膩了，他哭鬧著。「我不要，我就要吃果醬發糕！」

大娘看路過的人都圍了過來，趕緊道：「兩文就兩文吧，來一個。」

夏魚給壯漢裝好雞蛋，就開始給小孩做起果醬發糕。

循著香味來買滷雞蛋的人越來越多，夏果和王伯也來幫忙，一個賣雞蛋，一個收錢。

一個買完雞蛋的灰衫中年男子看到夏魚在發糕上塗果醬，順嘴問道：「小娘子，妳往發糕上塗的是啥？」

夏魚把果醬發糕遞給小孩，回道：「是桑葚果醬，大叔來一個不？」

「桑葚果醬？」中年男子喃喃道：「這是啥？」

拿到果醬發糕的小孩一邊吃，一邊高興道：「好吃，真是太好吃了，奶奶，等我吃完妳再給我買一個吧。」

大娘一根手指搗著小孩的頭，趕緊帶著他離開。「等你吃完再說。」

要是再買一個，她還怎麼買別的東西。

中年男子本來有點猶豫，但看到小孩興奮的樣子，道：「也給我來一個嚐嚐吧。」

「好。」

夏魚將做好的發糕遞過去，中年男人立刻咬了一口，酸甜的果醬在唇齒間蔓延，讓他眼前一亮——

這個可以！

他家小姐從江南鎮州城來泉春鎮探親，這幾日苦夏沒什麼胃口，吃點酸酸甜甜的果醬開胃正好。

他看著發糕裡的果醬，眼珠一轉道：「老闆，妳這裡面的果醬賣不賣？」

夏魚指著帶來的一個巴掌大的陶罐，不好意思道：「大叔，今天就帶這一罐，這開封的您還要嗎？放心，我盛果醬的勺子都是乾淨的。」

中年男子猶豫半晌道：「行，這一罐怎麼賣？」

夏魚笑道：「這一罐五十文，平時可以抹在饅頭或發糕上吃，也可以泡水喝，可以存放三個月。」

中年男子點了點頭，把錢遞給王伯，拿著罐子就往泉春鎮最大的李府走去。

還沒到中午，夏魚帶來的二十幾個雞蛋和一瓶果醬就賣完了，一下子賺了一大筆錢呢。

忙碌了一上午，夏魚準備先做一份剁椒魚頭和砂鍋燜魚肉，讓自己人填飽肚子，也正好藉著飯香招來一點人氣。

昨天準備東西時，王伯還多借了一個小爐子，正好方便一個爐子做剁椒魚頭，一個爐子做砂鍋燜魚肉。

兩鍋上灶，夏魚怕自己忙不過來，便跟夏果交代道：「你來做砂鍋，記得先放蔬菜再放魚塊，然後加小半碗醬汁和半碗水，等湯汁收得差不多就能起鍋了。」

夏果點了點頭，他在家就經常做飯，對灶火上的一切自然也不陌生。

交代完夏果，夏魚開始專心做起剁椒魚頭。

她拿出一個早上對半切好、醃製好的魚頭，將魚頭平鋪在盤上，在上面蓋了一層紅紅的剁椒醬，然後上鍋用大火蒸熟。

等魚頭蒸好後倒去多餘的湯汁，撒上蔥花，淋上鮮亮的醬汁，潑上一勺熱油，一股鮮香撲面而來，一盤色澤紅豔、又辣又香的剁椒魚頭就做好了。

「這是哪個攤子賣的飯，這麼香？」

兩個在不遠處買東西的婦人探頭張望著。「買完東西咱倆去嚐嚐，正好中午也趕不回去了，咱倆過把癮。」

其中一個高個兒的婦人眼尖，一眼就看到夏魚手中端著一盤魚頭。「哎，是那家啊，咱去看看。」

夏魚剛把魚頭放在臨時擺放的小桌上，兩個婦人就湊了過來。

高個兒婦人指著那盤紅亮誘人的魚頭，問道：「老闆，妳家這晌午飯怎麼賣？」

夏魚笑著和氣道：「剁椒魚頭啊，四文錢一份，帶飯，管飽。」

兩個婦人商量了一下，每人湊了兩文錢。「老闆，來一份嚐嚐。」

夏魚應了一聲，趕緊又做出一鍋剁椒魚頭。

鮮辣誘人的魚頭、噴香的粗糧飯，怕兩個婦人不夠吃，夏魚還把自己帶來的小鹹菜給兩人分了一點。

兩個婦人坐在攤子邊的小凳上，一人一半魚頭，配著粗糧飯吃得滿頭大汗。

「真好吃，又辣又香，過癮。」高個兒婦人喜歡吃辣，這道剁椒魚頭正合她的口味。

小個兒的婦人雖然平時不能吃辣，但這會兒吃魚頭卻顧不得說話，實在太好吃了。

路過的人聞到香味，看她們吃得這麼過癮，也不禁口水氾濫，跟著買了起來。

沒一會兒，夏果的砂鍋燜魚肉也起鍋了，鹹香四溢的醬汁和魚肉的鮮美味道蔓延了半條街，不少人都循著香味往這邊趕來。

夏果的小臉被爐火熏得紅撲撲的，他抹了一把臉頰的汗珠。「姊，砂鍋燜魚做好了，妳看怎麼樣？」

夏魚掃了鍋裡一眼，見鍋裡的湯汁收得正好，點了點頭。「挺好的，你先吃吧。」

「姊，一會兒吃完我幫妳做砂鍋燜魚。」

「行，那你就順道幫著賣吧，三文一份，一塊魚段、半碗菜配上一碗粗糧飯。」

「記住了！」

李桂枝拎著一個籃子，老遠就往這邊擠來。「哎呀，妮啊，可找到妳了。」

夏魚驚訝道：「桂枝大娘，妳也來了？」

「是啊，給白慶送點薄衣服，順道趕集了。」李桂枝說著，拉了一下身旁穿著衙役服的大兒子。「快，這是王伯、夏魚還有她小弟，你跟大祥能吃上那麼多好玩意兒，都是夏魚做的。」

白慶濃眉大眼，身材魁梧，朝夏魚幾人點了點頭，感謝道：「多虧你們，我和大祥才有口福。」

夏魚擺了擺手，笑道：「白大哥客氣。」

李桂枝見夏魚正在做剁椒魚頭和砂鍋燜魚肉，跟白慶誇道：「來了正好嚐嚐你阿魚妹子的手藝，跟你說，不吃才是虧呢！」

白慶憨厚地笑了笑。「行，阿魚妹子，每樣來一份，我和娘中午就在妳這兒吃了。」

第八章

夏魚把白慶和李桂枝領到裡面自己人吃飯用的臨時飯桌前，笑道：「大娘、白大哥，你們慢慢吃，不夠鍋裡有飯，管夠。這裡還有我自己醃的酸辣蘿蔔，你們可以嚐嚐。」

李桂枝吃了一口砂鍋燜魚，催促道：「行，妳快點去忙吧，不用管我們。」

夏魚笑著應了一聲，便回頭招待其他客人去了。

白慶今兒個請了一上午的假，陪著李桂枝在集市上轉了半天，這會兒早就餓了，他端著碗就大口吃起來。

砂鍋燜魚肉醬香四溢、鹹鮮味美；剁椒魚頭鮮辣下飯，越吃越想吃；酸辣蘿蔔甜辣爽口，白慶不知不覺就又添了兩碗飯。

李桂枝看到兒子吃得大汗淋漓，拿出手絹給他擦了擦汗。「慶啊，慢點吃，沒人跟你搶。」

白慶這才注意到自己娘親早就吃完停筷了，他不好意思道：「娘，妳看我光顧著吃，妳吃飽了嗎？」

李桂枝疼愛地看著他。「飽了，早就飽了。」

夏魚這邊，魚頭和魚肉已經賣出了一半，幾人雖然又忙又累，但心裡也很高興。

白慶要給夏魚飯錢，夏魚死活不收。「這些魚還是你家大壯幫忙抓的，等於沒要錢白給我了，我怎麼能再收你的錢呢？」

李桂枝看馬上要到了飯點，人也多了起來，怕再推讓下去耽誤夏魚做生意，笑道：「這頓飯就算我們沾光了，回去我給妳送一筐雞蛋。我還得買點別的東西，就先走了啊。」

夏魚盛了一勺醬汁澆在魚頭上，回頭笑著應聲。「好，大娘妳慢點走。」

王伯在一旁忙著刷碗，離不開身，也只能笑著跟李桂枝和白慶揮揮手。

白慶起身陪李桂枝逛了兩圈，還回憶著剁椒魚頭和砂鍋燜魚的香味。

李桂枝見兒子一直心不在焉的，以為他惦記衙內的事務，就怕耽誤他辦正事，隨便買了些東西就回村去了。

白慶送走了李桂枝，看時間還早，就直接回衙門去了。

一回去，一群兄弟就圍了上來。

「白老大，這回嬸子又給你送啥好吃的了？」李二笑著湊上來。

張三也走了過來。「老大，上次嬸子帶的貓耳朵可好了，咱兄弟去街上巡邏偷懶時還能吃些零嘴。」

白慶一巴掌拍在張三的腦門上，佯裝生氣。「好你小子，原來讓你去巡街時還敢偷懶。」

張三笑嘻嘻摸了摸腦袋。「老大，開玩笑，開玩笑。」

其實泉春鎮上原本是沒有衙門的，只是白江村幾年前的暴亂鬧得太大了，上頭就在泉春鎮臨時設了個衙門。

白慶就是在那個慌亂的時候當上衙役的，這麼多年還混成了十多個兄弟的頭領。

白慶喝了一口水，道：「你們都沒吃晌午飯吧？集市東頭大樹下有個娘子帶個老伯和小孩在賣剁椒魚頭和砂鍋燜魚，那滋味……我到現在想起來還流口水呢。今兒中午我當值，你們早點去吃飯，都去嚐嚐吧。」

白慶這麼一發話，不少人都歡呼雀躍起來。

「老大，那集市那麼亂，能有什麼好吃的？」李二暗暗撇了撇嘴。

白慶掃了他一眼，悠哉道：「不去你別後悔，你們之前吃的南瓜包子、炸小魚和貓耳朵，都是那老闆做的。」

「老大，我先去了，這會兒到了飯點，人肯定多，去晚了別賣完了。」張三機靈，留下一句話拔腿就跑。

他可是衙裡最饞的一個，這泉春鎮哪裡有好吃的，哪裡就有他的蹤影，而且白慶每次從家裡帶的美食他都嚐過，味道確實特別好，這家肯定味道錯不了！

張三一走，呼啦啦一群人也跟著他出了衙門。

一群穿著衙役服的人浩浩蕩蕩來到集市，把來趕集的人和擺攤老闆都嚇了一跳，還以為這集市出了啥事呢。

根據白慶的提示，張三一路順利找到夏魚的攤子前，大聲吆喝道：「老闆，剁椒魚頭和砂鍋燜魚一樣來一份！」

「我來一份砂鍋燜魚！」

「我要一份剁椒魚頭——」

夏魚本來心裡還犯著嘀咕，以為發生了什麼事，但看到眼下的情景，便知道原來是白慶給她帶來了生意。

她立刻起鍋笑道：「各位官爺請稍等。」

鎮上有間酒樓叫泉春樓，往日鎮上哪家請客辦宴都會來這裡，但後來開了一家倍香樓，他家的生意就慘澹了起來。

因為泉春樓離衙門最近，平日固定的客源只有每天中午去喝酒吃菜的衙役們。

今天中午，泉春樓的劉老闆等了半天，都不見一個衙役來吃中飯，急得他站在門口都成了望夫石。要知道，這群衙役的花銷可是他的固定收入呢。

最後，劉老闆實在等不及了，就跑到衙門附近守著。

見李二晃晃悠悠地從衙門裡走出來，劉老闆急忙攔住他，客氣問道：「官爺，今兒中午怎麼不見咱弟兄們來吃飯啊？」

「喊，衙裡的人都去集市東頭吃飯了，白老大說那裡的飯好吃。」李二不屑地哼了一聲。「我就不信能好吃到哪兒去。」

劉老闆附和著乾笑兩聲，便匆匆往集市趕去，他倒要瞧瞧是什麼飯菜能讓一幫衙役都趕著去吃？

劉老闆趕去的時候，夏魚的攤子前擠了一群人，還有的在後面排隊。

「老闆，這魚頭太好吃了，再來兩份！」張三辣得直吸溜嘴巴，卻還是覺得不過癮。

「我也來兩份，再要一份砂鍋魚肉！」

夏魚看了看籮筐，對著眾人抱歉道：「魚頭就剩三份了。」

排隊等著買剁椒魚頭的人也不敢跟衙役爭搶，紛紛嘆氣離開。

「姊，魚肉也不多了，就剩最後十幾塊了。」夏果一邊用毛巾擦汗，一邊說道。

跟著張三一起來的其他人立刻搶著道：「給我再來兩塊。」

「我也要兩塊。」

沒一會兒，夏魚帶來的食材全都賣光了，而這時，她注意到一個三十多歲、身著棕色衣服的大肚腩男子笑著朝她走過來。

剛剛她就發現，這個人吃完一份魚頭和砂鍋魚肉後也不離開，就是一直盯著她看，夏魚主動問道：「大哥，有事嗎？」

劉老闆指著攤子上擺的一罐醬汁，問道：「妹子，這醬汁賣嗎？」

他在一邊看了那麼久，發現夏魚做這兩樣菜都離不開這醬汁，想必這醬汁就是她做菜最關鍵的一環。

夏魚一愣，隨後反應過來，這人怕不是同行吧，不然哪個人會閒得沒事站在一旁一直看人做飯，最後還要買醬汁。

她不客氣地道：「同行啊？」

劉老闆嘿嘿一笑，一點也不覺得被人戳破難為情。「妹子眼真尖。」

夏魚拿碗給他盛了一勺醬汁遞過去。

這醬汁是她用了十幾種調料加上不同的製作方法混在一起做成的，就算劉老闆能猜到裡面有什麼調料，也不知道用量比例和調製的先後順序。

「敞亮！」劉老闆接過碗，細細抿著醬汁的味道。

劉老闆是廚子出身，對調料也不陌生，但這醬汁又鮮又甜，還有點辛辣的口感，各種調料的口味相互不影響，融合得剛剛好，還真是讓他弄不清到底是怎麼做的。

劉老闆眼珠一轉，這醬汁他要是放在自家的酒樓用，肯定能把倍香樓的生意搶過來。

「妹子，妳這醬汁的配方賣嗎？」

夏魚愣了一下，賺大錢的機會來了！

她笑道：「大哥，怎麼個賣法？」

劉老闆伸出五根手指頭。「這個數。」

夏魚心底冷呵，這人是跟她猜啞謎呢，要是她報得少了，他就等於白撿了個配方。

獅子大開口呢。

夏魚面不改色。「五十兩啊？」

劉老闆嚇了一跳，本以為夏魚沒見過世面，頂多問他要五百文錢，沒想到這小農婦還敢獅子大開口呢。

「妹子說笑了，哪有妳這樣開價的啊，最多五百文錢！」

夏魚搖了搖頭，一口拒絕。「大哥，哪有你這樣開價的？我今天這些魚都賣了四、五百多文錢，五百文還不如我自己賣魚呢。再說，我這可是秘方，其他人做不來的，你這開價一點也不誠心。」

劉老闆擰著眉心，沒想到她算帳還挺明白的。「妹子，妳是個明白人，那咱就不說虛話了，一口價五兩銀子！」

夏魚想起之前那間帶院子的店面，她記得阿婆說過，除去轉讓費用，月租是五兩銀子，估計鎮上其他店面的租金也差不多這個價錢。如果她不考慮轉讓的食肆，五兩銀子正好夠租下一間空店面。

但是只租一間店面，裡面是沒有裝修的，夏魚跟劉老闆開始討價還價，爭取能多賺點裝修錢。「大哥，做生意都圖個吉利，這樣吧，八兩八，祝你發發發，怎麼樣？」

劉老闆開始猶豫起來，一方面覺得貴，一方面還想圖這個吉利。

最後，兩人以六兩六的價格成交了醬汁的配方。

夏魚拿了一兩銀子的定錢，笑道：「大哥，明天我就把醬汁的配方給你送到泉春樓。」

劉老闆幻想著自家酒樓的生意能越來越好，也很是高興。「行，明天我哪兒也不去，就在店裡等妳。」

劉老闆走後，王伯擔憂道：「阿魚啊，這醬汁的配方賣出去了，下個大集我們再賣魚估計就沒人買了。」

夏魚收拾著鍋碗。「沒事，下個大集我們不賣魚。」

說不定不到下個月，她就能在鎮上開一家飯館呢。

就在他們收拾完攤子準備離開時，一個灰色長衫的中年男子叫住了他們。

夏魚定睛一看，原來是早上買果醬的那人。

田家管事跑得急，已經喘得上氣不接下氣了。「小、小娘子，那果醬……妳能再送一些嗎？」

方才田家管事回去後，給田小姐嚐了果醬，田小姐吃了一口，立刻就讓他再去買兩罐回來，準備回去時帶回家給爹娘嚐嚐。

正巧府裡的幾個小姐、少爺找田小姐出去玩，看見她桌上的果醬也都嚐了口，紛紛讓田家管事再去給他們買一些。

夏魚笑道：「大叔，我明天可以給你送，你需要多少？」

田家管事緩了一口氣。「先給我來十罐吧，送到李府就行。」

說完，他遞給夏魚一兩銀子。「多餘的就當是路費吧，妳這一來一回也不容易。」

收了攤子，夏魚立刻去隔壁的攤上買了十來個大小差不多的陶罐，用來裝封果醬，明天給李府送去。

王伯高興地買了三隻小雞仔，像寶一樣的捧在手心裡，一行人這才踏上回程的路。

回到家，幾人把板車上的東西卸下來後，王伯就忙把借的工具還回去。

夏果也趁著天還沒黑，搬著桌凳到院子裡做會兒功課。

夏魚揣著銅板和銀子進了屋，她一邊將錢收在匣子裡，一邊對池溫文道：「你等會兒能幫我寫個東西嗎？」

池溫文問道：「寫什麼？」

「配方。」夏魚得意一笑。「我把做醬汁的配方賣給鎮上的酒樓老闆，賺了六兩六的銀子，夠在鎮上租一間店面了。」

池溫文上下打量了她一番，問道：「妳把配方賣了還怎麼在鎮上開食肆？」

把配方賣給同行，他還是第一次見到。

夏魚毫不在乎。「沒事，我賣給他的配方只能做魚，做不了別的菜。」

池溫文默默看了她一眼，提起筆道：「說吧，我來寫。」

等池溫文寫完配方後，王伯從外頭回到家裡，喝了口水，擦了一把汗，道：「少爺，你的藥快吃完了，明天我得去找村裡的大夫再拿一點。」

前幾日家裡的錢都用來買調料了，只出不進，手頭倒騰不出多餘的錢買藥，池溫文的藥就停了兩日沒去抓。
夏魚將晾好的紙張收好，遞給王伯幾十文錢，問道：「王伯，池大哥一直在村裡大夫那裡拿藥吃嗎？」
王伯點了點頭。「是，吃了半年多了。」
這些日子裡，每天早晨都能聽到池溫文撕心裂肺的咳嗽聲，藥吃下去也不見好，愁得王伯直唉聲嘆氣。
夏魚皺眉道：「王伯，我明天帶池大哥去鎮上找個好一點的大夫看看，別再把病拖得更重了。」
王伯一愣，隨後激動得老淚縱橫，少爺終於能去鎮上看大夫了。
等王伯出去後，池溫文沈默了半晌，道：「明天我跟王伯說，我不想去鎮上看大夫，妳的錢留著開食肆吧。」
他知道夏魚早就盼著在鎮上開食肆，如果給他看了病，剩餘的銀錢就不夠租店面了。
夏魚挑眉道：「放心吧，今天一共賺了七、八兩銀子呢，如果看完病的錢不夠租店面，不是還有下個月的大集可以賣東西嗎？再說了，你的病好了，我也能……」
夏魚突然意識到自己說錯了話，立刻閉上嘴巴，小心翼翼地看了池溫文一眼。
「妳能幹什麼？」池溫文目光緊盯著她。
「沒、沒什麼。」夏魚心虛地別過頭。

即便夏魚不說，池溫文也能把她沒說完的話猜個七、八分。

自從成婚後，兩人就各懷心事，沒有尋常人家的關懷體恤，亦沒有夫妻間本該有的親近模樣。他早就該想到，她從一開始就想擺脫他這個病痨子。

雖然他有過和離的念頭，但此刻知道夏魚也有離開他的心思，池溫文的心頭頓時像壓了一塊大石，又悶又痛，難受得喘不過氣來。

最終他還是忍住心中的苦澀，淡淡道：「以後我會把看病的銀子還給妳的。」

或許和離對他們兩人來說才是公平的抉擇，本來夏魚嫁過來時就是不情願的，而他也不是自願娶她的。

夏魚心裡亂成一團麻，她不確定池溫文有沒有猜到她的後半句話，咬著嘴唇道：「不用了，就當是用夏果的學費給你看病了。」

「不用。」池溫文瞥了她一眼，起身走出屋門，去幫王伯收拾院裡散落的木柴。

瞧著池溫文態度驟然變冷，夏魚有些鬱悶。

她從匣子裡拿了一百多文錢，準備按市價把魚錢折算給白大壯。

到了李桂枝家，夏魚笑著將一百多文錢塞到李桂枝手裡。「大娘，先前我手頭緊，拿不出那麼多錢，這魚賣了賺了銀子，自然是要把魚錢折給大壯。」

李桂枝推辭道：「這不成，先前我都說了，那些魚又不是大壯養的，一文一條就不錯了，妳這再折成銀錢算什麼？」

夏魚不依，最後還是將錢留給李桂枝。

回到家，她準備晚上做辣椒炒肉和韭菜炒蛋，再烙幾張餡餅，也算是對大家忙碌了一天的犒勞。

池溫文在屋裡靜不下心，圍著桌子走了一圈又一圈，他一想到夏魚以後可能會離開這個家，更是心煩意亂。

但而後轉念一想，夏魚當時並沒有把話說完，或許可以峰迴路轉呢？

他暗暗嘆了一口氣，索性放下心事去廚房幫忙，先緩和兩人的關係再說吧。

夏魚在廚房裡做餡餅，她手上握著一張薄薄的麵皮，將調好的茴香肉餡放在麵皮中央，不知手指怎麼靈活一轉，再在案板上一拍，一個圓圓的生肉餅就做好了。

她看到池溫文來到廚房，歪頭問道：「你怎麼來了，飯還沒做好呢。」

池溫文聞著鮮香的肉餡，抿了抿嘴。「在屋裡待著累，來這兒看看。」

夏魚不可置信地看著他。「大少爺，在屋裡待著還累，那你想幹麼呀？」

池溫文在門口的水盆裡淨了手。「妳教我做餡餅。」

「你行嗎？」夏魚在平底鍋裡刷了一層熱油，把生餡餅挨個兒放進去。

隨著餡餅的表面嗞嗞作響，某人咬牙切齒道：「我發現妳的廢話特別多！」

廚房裡火燒火燎，熱得人滿身大汗，夏魚用毛巾擦著額頭的汗，感覺自己像是在SPA。

她擀了兩張麵皮，遞給池溫文一張，教他怎麼包餡餅。

池溫文學著她的樣子，在掌心的麵皮上放了些帶著青綠茴香的肉餡，然後開始捏摺子。他雖然不怎麼會做飯，但來白江村這幾年，也能做簡單的炒蛋和燜飯，所以自然覺得做餡餅這事沒什麼難的。

夏魚麻利地將做好的生餡餅放在篦簾上，然後掀開鍋蓋將油鍋裡的餡餅翻面，接著擀皮包餡餅。

池溫文低頭研究餡餅的摺子，修長的手指沾滿白色的麵粉，他拿起夏魚做好的生餡餅，一臉茫然地翻看著，看了半天也不明白餡餅是怎麼捏好的。

夏魚看著他的樣子，不由抿嘴偷偷笑起來。「你不能一下子把這兒捏起來，要一點一點的往前摺。」

說完，她拿起一片麵皮示範起來。

池溫文湊到她身邊，仔細看著她手上的動作，沒一會兒就學會了。

雖然包得不好看，但是在案板上一按一拍，也是個餅的形狀。

一鍋餡餅出爐，金黃焦脆的麵皮看起來就引人食慾，夏魚給池溫文挾了一個。「嚐嚐怎麼樣？」

池溫文拍掉手上的麵粉，拿起筷子吃起來。

餡餅的外皮被油煎炸得又酥又脆，咬上一口，裡面的肉餡立刻散發出騰騰熱氣，吸收了茴香湯汁的肉餡別有一番風味，吃起來更是鮮美多汁，回味無窮。

「很好吃。」池溫文又吃了一口，細細品嚐後道：「肉餡很鮮嫩，這是什麼肉？」

夏魚將最後一鍋餡餅擺進鍋裡，開始切著青菜。「就是集市上買的普通豬肉啊，只不過我在肉餡裡加了粉，所以吃起來更鮮嫩。」

池溫文第一次知道做飯的講究還挺多，不只是把食材煮熟就行了。

夏魚一邊炒菜，一邊交代池溫文幫忙把餡餅翻面。

只見池溫文拿起鍋鏟，小心翼翼地鏟起餡餅，然後啪的一下翻了過去，隨著餡餅砸在鍋底，一粒粒油星四濺而起，一下迸濺在他的手背上，疼得他緊緊皺起眉頭，差點將鍋鏟扔到一旁。

他側目看向正在用大火嗞啦嗞啦炒肉的夏魚，對她不禁生出幾分佩服，做飯這事還真不是普通人能做的。

做好飯，幾人圍著桌子，美滋滋地吃著餡餅喝著粥。

這事放在之前，王伯是想都不敢想的，只求每天能吃口飯就行。

自從夏魚來了之後，他們的伙食越來越好，氣色都比以前紅潤了許多，渾身也有使不完的勁了。

第九章

一盤餡餅不一會兒就被吃完了。

王伯道：「下次大集可以賣餡餅，這味道絕了！」

夏果也跟著點頭。「姊，這真的可以。」

夏魚覺得這個提議不錯，但是她沒有把事情說死。

明天她還想要帶池溫文去鎮上看大夫呢，萬一看病剩餘的錢正巧能租到一個合適的院子，那她就不用等到下次大集了，說不定過不了幾天她直接就在鎮上賣餡餅了。

第二日天剛亮，在池溫文一本正經地忽悠下，夏魚又做了一鍋餡餅，帶了幾個當作她和池溫文出門的口糧，剩下的則留給家裡的王伯和夏果。

她揣好錢，和池溫文坐上去往鎮上的牛車。

到了泉春鎮，夏魚先去了一趟李府，將十罐果醬交給管家，然後又去了泉春樓給劉老闆送配方。

劉老闆見到夏魚來，自是樂得合不攏嘴，想起那天他吃的砂鍋爛魚肉和剁椒魚頭的絕美滋味，他準備將這兩樣做成泉春樓的招牌菜，肯定能拉回不少客人。

夏魚把配方遞過去，提醒道：「劉老闆，這個配方只能做魚類，不適合做別的菜。」

劉老闆將剩餘的銀子給夏魚，滿不在乎地揮了揮大手，絲毫不把夏魚的話放在心上。「沒事，我就是用來做魚的。」

夏魚拿了錢，帶著池溫文去鎮上最有名的回春堂。

回春堂的大夫郝才是個滿頭白髮的老頭，人稱郝大夫。

他年輕時雲遊四方，跑遍各地，現在老了想找個舒心的地方養老，才在泉春鎮開了一間醫館。

這會兒醫館的人還不多，郝大夫給池溫文細細把脈，捋了捋下巴的白鬍鬚，隨後嘆氣，擺了擺手。

夏魚的心一下提到了嗓子眼，小心翼翼地瞧了池溫文一眼，這莫非是沒救的意思？

郝才望了夏魚一眼，責怪道：「怎麼現在才來醫治？」

夏魚急忙回道：「之前家裡沒錢治病。大夫，他的病到底怎麼回事呀？」

郝才捋著鬍子，徐徐道：「病入內腑，不樂觀。」

夏魚有點不敢相信，池溫文現在除了每日清晨咳嗽劇烈，都已經能正常生活了，昨天兩人還一起包餡餅呢，情況怎麼會不樂觀？

「不過，吃完我這一劑藥，即可藥到病除！」郝才自信滿滿地寫了一頁的藥方。

夏魚一愣，差點氣哭出來。「大夫，能治就能治，您剛才說那些話差點沒嚇死我們。」

郝才看著她一副快要哭出來的樣子，呵呵一笑。「我說的是真的。這病拖延太久，尋常大夫肯定除不了病根，可是老頭我能治！」

「能治就好，能治就好。」夏魚贊同地點著頭。想起池溫文已經吃了半年的藥還不見好，眼下不管她相不相信這個老頭的醫術，都得試一試。

郝才開完藥方，鼻子使勁一吸，一股肉香飄進鼻腔，他嚥了嚥口水，忍不住問道：「這位娘子，敢問妳那籃子裡裝的是什麼？」

從兩人一進屋，他就聞到一股油香味，當夏魚把籃子放在桌子旁邊時，裡面的香味更是誘人得緊，他給池溫文把脈時都走神了好幾次。以他吃遍全國各地美味，喔不，遊歷四方行醫的經驗來看，這裡面的東西肯定好吃！

夏魚一怔，才反應過來這是醫館，來的可能都是病人，聞不得有腥味。

她從籃子裡拿出一個荷葉包，不好意思地笑道：「這個嗎？這是我們倆趕路的口糧。是味道太重了嗎？」

郝才點了點頭，一臉慈愛地望向荷葉包。「是，味道很重，聞起來很香。這是什麼？」

「啊？這是餡餅。」夏魚一臉懵，這老頭沒有責怪她，怎麼還一臉很想吃的樣子？

郝才舔了舔嘴唇。「能賣我幾個嚐嚐嗎？」

夏魚如夢初醒，原來這老頭是饞了啊！她笑盈盈地把一包餡餅遞過去。「這餡餅送您了，是我自己做的，您別嫌棄。」

郝才毫不客氣地接過荷葉包，打開就大口吃了起來。

「好吃！太好吃了！正好我早上還沒吃飯呢。」

餡餅雖然沒有剛出鍋那樣香脆的口感，但是肉餡的湯汁慢慢滲進餅皮裡，讓餅皮更多了一番鮮美的肉汁滋味。

等他心滿意足地吃了三個餡餅後，池溫文無奈地敲了敲桌子，提醒道：「大夫，藥方……」

郝才一拍腦門，把壓在胳膊肘底下的藥方遞了過去。「拿去掌櫃那兒結帳吧。不、不，你們請我吃餡餅，這劑藥方算我送你們了。」

說完，他招呼著打掃藥櫃的藥童，讓藥童直接按藥方抓藥。

藥童掃了一眼藥方，猶豫道：「可是師父，這裡頭光是那幾味補藥都要許多銀子呢。」

郝才揮了揮手，訓道：「我都把人家的口糧吃了，送人家一劑藥材怎麼了！」

這個餡餅真是好吃，他覺得值！

那些藥材沒了可以再去城裡買、去村裡收，但這餡餅吃完了他可就沒地方找了。眼前這兩人明顯是外鄉人，他總不能天天下鄉去人家家裡討吃的吧？

夏魚和池溫文連連道謝，這筆醫藥錢還真省了他們不少開支。

郝才商量道：「這位娘子，下次你們來鎮上時，能不能再給我帶點餡餅？我付錢！」

夏魚笑道：「當然沒問題。」

拎著草藥包出了回春堂的門，夏魚激動地拉住池溫文的胳膊。「我們有錢租店面了！

走，咱倆看鋪子去。」

她清澈透亮的眼眸中滿是喜悅，燦如春華，就像書中描寫的仙子一樣靈動喜人，池溫文的心隨著她搖晃胳膊的幅度而蕩漾，他心情難得大好，嘴角洋溢著掩不住的笑意。「好。」

兩人同去牙行的路上，碰巧經過夏魚上次看鋪面的丁字路口。

鋪面門口，老阿婆滿臉焦急地拉著一個中年男子。「張老闆，六兩半銀子行嗎？我明天就回老家了，店裡的東西也帶不走，你不能讓我把買桌椅板凳的銀錢賠進去啊。」

張老闆一臉不耐煩。「我開間雜貨店要妳的桌椅板凳做什麼？再說了，妳這鋪面的門窄得胖子都進不去，客人都不愛來，五兩銀子不轉讓拉倒。」

阿婆心疼地望了一眼鋪面，想當初這裡的桌椅板凳可都是她和老頭子精挑細選的，連帶著整修牆面，足足花了一兩多銀子呢。

夏魚聽到六兩半銀子有些心動，上次她進去看過，廚房和大廳的設施都很齊全，不用浪費時間重新整修，接手就可以直接開張，能省不少時間呢。

她拽了拽池溫文的袖子。「咱去看看。」

池溫文點了點頭，跟著她向那間轉租的鋪面走去。

阿婆正要再挽留張老闆，餘光瞧見夏魚和池溫文走來。她還記得夏魚，這副水靈清亮的模樣，任誰看一眼都忘不掉。

她索性迎過去。「小娘子，妳來了，和家裡人商量得怎麼樣了？」

她偏頭悄悄打量著池溫文，心裡暗暗讚嘆。這公子真是俊秀端正，雖然穿著破舊，但是一眼就能看出他是在富貴人家長大的。這樣落魄的人家最需要營生，來接手店鋪的可能性也更大。

夏魚停住腳，笑著問道：「大娘，妳這鋪面還沒轉出去？」

「是啊，問價的人太多了，我這一時發愁，也不知道該賣給誰好。」阿婆拉起夏魚的手，親切道：「小娘子，我看妳這又跑了一趟，也是誠心想買，阿婆給妳說個最低價，七兩半銀子怎麼樣？」

要不是夏魚剛剛聽到她和張老闆的對話，就差點被她這副熱心的模樣騙住了。

「阿婆，妳……」她抽出自己的手，剛想跟阿婆理論，就被池溫文攔住。

他拉住夏魚，作勢就要往回走。「剛剛在來的路上，我看還有家鋪面在出租，不如我們再去那兒看看吧。」

夏魚疑惑地看了他一眼，她怎麼不記得有哪家鋪面出租？

阿婆一聽兩人要去看別的鋪面，心裡立刻急了，之前沒攔住張老闆，這次可不能再讓人走了。

牙行的人不退她修整鋪面和買桌椅的銀錢，要是鋪子轉租不出去，她可是血本無歸了。

「哎喲，兩位好說，咱進店裡喝杯水，好好談談怎麼樣？」阿婆忙將他們拉到屋內。

池溫文和夏魚半推半就跟著阿婆進了屋內，他發現裡面還挺寬敞，三面有窗也足夠亮堂，除了門口窄了些，其他確實還不錯。

阿婆給兩人倒水，熱情道：「你們走了半天路，快坐下歇會兒吧。」

夏魚不喜歡跟人多費唇舌，尤其剛才阿婆還想詐她一筆銀子，讓她心裡更是不快。「阿婆，水我們就不喝了。這間鋪面妳說個實在轉租價，說完我們好去前面那家再比價，哪間合適就租哪間。」

夏魚雖然不清楚池溫文說的是哪家鋪面，但她也不傻，接著這個話頭繼續說下去。

泉春鎮每天都有店鋪出租，阿婆也沒懷疑他們的話，嘆了口氣道：「算了，我就吃個虧，跟妳說個實在價，六兩半銀子，不能再少了。」

池溫文皺了皺眉頭。「妳這價格可一點也不實在。」

阿婆不悅地看了他一眼，指著櫃檯和大廳裡的桌椅道：「這些東西我們當初可是花了一兩多銀子買的，一點也不坑你們，不信你們去前頭木匠家問問。」

池溫文搖了搖頭。「可妳這些東西都是舊的，如果拿出去賣，折舊價頂天也就一百多文錢，怎麼能按原價算給我們呢？」

阿婆頓時噎住，這些東西她都當成寶貝，從沒考慮過折舊的問題，怪不得之前來的人一聽價格轉身就走，都不願接手鋪面。

她緩了緩道：「那你們開個價。」

最後，夏魚用五兩多銀子成功將鋪面接手了下來。

趁還沒晌午，池溫文提議讓夏魚和阿婆去衙門找衙役做證人，再找房主將鋪面的轉租手續都辦理妥當，省得臨到用時再出了岔子。

午時，一切順利完成，夏魚收下鑰匙，將租契收好，神采奕奕地誇讚池溫文。「你真是太厲害了，我本來還想著六兩銀子能拿下就不錯了呢，沒想到你幾句話就又把價錢壓下了一點。你簡直就是咱家的省錢小能手！」

池溫文嘴角輕輕揚起，他突然發現自己似乎很享受夏魚對他的誇讚。

「對了，你覺得食肆取個什麼名字好呢？」夏魚歪頭想了想，又道：「等會兒咱去找木匠做牌匾。」

池溫文脫口而出。「清雅居？」

夏魚立刻拒絕。「不行，這名字文謅謅的，一聽就是文人墨客往來之地，不接地氣。」

「好再來食肆？」

「不行，太常見、太普通了，你看滿大街都是什麼好再來布坊、好再來酒鋪，好再來茶樓……弄得就像我們跟他們是一家的。」

「……」池溫文乾脆閉了嘴，一會兒說不接地氣，一會兒又說太普通，他也不知道該說什麼好了。

夏魚催促道：「快想啊，想完我們去吃飯。」

池溫文點了點她的額頭，斜睨著她道：「要妳的腦袋有什麼用？」

「哼！」夏魚揚起下巴，得意一笑。「好看！」

池溫文無奈地看了她一眼。「年年有餘，不如就叫有餘食肆吧。」

夏魚眼睛一亮，拍手道：「這個好，聽著就吉祥！」

商定好名字，兩人隨便在麵攤吃了碗麵，就找了個木匠訂做店鋪的牌匾。

夏魚決定這兩日就把店鋪和後院的屋子收拾好，為開業做準備。日子要越早越好，晚一天開張，營業額就少一天。

回到家後，夏魚端坐在屋裡，叫來王伯和夏果，清了清嗓子，一臉正色地將在鎮上開食肆的事情告訴他們。

王伯和夏果聽到這個消息後，足足愣了半盞茶的時間才反應過來。

夏果一臉興奮道：「姊，我還沒去過鎮子呢。」

王伯也激動道：「阿魚，咱真的能去鎮上了？」

他作夢都沒想到有一天能離開白江村，還以為自己要在這個小村子度完餘生呢。

夏魚晃了晃手裡的鑰匙，得意地笑道：「當然啦，等食肆賺了錢，咱就在鎮上買間院子，以後定居在鎮裡。」

池溫文給夏魚倒了一碗水，道：「這幾日我們就盡快收拾東西吧。」

王伯和夏果都使勁點了點頭，迫不及待回屋收拾替換的衣物，又把水桶、木盆和抹布裝好，做好隨時出發的準備。

臨睡前，夏魚算著剩餘的銀子，除去租鋪面的費用和這幾日的花銷，還有二、三兩，也夠開張第一天的採買了。

只是，第一天開張的飯菜她還沒決定好。

夏魚走到池溫文身邊，詢問道：「我這裡有幾道菜，你覺得開張那天賣哪個好？」

池溫文正藉著油燈在抄書，聽到夏魚叫他，便放下筆認真看著她。「說說看。」

夏魚搬了張凳子坐下，扳著指頭道：「肉菜有蒜泥白肉、酸菜魚、糯米肉丸；素菜有白灼菜心、麻婆豆腐、三鮮小炒；閒食有果醬發糕、三明治、香辣雞翅。」

池溫文聽得直嚥口水，尤其是那個三明治，他都沒聽說過。「我覺得肉菜可以選蒜泥白肉和糯米肉丸，這兩個都用到豬肉，採買既方便又合適；素菜可以都有，至於閒食，我建議暫時不要雞翅，夏季肉類不宜存放，而且價格也貴。」

「行！」夏魚覺得有道理。「到時候你能不能幫我寫個菜單貼在牆上？來的人一眼就能看到，也方便點菜。」

家裡就這一個會寫字的人，不用白不用。

「可以。」她有求於自己，池溫文自然樂意。

這日清晨天剛亮，村裡到處都靜悄悄的，池家四人也沒有驚擾左鄰右舍，帶著收拾好的東西坐上去鎮子的騾車。

這次去鎮上，幾人都沒有帶太多東西，他們計劃著等把鋪面收拾好了，再租一輛騾車，把家裡有用的東西都帶過去。

臨走前，王伯擔心家裡的小雞仔沒人照顧，就把雞仔裝進竹編籠，順道一起帶走。

到了鎮上，幾人沒有直接從鋪面的正門進去，而是繞到巷子後面從小院門進去。

一進院子，就看到小門旁種的石榴樹開著火紅的花朵，像天邊的火燒雲一樣，紅燦燦的，一簇一簇掛在枝椏上，好看極了。

兩間青瓦房分別蓋在院裡左右兩側，左側門前種了一棵參天的楝樹，夏天納涼再合適不過了。

房屋兩側還有幾塊小空地，閒時種些菜、養些雞鴨都夠用。

兩個屋子裡基本的家具都還有，床櫃桌椅雖然舊了點，但也還能用，不用添置什麼新物件。

王伯將小雞仔放在石榴樹下，幾人商量了一下，夏魚和池溫文住北邊的大屋子，王伯和夏果住在南邊較小的屋子。

之後，幾人便開始熱火朝天地打掃。

因夏果白日裡要藉著亮光做功課，夏魚就讓他負責在小水井旁打水，打完水就可以歇著認幾個字。

夏果點頭同意。池溫文最近剛給他做了一本識字本，上面足足抄了幾百個字，他要在五天內全都會讀會寫，這樣才能再多學點新的東西。

兩間屋子裡的物件不多，還沒到晌午就收拾完了。王伯去廚房燒壺開水給大家解渴，夏魚和池溫文就進屋子歇息一會兒。

大屋總算有點主屋的樣子了，進門便是間寬暢的堂屋，側邊一個小門通往裡面的內室。內室很大，和書房併在一起。最裡面放著一張寬大的梨木框架床，床頭的窗前擺著一張書桌，上面擱著前任掌櫃留下的一個算盤。

床尾擺著一個一人高半牆寬的架子，架子上半部可以放些書卷、擺飾，下半部的櫃子可以放些衣物、雜物。

池溫文很是滿意，沒想到屋裡還有書架和書桌，正好方便他平日抄書。

夏魚將從家裡帶來的被褥、草蓆鋪到床上，看著窄窄的書桌，皺眉道：「要不再買張小竹床？」

這張書桌比家裡的更窄，睡人都不能翻身。

池溫文提醒道：「食肆妳還想開張嗎？」

對啊，買床還得花錢！夏魚發了愁，這大夏天的，孤男寡女睡在一起也不妥啊。

池溫文嘆了一口氣。「等會兒從店裡搬來兩張桌子，湊合一下吧。」

夏魚一想也是，剛開張估計人也不多，少兩張桌子不礙事。

王伯燒了水，在屋門口喊道：「阿魚，水燒好了。咱們中午做飯得用店裡的廚房了，小院的廚房裡啥也沒有，水壺還是我從家裡帶來的。」

「好，王伯，那我先去店裡廚房看一下。」夏魚應聲起身，穿過連接店鋪的小門去了廚房。

廚房在店鋪的最右側，夏魚走進去，見裡面的鍋碗瓢盆還在，便讓王伯把食材都帶過來，中午先在這兒做飯。

白菜是清早王伯在菜地裡剛摘的，還很新鮮，夏魚就把白菜切成細絲和煎好的雞蛋拌在一起，又加了些粉條，準備包些素菜盒子，頂餓還好吃。

夏魚和好麵，池溫文就端著一碗晾好的開水進來。「水涼了，快喝。」

夏魚幹了一上午的活，又熱又渴，捧著碗一口氣就將水灌下肚。「這不是王伯剛燒好的水嗎？怎麼這麼快就晾了？」

池溫文接過她手中的空碗，道：「用井水冰著就涼得快些。」

夏魚在案板上撒了一層白白的麵粉，一邊擀皮一邊誇道：「你太機智了，這一口氣喝完真過癮！」

池溫文一挑眉沒有說話。現在，他發現比起惹毛夏魚生氣，他更喜歡被她誇讚的成就感。

他接過夏魚擀好的麵皮，問道：「還做餡餅嗎？」

「不了，今天做素菜盒子。」

第十章

夏魚把菜餡放在麵皮中央，對摺捏成大餃子的樣子。「像這樣，很簡單。」

池溫文點了點頭，這個可比餡餅包起來簡單。

兩人一起忙活，沒一會兒就做了十多個素菜盒子。

夏魚在平鍋上淋了些熱油，把素菜盒子一個個放進去，店裡的平鍋比家裡的大，十個素菜盒子輕輕鬆鬆就擺在一個鍋裡。

廚房裡燃著火有些熱，池溫文便起身把窗戶打開，好進些風涼快涼快。

不一會兒油香味就順著鍋邊飄了出來，夏魚把素菜盒子一個個翻了面，金黃的外皮嗞嗞地冒著小泡泡，看著就想讓人吃一口。

香味順著窗戶飄散出去，路上的行人和兩邊商鋪的夥計聞得都直嚥口水，紛紛議論起來。「這是哪家食肆啊？真香！」

「以前丁字路口有家食肆，不過前兩天轉租關門了，肯定不是那裡。」

有路過食肆的人使勁吸了吸鼻子，突然大聲道：「就是這家啊，他家又要開張了？」

正在議論的人都齊齊望向大門緊閉的食肆。

有不相信的人還專門跑過來，聞著油香味越來越濃，才確認就是這家食肆裡傳出來的。

一個路過的中年人奇道：「太陽打西邊出來了？上次在這家吃飯，老闆做菜摳得連油都捨不得放，今兒個做什麼這麼香啊？」

「這家店裡頭有人啊，為什麼不開門，要不咱敲門問問？」

「行！」說完，隔壁賣乾貨的夥計舔了舔嘴唇，敲起門叫道：「有人嗎？」

夏魚正把素菜盒子往盤子裡盛，隱約聽見門口有動靜，便讓池溫文去看看。

池溫文打開門，一看門口圍了好幾個人，各個都望眼欲穿地盯著自己。

他語氣淡淡。「各位有什麼事嗎？」

眾人一看開門的是個俊雅的公子，一點都不像是開食肆做飯的油頭伙夫，一時猶豫還要不要開口問。

對面賣鞋墊的張姊瞥見立在門口的池溫文，心中怦然一動，立刻放下手中的活兒，扭著腰肢風情萬種地走過來搭訕。

她理了理鬢角，清了清嗓子，柔聲道：「這位公子，你家是要開食肆嗎？」

池溫文看張姊一眼，點頭道：「嗯。」

大家還等著他說些客套話，介紹店裡有什麼菜色，沒想到他「嗯」完後就沒了下文。

賣乾貨的夥計只好再問道：「你家都賣些什麼飯菜？」

沒等池溫文開口，夏魚就端著盤子走了過來。

她剛看到池溫文對人一副不冷不熱的模樣，心裡就知道絕對不能讓他接待客人，這妥妥地能把天給聊死。

夏魚熱情笑道：「對不住啦，各位，小店今日不開張，過兩天開業有優惠，希望大夥兒都能來捧捧場。」

門口站著的一群大老爺們見老闆娘竟是個這麼貌美的小娘子，都紛紛答應道：「一定，一定來！」

賣乾貨的夥計站在最前面，素菜盒子的香味一個勁兒往他鼻子裡鑽，他實在忍不住了。「老闆娘，妳這盤子裡的是啥？」

夏魚笑道：「這是素菜盒子。」

後面的中年人忙問道：「能賣我一個嚐嚐嗎？」

「也賣我一個吧。」

「我也要一個。」

張姊看到夏魚，不服氣地撇了撇嘴，轉身回去自己的店裡。

想當初，她也是村裡一枝花呢，只不過眼光太高，錯過了嫁人的時間，現在都已經二十三、四了還沒嫁人。

本還以為池溫文是個沒娶媳婦的呢，沒想到人家媳婦竟然這麼年輕漂亮。

夏魚自然沒注意到張姊，畢竟她剛來誰也不認識。她招呼著門口的人。「既然大家都想吃，那今天這些素菜盒子就送你們一人一個，給大家嚐嚐味兒。等有餘食肆開張那天，還請大家多多來捧場。」

眾人得了夏魚的好，心裡當然高興，好聽的話不要錢似的往外冒。「老闆娘，妳真是人美心善，以後生意肯定紅火！」

「就是就是，有餘食肆，聽著就吉慶，寓意還好！」

「開張那天我一定來！」

「我也是！」

很快的，素菜盒子就分完了，夏魚很滿意這波宣傳，至少開張那天不怕冷場了。

等人走後，池溫文關上門，陰沈著臉色不悅道：「我們的午飯呢？」

夏魚嘿嘿一笑。「咱倆再重新做一鍋，別擔心，可快了。」

池溫文別過頭哼了一聲。「不去。」

夏魚知道他在鬧彆扭，哄道：「一會兒讓你多吃兩個，我再給你做個甜酒湯行嗎？」

聽到加菜，池溫文的氣頓時消了大半，乖乖跟著夏魚走向廚房。

他不是不知道夏魚在給食肆拉人氣，只是他想讓夏魚嚐到他第一次包的素菜盒子，沒想到她全部分給了別人，他有點難過。

在夏魚和池溫文做飯的時候，王伯把廳裡的桌椅都擦拭了一遍，因為之前這些物件都沒怎麼用，還是八成新的，收拾起來一點也不費功夫。

王伯激動地雙手微微顫抖，輕撫著櫃檯檯面，打心底覺得少爺娶對了人，要不是夏魚，說不定他爺兒倆這輩子都得窩在白江村了。

吃罷午飯，夏魚交代池溫文和夏果留在鎮上，免得來回奔波累著池溫文，也耽誤了夏果的功課。她和王伯則回村一趟，把家裡必要的物件都帶來，尤其是她那罈還沒發酵好的桃子酒，還有醃好的酸爽小菜。

回村時，夏魚正好遇到李桂枝和幾個婦人在村口的樹下乘涼。

李桂枝看到夏魚，忙打了招呼。「阿魚，妳跟王伯這是去哪兒了？」

夏魚笑著回道：「我們去鎮上一趟，打算開一家食肆。」

「呀？真的嗎？那可是大喜事啊！」李桂枝打心底為他們高興。

一個婦人好奇道：「怎麼之前沒聽你們家提起過這事？」

夏魚不好意思笑了笑。「之前沒說是因為事情還沒定下來，不好往外傳。現在店鋪準備開張，叫『有餘食肆』，如果哪天大家去鎮上辦事，可一定來店裡坐坐呀。」

李桂枝爽快應道：「一定，一定！我改天可得去好好嚐嚐。」

跟大夥兒聊了幾句，夏魚和王伯便匆匆回家收拾東西。

村口的婦人各個都是大喇叭，不多時，村裡的人就都知道夏魚在鎮上開了間「有餘食肆」。

一些不看好她的人呵呵一笑，完全不當回事。「池家媳婦做菜是好吃，但誰家天天在外面的食肆裡吃飯？又貴又不划算，聽說鎮上的房租還挺貴，他們賺不了啥錢，撐不了幾個月就又得回來了。」

白小妹坐在廚房門口切豬草，聽到余翠跟王婆子在屋裡一人一句笑話著夏魚作白日夢。「家裡窮得揭不開鍋了還想著在鎮上發大財，真是笑死人！」

白小妹撇了撇嘴，端著豬草去了豬圈旁，心裡默默道，夏魚嫂子做飯那麼好吃，在鎮上開食肆生意肯定好。

樹下拴著的小奶狗看到白小妹過來，哼哼唧唧打了個滾，拽著繩子就往她身邊跑去，兩隻小爪子一個勁兒地扒拉著白小妹的褲腳。

白小妹餵了豬，拎起小奶狗抱在懷裡輕輕撫摸著。

上次夏魚給她吃糖發糕她還沒來得及表示感謝呢，這一下又要搬去鎮上，也不知道什麼時候能再見面。

她想了想，揉了一把小奶狗毛茸茸的腦袋，心下有了主意。

夏魚和王伯收拾完東西已經快日西了，兩人把東西搬到騾車上，給車夫交了車錢正準備走，就聽見身後傳來白小妹的聲音。

「夏魚嫂子，等一下！」

夏魚回身，看見白小妹懷裡抱著一團黃黃的東西向自己奔來，便道：「慢點跑，別摔了。」

白小妹把手中的小團子遞到夏魚懷裡，喘著氣。「夏魚嫂子，謝謝妳上次請我吃的甜發糕，也謝謝池先生以前教我弟念書，這隻小狗送給妳，去了鎮上還能幫忙看家。」

小團子動了動胖胖的身子，伸出粉色的小舌頭舔著夏魚的手背，舔了兩下後似乎感到氣味有些不對，歪著頭用一雙黑溜溜的眼睛好奇地盯著夏魚。

夏魚摸著小狗欣慰一笑，白小妹真是比她爹娘明事理多了，至少對幫助過她的人都心懷感恩，而不是以怨報德。

她道：「謝謝妳，我一定會好好照顧牠的。」

這隻小黃狗毛茸茸的，臉和四隻腳還有尾巴尖是黑色的，渾身肥嘟嘟，一看就是被白小妹精心照顧的。

白小妹把小狗送給夏魚後，摸摸小狗的腦袋，對夏魚道：「嫂子，我先回去了，祝你們一路順風，以後我有空一定去鎮上看妳。」

夏魚看出白小妹很喜歡這隻小狗，她笑了笑。「給牠取個名字吧。」

白小妹又驚又喜。「我可以嗎？」

「當然啦！」

白小妹左思右想，最終道：「那就叫牠發財吧，嫂子，祝妳的食肆生意紅火發大財。」

夏魚很喜歡這個名字。「發財？好聽！借妳吉言了。等妳去鎮上，嫂子還給妳做好吃的。」

「欸！」白小妹抿嘴一笑，揮了揮手。「王伯、嫂子，我得回家了，就不送你們了。」
看著夏魚和王伯坐的騾車走遠，白小妹才回身往家走去。
一進家門，余翠就問道：「小妹啊，咱家樹下拴的狗子跑哪兒去了？」
白小妹搖了搖頭。「不知道，我剛才去二妮家了。」
余翠瞪了她一眼，頭疼道：「整天就知道往外跑，狗丟了都不知道，一天天的要妳有啥用？要是小弟回來發現狗沒了，又該鬧了，妳再去二妮家抱一隻回來。」
白小弟說他喜歡狗，纏著白小妹給他養了隻狗崽子，可實際上他只是喜歡欺負狗，看著狗被欺負得吱哇亂叫特別有成就感。
家裡前一隻黑狗崽子就是被白小弟故意踩斷腿，後來撐不住死了。
狗崽子沒了，白小弟就又纏著白小妹養狗，白小妹當然不會同意。白小弟就氣呼呼去鬧余翠，把余翠鬧得沒辦法了，給白小妹施壓，讓她又弄回一條小狗。
這條小狗白小妹看得緊，倒沒讓白小弟惹出是非。可眼下狗沒了，等白小弟下學回來肯定又要鬧事。
余翠急得團團轉，是真怕了他一言不合就摔東西，上次把家裡的碗摔碎了一個，心疼得她好幾天都沒吃飽飯。
白小妹端著菜筐坐下擇菜。「二妮家的狗這一窩就生了三條小狗，都被人抱完了。」
余翠一聽白小妹弄不來狗，就氣不打一處來，一腳把她踢翻在地。「整天就知道在家吃白飯，啥事都做不好，早知道這樣，妳一出生我就該把妳溺死在豬圈裡！」

白小妹的心就像被剜了一刀，她眼眶一紅，像隻爆發的小獸嘶喊道：「我巴不得妳當初把我溺死算了！」

余翠見她頂嘴，拎起牆邊的棍子就對著她一頓痛打。

夏魚和王伯回到鎮上時已經月掛樹梢了，幾人稍微收拾一番，隨意吃了口白粥就鹹菜，便各自回屋歇息。

夏果很喜歡發財，就將發財抱進屋裡一起睡。

主屋的內室裡，池溫文已經把兩張飯桌併成簡易單人床。

夏魚往上面鋪了床褥子，問道：「這桌子是什麼時候搬進來的？」

池溫文將草蓆遞給她。「下午和夏果一起搬的。」

「夏果沒問為什麼搬桌子？」

「問了，我說妳會打呼。」

夏魚停下手中的動作，怒視著他。「你就會騙小孩，我才不會打呼呢。」

池溫文將她沒鋪完的草蓆鋪好，躺上去閉眼道：「騙妳的，我跟他說床上熱，搬張桌子睡窗邊涼快。」

夏魚站在一旁拽了拽他的薄衫。「你睡我的床幹麼？」

池溫文道：「我的病快好了，往後妳睡床。」

「不行，這可是我的專屬位置！」夏魚可不想欺負一個病人。

池溫文轉了個身，背對著她。「以後是我的了。」

夏魚對著他又推又拉，池溫文卻依舊紋絲不動，最後只好無奈地爬上床，躺在床上對他道：「等咱賺了錢買個小竹床吧。」

漆黑的屋內無人應答，一片寂靜，只有兩人均勻的呼吸聲。

池溫文背對著她，一雙細長的桃花眼裡滿是不悅，買了床就意味著再也沒有睡在一起的機會了，他才不願意呢。

鎮上的木匠效率很好，沒幾天就把牌匾送來了，木匠夥計幫忙把牌匾掛到門上，倒省了夏魚不少事。

因為價格便宜，牌匾沒什麼花樣，黃底黑字寫著「有餘食肆」，只能將將讓人知道這是一家吃飯的地方。

夏魚在櫃檯旁的牆壁上釘了個木板，將寫好的菜單刷了漿糊貼上，好讓人知道今日的菜色。

池溫文把抄錄好的書籍送去書院，結了銀錢正好能再多備點肉菜。

一切準備妥當，夏魚叫王伯準備了一掛鞭炮，噼哩啪啦點了後算是正式開業了。

開業這日，驕陽隱雲，天意外的涼爽，還帶著一絲風梢。

到了中午，最先來的是乾貨店的伍老闆伍各易。

伍各易身材微胖，面相和善，穿著一身銅綠色的長褂，他帶著經常一起去外地採買的樂老闆，兩人笑談著走進有餘食肆。

樂老闆站在門口四下環顧著，不由得皺起了眉頭。

他之前在這家店吃過一次飯，菜式一般，味道一般，不太好吃，怎麼今天伍各易非要帶他來這裡吃飯？

他躊躇再三，拉住已經在櫃檯前點菜的伍各易，決定還是提醒他換家食肆，別花了冤枉錢。「伍哥，這家食肆我以前來過，味道……實在不美啊。」

伍各易爽朗一笑，拍著他的胳膊安慰道：「樂老弟，你放心吧，這家食肆換了老闆，味道我嚐過一次，那可是這個！」

說著，伍各易舉起一個大拇指。

那日夥計拿了素菜盒子回到店裡，給伍各易分了一半，素菜盒子外焦裡鮮，白菜的清甜和雞蛋的鹹香完美融合，吃完半個一點也不過癮。

樂老闆聽說換了老闆，心放下了一半。

伍各易看著菜單，問著櫃檯裡站著的王伯。「掌櫃的，怎麼沒有素菜盒子呢？」

他上次沒吃夠，還想著等開張了好好過把癮呢。

「客官，今天沒有素菜盒子，但這菜單上的菜都是我們老闆精心挑選的，保你嚐了不後悔。」王伯以前經常在鎮上奔波採買，去過不少店鋪，學著人家夥計招待客人的樣子還挺像那麼回事。

「那就給我來盤蒜泥白肉、糯米肉丸、麻婆豆腐和三鮮小炒，再上一份這個叫啥三明治的和發糕？米飯也來兩碗。」伍各易點完菜，帶著樂老闆在店中央尋了一個位子坐下。

王伯給夏魚報了菜，提了壺水給伍各易和樂老闆倒了杯茶水。

樂老闆瞅了一眼櫃檯，上面空蕩蕩的連個酒罈子都沒有，有些不滿道：「掌櫃的，你家怎麼連酒都沒有？」

王伯賠笑道：「客官對不住，小店暫時沒有酒，不過再過幾日會賣桃子酒，您到時候可以來嚐嚐鮮。」

這又是三明治，又是桃子酒，樂老闆聽都沒聽說過。他心裡暗道，這玩意兒肯定難吃，好吃的話，人家大酒樓早就開始賣了，哪裡輪得到這麼一個不起眼的小食肆賣？

可他不知道的是，人家大酒樓的大廚壓根兒不知道三明治是什麼東西，就算想賣也做不出來。

樂老闆擺手示意王伯可以離開了，他嘟囔道：「伍哥，不是老弟我說你，咱去倍香樓和泉春樓哪個不行，又不差這點錢。特別是泉春樓，最近他家做的砂鍋燜魚肉、剁椒魚頭還有清蒸魚，那叫一個鮮哪！」

王伯聽了暗暗撇嘴，這兩道菜還不是從他家阿魚買的配方嘛，這人真是坐在祖師爺廟裡誇孫子，身在福中不知福。

伍各易也沒想到這食肆竟然這麼簡陋，要啥沒啥，可是眼下菜已經點完了，再走也不好意思。

他心裡有點後悔帶著樂老闆來這兒吃飯，啥玩意兒都沒有，顯得他多小氣似的。

「喝茶、喝茶，這次算老哥我的錯。」伍各易訕訕一笑，推了推面前的杯子。

樂老闆一肚子牢騷，但是想到伍各易也是第一次來，不知道內情，再說下去怕會影響兩人的感情，也便忍了下來，拿起杯子喝起茶水。

褐色的茶水看起來與平常的茶水沒什麼兩樣，但喝在嘴裡卻不是茶葉的味道。這茶水聞著有絲大麥的清香，喝起來有微糊的焦香，味道醇厚，回味甘甜，一下就讓樂老闆煩熱的內心清涼了幾分。

他探究地看著杯中的茶水。「咦，這茶水還挺不錯的。」

伍各易也嚐出了不同，新奇地問道：「掌櫃的，這是什麼茶呀？」

王伯回道：「這是大麥薏仁玉米鬚茶，是我們老闆自己煮的，夏天喝最是解暑。」

樂老闆一口把茶水飲盡，招呼道：「再來一杯！」

果醬發糕和三明治是最快做好的。發糕是開門前提前做好的，只需塗上果醬就可以了；三明治就是將煮好的雞蛋切半，在兩片發糕上塗些沙拉醬，把雞蛋、鹽水醃肉片、番茄片和白菜嫩葉夾入。

夏魚怕池溫文沒表情的臉會把客人嚇走，便自己端了菜送出去。

她笑道：「兩位先吃點閒食墊墊肚子，今日小店新開張，結帳時可以給您免個零頭。」

伍各易看夏魚綰著個婦人髮髻，還自作主張給他們抹零頭，問道：「妳是這店裡的老闆娘？」

夏魚搖了搖頭，道：「我是這間店的老闆。」

這間食肆是她出資租下的，她自然就是老闆了，至於池溫文麼，頂多算個打雜夥計。

第十一章

樂老闆一驚，沒想到這食肆的老闆竟是個貌美的小娘子，要知道，這年頭一個女子開店可不容易，特別是相貌好看的。

看看對面賣鞋墊的張姊就知道了。剛開業時，她三天兩頭的被一些說葷話的不正經人騷擾，要不是她後來攛掇了哥嫂在她隔壁開了間針線布攤，指不定被人欺負成啥樣呢。

夏魚上完菜就又回到廚房忙活起來。

果醬發糕和三明治被切成四小份分別擺放在兩個盤中，伍各易拿起果醬發糕咬了一口，這口感像軟點心，但味道更豐滿，濃濃的果醬酸酸甜甜，把夏天的熱膩都減了幾分。

樂老闆一直好奇三明治是什麼，他拿起一個細細觀察著，心中不屑，什麼三明治，不就是發糕夾雞蛋、肉片、番茄和菜葉子嘛！

不過他為了不拂伍各易的面子，還是咬了一口。

三明治入口雞蛋彈軟，醃肉鮮而不鹹，菜葉脆爽，番茄清新，一切搭配得十分完美，尤其裡面還有點酸酸甜甜說不出來的味道。

樂老闆掀開最上層的發糕，才發現發糕上塗了一層淡黃色的醬，咬上一口有點酸甜的口味。「這是什麼醬？」

王伯抬頭解釋道：「那叫沙拉醬，是我們老闆特製的。」

昨天夏魚他們四個人輪流用筷子打雞蛋，打的他胳膊都是瘦的，半天才將這沙拉醬做好。

「這老闆做的東西真是稀奇。」伍各易跟著吃了一個三明治，忍不住驚嘆道。

廚房裡，池溫文幫忙洗菜，夏魚在案板上刀起刀落，飛快的將需要的菜切好，然後生起大火燒起菜來。

兩個大灶一個蒸糯米肉丸，一個做素菜，不一會兒四道菜就做好了，菜香順著窗戶飄散出去，又引來幾個客人。

她把飯菜送上後，笑道：「兩位客官吃好。」

夏魚招呼完兩人，又陸陸續續進來幾撥客人，見王伯一人忙不過來，便上前幫著一起點菜。

伍各易放下手中的發糕，他的注意力已經被幾道菜吸引過去了。

蒜泥白肉片片交疊，擺成一個環形，薄薄的肉片下壓著清爽的黃瓜絲，上面淋著紅油蒜汁，看著就讓人食慾大振。

糯米肉丸米粒晶瑩剔透，香氣溢人，上面點綴著青綠的蔥花，隱約可以看到中間裹著的肉丸。

麻婆豆腐油光紅亮，另外一個素菜也是色澤鮮亮，桌上的菜有紅有綠，色香都有了，看起來一點也不比大酒樓的菜差。
伍各易先拿起筷子吃起來，蒜泥白肉肥而不膩，醬汁香辣鮮美，蒜香味十足，白肉配著黃瓜絲更是爽脆清新。
「真是太好吃了！」伍各易驚訝道，又忙挾了幾筷子別的菜。
樂老闆吃著麻辣軟嫩的麻婆豆腐，被熱豆腐燙得直哈氣，卻還是忍不住點頭贊同道：「伍哥，我剛才錯怪你了，這家食肆你還真沒挑錯地方，比倍香樓的菜還美味。」
「還有這個小炒，別看是素菜，吃起來特別爽口。」
「伍哥，這個糯米肉丸太鮮了！」樂老闆全然忘記剛才的不滿，吃得津津有味。
隔壁桌的人見他們一邊吃一邊誇，口水都快流下來了，也跟著每樣菜都點了一遍。
夏魚在做飯時抽空又多做了兩份菜，用食盒裝好，把一邊劈柴一邊看書的夏果叫了過來，讓他給衙門的白慶和回春堂的郝大夫一人送去一份。
在白江村時，李桂枝對他們多有照顧，郝大夫就更不用說了，直接給他們免了昂貴的藥費，給他們送去一份飯菜自然是應該的。
不過夏果還沒出門，就碰到白慶帶著兩個兄弟來捧場，夏魚便直接把提前做好的菜給他端了上去。
隔壁先來的人不樂意了，但是看白慶他們穿著一身衙役服，也不敢說什麼。
夏魚看出那人的不滿，不好意思道：「客官別急，您的菜馬上就好，這些是提前給官爺們做好的，保證沒有占用您的時間。」
白慶不是不知世故的人，怕夏魚為難，他大手一揮。「夏魚妹子，沒事，把這菜先給他們吧，我們等得及。」
那人聽白慶這麼說，也退讓了幾分，擺手客氣道：「無妨無妨，老闆都說這是提前給你們做好的，我們再等一會兒也可。」
夏魚感激地朝白慶點點頭，接著去廚房忙活起來。
這一中午來了不少客人，有些是吃了素菜盒子來捧場的人，有些是路過聞到香味臨時決定來吃飯的人。
池溫文見夏魚一人又是做菜又是端菜，忙得團團轉，實在有些不忍，不顧夏魚的阻攔，硬是接過了給客人送菜的活兒。
夏魚見客人除了多看他兩眼，也沒別的什麼情緒，就放下心來讓他擔任起傳菜小二的重擔。
夏果把食盒送去回春堂，樂得郝才嘴巴都合不上，一個勁兒說晚上要去有餘食肆捧場。
忙碌了一個中午，下午終於得了閒，夏魚關上店門，和池溫文還有王伯在廳裡找了張桌子，清點起所有的收支。
王伯會算帳，但是識字不多，只能簡單記錄客人點的飯菜有哪幾樣，錄帳簿的工作最後還是需要池溫文完成。

因為食肆有租金，菜品的價格自然要比小攤上的高出一些，肉菜的價格暫時定為十文以上，素菜暫定為五文左右。

夏魚數著桌上的銅板，一共有三百多個呢。她臉上洋溢著幸福的笑容，覺得忙碌了一個中午真是太值得了。

這大概就是數錢的快樂吧。

她勻出兩份十文錢給王伯和池溫文。「這是你們今天的辛苦錢，雖然不多但是夠買壺酒過過癮了。剩下的錢留著買菜和肉，等以後生意穩定下來，再多給你們一些錢買酒吃。」

王伯沒有多想，樂呵呵地接過錢就出門打酒了，這十多年他終於能暢快喝兩口酒了！

池溫文沒有收，他合上帳簿。「就當是還妳醫藥費了。」

夏魚找了一根麻繩將銅錢穿成一串。「給你就拿著，再說了，郝大夫當時也沒收你醫藥費啊。」

池溫文依舊沒有接錢。「那是妳用餡餅換的，錢妳留著買菜和肉吧，我拿著沒用。」

夏魚瞥了他一眼，把桌上十個銅板扒拉到跟前。「不要拉倒，正好我攢著買個竹床。」

池溫文聞言一愣，立刻將銅板搶了過來。「我想起還欠唐先生一些銀錢。」

說完，他便急匆匆起身就走出了食肆。

夏魚一心清點著廚房裡剩餘的食材，也沒多探究他話裡的虛實。

她扒拉著菜筐，裡面只剩餘一把青菜和一把菌菇，加起來連一盤菜都做不了，看來下午還得再去買些食材，不然晚上就沒東西做了。

交代夏果看家，夏魚提著籃子就去了菜市口。

菜市口位於鎮子的一個大十字路口，整個十字路口兩邊都是賣菜的攤子，幾乎鎮上的人家買菜都來這裡。

夏魚去的時候人沒有早上的多，攤子賣的東西似乎也沒有早上的齊全。

她本來還想著做中午的菜式，可賣豆腐的人怕天熱豆腐放不了，清晨就做了一擔豆腐，早就賣完了。賣菌菇的也是一大早去山裡收了些新鮮的蘑菇，數量不多，早就沒了。

這一下麻婆豆腐和三鮮小炒兩個素菜是做不成了。

夏魚看了一眼菜攤上的蔬菜，那些菜在攤子上晾曬了一上午，早就不新鮮了，看著就讓人不大想買。

她正發愁晚上做什麼，卻見前面一個肉攤老闆指著旁邊的板車，交代著夥計等訂肉的人來攤子上取肉。

夏魚遠遠地瞧著那肉還挺新鮮的，像是剛殺的豬，心裡立刻有了想法，買點肉晚上做成炸醬麵賣也行。

她急忙走上前問道：「老闆，這肉能賣我一點嗎？」

肉攤老闆滿臉橫肉，他肥厚的手掌在抹布上隨便一擦，不耐煩道：「不賣，這是給李府的。」

提起李府，夏魚一下子就想到了買果醬的田管事。她記得田管事好像是陪著自家小姐來李府走親戚的，也不知道離開泉春鎮了嗎？

正想著呢，就見田管事和李府的管事一起朝著肉攤走來。

兩個管事經過這些日子的相處，早已成了惺惺相惜的好友，李府管事去哪裡辦事都帶著田管事一起。

田管事瞧夏魚有點眼熟，隨後立刻想起她就是賣果醬的小娘子，便笑著拱手道：「妳是那個賣果醬的老闆？」

夏魚笑著回了一禮。「民婦夏魚，煩勞管事還記得。」

因為小姐很喜歡吃夏魚做的果醬，這幾日苦悶的心情也開朗起來，人都精神了幾分，田管事心裡很高興，對夏魚自然是以禮相待。

他想起過兩日便要離開這裡，於是問道：「夏老闆，不知妳這裡還有果醬賣嗎？我與小姐不日便要回江南，想多帶些回去贈與親朋好友。」

夏魚想了想，現在的桑葚都已經被摘得差不多了，做不了太多果醬，不過正是桃子、楊梅、蘋果的季節，可以去村裡收一些來，便道：「桑葚醬沒有了，現在可以做桃子醬、楊梅醬和蘋果醬，但是這些水果收的價格高，做成的果醬價格也不會便宜，不知你需要哪一種、要多少？」

李府管事在一旁勸道：「老田，我勸你沒嚐過的醬不要輕易買啊。」

田管事思索了一下，他雖然沒有嚐過別的果醬口味，但是從桑葚醬來看，其他果醬的口味也不會差到哪裡去，而且他馬上要走了，如果再猶豫，這果醬可就來不及做了。

「不礙事。夏老闆，價格不是問題，每樣給我來五瓶，好吃不好吃我都認了。」他摸出一兩銀子遞給夏魚。「這是訂金，最後結帳不夠了再補。」

「好，到時候多退少補。」夏魚笑著應了下來，看來回頭她就得趕緊去收果子了。

賣肉的夥計見他們認識，便多了一嘴。「原來你們認識啊，那妳就直接跟李府管事買一點肉唄。」

夏魚本打算走了，聽到夥計的話頓時愣在原地，這肉老闆不是逼著人家賣肉給她嗎？要是李府管家不願意賣，豈不是兩人都要尷尬了！

她朝李府管事不好意思地笑了笑。「沒事，不用了，我去買點別的也行。」

李府管事雖然剛才勸田管事謹慎，卻不是針對夏魚本人的。他不是個小氣人，知道夏魚想買肉後，大方地賣了她三斤豬肉。

反正還有一車肉呢，足夠府裡的人吃，只要銀子對得上帳就行。

夏魚感激一笑，連連道謝，這下晚上可以做炸醬麵了。

夏魚回到食肆後，立刻將肉吊在井裡冰著保持新鮮，等晚上用的時候再拿出來，省得影響口感。

忙完後，她琢磨著什麼時候再回白江村一趟，讓周林再給她送些桃子，順便幫忙收些楊梅和蘋果。

這些東西都得趕緊送來，不能耽誤。

池溫文在外面遛達了一圈回來，臉上的笑意都掩飾不住。

夏魚忍不住道：「你這是遇到什麼好事了？」

池溫文招呼了夏魚進屋坐下，緩緩開口道：「我剛才在鎮口，遇到個往返村鎮間買進賣出的小販，就順口問了下價格，沒想到比菜市口的菜價每斤低了兩文錢。我讓他明早送些菜來看看品相，如果菜新鮮又好，那以後咱就不用自己採買了，直接讓他送到店裡來。」

「那太好了！」夏魚歡喜道：「這就省了咱不少的功夫。」

這幾日清早，夏魚去菜市口買菜時就發現鎮上的菜有點貴，而且有時去晚了就趕不上新鮮的蔬菜。

她之前就想著要不要去村裡收菜呢，但又覺得自己跑腿太麻煩，就歇了這個念頭，沒想到池溫文竟然給她找到一條門路。

兩人敲定了送菜的事，夏魚又提起想回村裡收果子的事。

池溫文看了看天色，心裡盤算了一下時間，道：「現在回去估計要明早才能趕回來，而且回去肯定得是王伯或我，妳還要留在食肆掌勺。」

夏魚點了點頭。食肆離不開她，夏果還小，肯定不能放他單獨回去，這事只能讓池溫文或王伯去。

正巧王伯拎了一個酒葫蘆回來，還給夏果帶了一包糖糕，聽到兩人商量回村的事，立刻表態要回去，他正好能帶著酒回去和李桂枝的男人白胡喝上兩口呢。

夏魚讓池溫文寫了張字條給王伯，上面寫著要買的水果品種和數量，又給了王伯一些訂金，交代好一切才讓他離開。

天色漸暗，街上的商鋪要麼點上燈繼續營業，要麼關門回家歇息。

瞧見有餘食肆門前掛的兩個長圓紅燈籠亮起，隔壁乾貨店的伍各易糾結著要不要去吃一頓？

畢竟今天中午他請客已經花了幾十文錢，晚飯若再在外面吃，怕是媳婦會不樂意啊。

肚子的饞蟲似是知道他的心事一般，不情願地咕嚕咕嚕響了起來，他舔了舔嘴唇，一咬牙扭身回了院子，帶著自己媳婦秋嫂一起來到有餘食肆。

和媳婦一起上館子，總不至於被罵吧？

進了屋，伍各易發現櫃檯上的木板換了菜單，晚上只有炸醬麵和閒食。

他痛快地點了兩碗炸醬麵，還點了兩份閒食討好秋嫂。「妳喜歡吃甜的，這個果醬發糕等會兒妳得嚐嚐，非常好吃。」

秋嫂看了一眼價格，怨道：「吃兩碗麵就行了，淨瞎花錢。」

等果醬發糕和三明治上來後，秋嫂吃得停不下來，也顧不得抱怨伍各易了，自己又點了兩份閒食，還找了個藉口。「打包回去，晚上當消夜。」

等兩人吃上爽滑勁道的炸醬麵時，秋嫂更是稱奇。「我在家也給你做過炸醬麵啊，怎麼就不是這個味兒？」

伍各易吃了一口醬香味濃的炸醬麵，道：「妳做的連點肉末都捨不得多放，一碗麵連個醬的顏色都看不出來，哪能好吃？妳看看人家這麵，根根都掛著肉醬汁，色澤油亮，肉多還香。」

「一碗麵好幾文錢呢，肉能不多嗎？」秋嫂罵了他兩句，也埋頭大吃起來。

郝才中午嚐過夏魚的手藝，滿意地不住點頭，這菜的味道多一分鹹膩，少一分寡淡，夏魚做的實在太合他的胃口了。

他一個下午都沒心思坐診，心都飛到了有餘食肆，最後實在等不及，提前關了醫館的門就往食肆趕去。

夏魚在廚房裡忙碌著，和麵、揉麵、擀麵、切麵的動作行雲流水般順暢，但天氣熱，全都是力氣活，汗一直往下淌，搭在她脖子上的毛巾都已經換過一條了。

天色漸漸暗了下來，夏果捨不得用油燈，便合了書過來幫忙。

他接手了煮麵的活，俐落地把麵煮好，過了涼水，加入清爽的黃瓜絲和一大勺提前做好的肉醬。

兩人分工合作，雖然累，速度卻很快。

郝才趕到有餘食肆時，屋裡已經坐了不少人，他看到池溫文在櫃檯後記帳，笑道：「小兄弟最近氣色不錯啊！」

池溫文抬頭見來的人是郝大夫，便放下手中帳簿迎了出來，微微一笑，點頭道：「郝大夫妙手回春，快請坐。」

池溫文給郝才找了個人少清靜的地方，又給他倒了一杯茶水。

郝才四下打量了一番，誇道：「這食肆還挺有樣子的。今晚有什麼飯，每樣都給我來一份。」

池溫文指了指櫃檯旁的菜單。「今晚只有炸醬麵。」

郝才捋了捋花白的鬍子。「來兩碗炸醬麵。」

雖然只有麵條沒有炒菜，但是他相信夏魚的手藝。

夏魚知道郝才來食肆用晚飯，便自己起身把炸醬麵送出去，還額外把店裡最後一罐果醬送給郝才。

要不是當初他免了醫藥費，她還得再攢錢一段時間才能開店呢。

郝才得了一瓶果醬，心情美滋滋的，吃起飯更香了。

隔壁桌的兩個人已經吃完了麵，看到郝才唏哩呼嚕扒拉著碗吃得正香，又有點餓了。

但是兩人都不捨得再花錢，就叫來池溫文。「掌櫃的，來兩份果醬發糕。」

池溫文剛才得了夏魚的吩咐，知道果醬已經沒了，便搖頭道：「沒了。」

兩人一愣，商量了一下，決定兩人合買一碗麵吃。「那再來一碗麵。」

這時，夏魚看著鍋裡不多的肉醬，從廚房探出腦袋，喊道：「炸醬麵也賣完了！」
池溫文點了點頭，對兩人道：「明日早點來吧。」
兩人意猶未盡地走出食肆，決定下次要早點來。
池溫文將門口的長圓燈籠熄滅，表示食肆不再待客。
店裡的客人陸陸續續都吃完離開，夏魚才給自己人也每人做了一碗炸醬麵。
忙碌了一晚上的三人都埋頭大吃起來。
夏魚最先吃完，她擦了擦嘴巴。「對了，往後每月我給你們每人開三百文工錢，夏果的那份我幫忙攢著，以後去書院讀書用。」
池溫文沒有反對，他現在每天幫夏魚忙活店裡的事情，忙得不可開交，沒辦法全身心地去教夏果學習，倒不如讓他去書院有正經先生教書更好。
夏果面帶喜色。「我可以去書院了？」
去書院都是有錢人家的事，他想都不敢想，現在他竟然也能去了。
因為夏果開蒙晚，池溫文不想讓夏果繼續在家裡拖下去。「我和書院的唐先生是舊識，明日我帶夏果去找唐先生，讓夏果先跟著讀書，學費的事情請唐先生緩上幾天。」
夏魚點了點頭，食肆剛開業收入不穩定，夏果的學費一時拿不出來，只能先緩幾天。
吃完飯，夏果蹦蹦跳跳地去餵發財，然後回到屋裡收拾東西。
去學院不能天天回家，每個月只有兩次回家的機會，他得帶好要用的東西。

池溫文和夏魚回了屋裡，核對起今天的收支。

「除去食材用料的費用，今日總共掙了二百多文錢。」池溫文提筆在本子上記錄著。

「若每天都這個利潤，月租怕是不能按時交了。」

夏魚湊過去看了看，道：「沒事，咱們本錢不多，剛開始掙得少很正常。等以後多買點食材，賣的東西多了，掙得就多了。」

池溫文端起算盤撥著珠子。「嗯，等明天看看菜販送來的菜怎麼樣，如果可以，菜的成本就可以再降一點。」

第十二章

第二日一早，天還沒亮，發財就「嗷嗷」叫起來，夏魚和池溫文趕去開門，才發現原來是送菜的小販來了。

這小販叫王行，約莫二十出頭的年紀，因常年在外奔波，皮膚黝黑，一笑只有兩排牙是白的。

他放下肩上的扁擔，擦了一把汗。「老闆，菜送來了，你們看看怎麼樣？」

夏魚扒拉了兩下菜筐，發現裡面的菜確實新鮮，又綠又脆，葉上還帶著晶瑩的露珠。她點了點頭。「行，你上秤開價吧，這些青菜我全要。」

王行一下子就把兩筐菜賣完了，心裡高興得很，收了錢，他還把筐裡隨手摘的豆角給夏魚留了一把。

夏魚探頭看了看他的筐裡，發現裡面還有個大南瓜，順便把大南瓜買下，又問道：「這菜都是你自家種的？」

王行不好意思笑了笑。「不是，這是俺在村裡收的，收完拿到鎮上賣，賺點差價養家餬口。」

聽到他的回答，夏魚便知道他是個老實人，點了點頭道：「行，以後你每天就來送十斤青菜，另外，別的蔬菜瓜果也可以拿來，價錢合適我都要。」

王行心裡一喜，想到自己老娘在家養了幾隻下蛋的雞，還攢了一筐雞蛋，當即問道：「雞蛋妳要嗎？」

「要！」夏魚毫不猶豫答應了。「你如果能收到我就要，收不到也沒事，只要保證青菜每天能送來就行。」

送走王行，夏魚去廚房做了道炒青菜和稀粥，又烙了幾張油餅，讓池溫文去叫夏果吃飯。

後院的廚房一直被閒置，沒什麼有用的設施，夏魚就一直用食肆的廚房給自家人做飯，省得每次都要收拾。

吃過飯，池溫文帶著夏果去書院，夏魚照例去菜市口採買，早上不開張，只需考慮中午和晚上要做的飯菜。

今日菜市口的辣椒很便宜，夏魚買了很多辣椒，肉菜可以做辣椒炒肉片、釀辣椒，素菜可以做辣椒炒蛋，多餘的辣椒還可以做成辣椒醬囤著。

夏魚走到肉攤時，肉攤老闆正和一個大娘吵吵嚷嚷。

大娘指著肉上多帶著的一小截排骨，氣紅了臉。「你就是故意把這塊沒肉的骨頭給我壓秤的！」

老闆不耐煩了，一把奪回肉。「不要算了，都說了少要妳兩文錢，還在這兒磨嘰。」

大娘嘴上不饒人，但瞧著一身橫肉的肉攤老闆到底沒敢上手搶肉，罵罵咧咧地走開了。

夏魚心下一動，難道排骨比肉便宜？

她上前一問，還真是這樣，排骨的價格比肉價幾乎便宜一半。

這個時代的人都嫌棄骨頭沒肉，不如肥肉能煉油渣，還能吃上好久，所以都不愛買排骨。

肉攤老闆煩躁地將骨頭剔下放在一旁，每天光是這堆賣不出去的骨頭他都要發愁好久。

夏魚開口問道：「老闆，這些排骨我要十斤，能再便宜點嗎？」

這兩天夏魚總在這兒買肉，肉攤老闆已經認識她了，知道她是開食肆的，便道：「算妳七文一斤。」

夏魚笑道：「六文一斤，明天我還來買。」

想到這麼多骨頭終於有地方處理了，肉攤老闆揮了揮肥厚的手掌。「行吧，明天妳別忘了來。」

排骨可是個好東西，清燉、醬燜、糖醋，怎麼做都好吃。夏魚立刻更改中午的菜單，中午的肉菜就做排骨了！

而那些辣椒就做成辣椒醬備用。

一上午，夏魚都在廚房裡忙著把排骨焯水撇沫。

王伯滿頭大汗地從村裡回來，他手裡拎了兩條魚，樂呵道：「周林說了，下午就把果子都送來。這是大壯捉的魚，叫我帶過來的，早上可活蹦亂跳了。」

夏魚擦了把手，接過王伯手裡蔫蔫的魚，把魚放進後院的水盆裡，兩條魚緩了口氣，甩甩尾巴又游了起來。

發財歪著頭，好奇地盯著兩條魚，半晌後伸出爪子劃拉著水想抓魚。

夏魚看了不禁想笑，有些懷疑發財上輩子可能是隻貓？

怕發財不小心掉進水裡，夏魚只好把水盆放在高處的石墩上，急得發財圍著石墩直轉圈圈。

夏魚看著水盆裡的魚，轉念一想，白大壯抓魚有一手，可以讓他捉了魚拿來賣呀，或者讓他自己養個魚塘，這比在家種地掙得多呢。

回到廚房，王伯拿著一塊早上沒吃完的油餅，就著鹹菜吃得津津有味。夏魚要給他做點別的，王伯擺了擺手，道：「不用費事，一會兒就中午，咱得趕緊把菜洗了。」

「行，不吃太多也好，中午做排骨，正好咱都能跟著好好吃一頓肉。」夏魚坐在小凳上削著手中的芋頭。

王伯洗了碗，疑惑道：「排骨？這東西沒肉，有人會買嗎？」

夏魚笑道：「做得好吃就有人買。」

「也是。」王伯贊同地點點頭，一點也不懷疑她的廚藝。

對於夏魚，他還是很有信心的。

兩人削著芋頭，王伯突然道：「昨兒個余翠又打白小妹了。」

夏魚一頓，想到白小妹倔強的臉龐，心都跟著揪了起來。「為啥啊？」

王伯嘆了一口氣。「白小弟又要交學費又要買紙筆，他們嫌棄白小妹在家不賺錢，吃白食。聽說余翠想把白小妹嫁出去，媒婆說對方是個四十多歲的鰥夫。」

夏魚就不明白了，余翠也是個女人家，為啥就這麼嫌棄自己的閨女？

她沈默了一會兒，道：「王伯，今早夏果跟著池大哥去了書院，家裡少個幹活的，我想讓白小妹來店裡幫忙。」

王伯點頭表示同意。「也好。」

中午，客人陸陸續續的來了。

白慶和一幫衙役兄弟都換了吃飯的地方，集體從泉春樓轉移到有餘食肆，本來看著挺寬敞的大廳，一下子被占去一大半的地方。

那天白慶吃完飯回衙門，告訴張三他們夏魚開了家食肆，一幫人就嚷嚷著一定要來有餘食肆吃飯。

張三一進門就看到王伯在櫃檯後忙著記帳，他湊過去看了看今天的菜單。「醬燜排骨、清燉排骨、糖醋排骨、糯米排骨……喲，今兒個都是肉啊，王伯，有酒嗎？」

王伯賠笑道：「小店現在還沒有酒，下次您可以自己帶些來。」

李二撇了撇嘴，嘲諷道：「一堆骨頭也叫肉？還不如去泉春樓吃剁椒魚頭算了。」

張三喊了一聲。「泉春樓翻來覆去就剁椒魚頭和砂鍋燜魚肉這兩道菜能吃。這都吃了多少天，你怎麼還沒吃夠？再說了，一開始這兩道菜可是有餘食肆的夏老闆做的，泉春樓那叫冒牌！」

兩個人誰都不服誰，眼看就要動手，白慶一把拉過兩個人分開坐，訓道：「都是弟兄，有啥可吵的？吃飯，今天我請客。」

今天池溫文去書院，下午才能回來，夏魚一個人在廚房裡忙活，聽見外頭動靜挺大，以為出了什麼事，洗淨了手就忙走出來。

張三眼尖，看到夏魚出來，急忙招手。「老闆，我們在這兒呢！今天老大請客，每桌每樣菜都來一份，不，兩份！」

夏魚看了看隔壁桌的白慶，原來是他帶著一幫兄弟來吃飯。

夏魚放心下來，笑咪咪道：「各位稍等，馬上就來。」

後進來的中年男子是昨晚沒趕上吃炸醬麵的，一進門便聽到張三嚷嚷著要兩份菜，他忙問道：「老闆，他們每桌要兩份，那我們還夠點菜嗎？」

夏魚心裡快速合計了一下，除去她和王伯要吃的，還真是剩不多了。「這些官爺點完，還能再出大概五份的量……」

中年男子打斷她的話，立刻道：「我要一份，再打包一份。」

今天是樂老闆請伍各易吃飯，因為有批貨要清點，兩人就來得晚了些。

一進有餘食肆的門，屋裡連個座位都沒了，一半是衙役，一半是散客。

樂老闆發現櫃檯旁的點菜板不見了，他疑惑道：「咦，今天的菜單呢？」

王伯笑道：「今天中午的飯菜賣完了，客官下次早點來吧。」

「賣完了？今天怎麼這麼快！那閒食還有嗎？」樂老闆惦記著果醬麵包和三明治，他昨兒個回去跟兒子說漏了嘴，那小子就非要他帶一些回去嚐嚐。

王伯搖了搖頭。「都沒有了。」

伍各易看著旁邊衙役的桌上擺著好幾盤肉，有的醬汁濃郁，有的清香鮮美，聞著就特別香，便問道：「今天中午都是什麼菜？」

李二扒拉了幾口淋著醬汁的米飯。「這是排骨。」

「排骨？」樂老闆聞聲望了過來，然後對伍各易道：「伍哥，今兒中午沒有就沒有吧，這排骨淨是骨頭也不好吃，我請你去泉春樓吃魚！」

「誰說不好吃？這排骨簡直香沒邊了，不吃才叫後悔呢！」李二挾了塊糖醋排骨，全然忘記剛才是怎麼瞧不上這些排骨的。「糖醋排骨酸甜可口，醬燜排骨可下飯了，還有這糯米排骨，米裡都是肉味，而且排骨軟糯好咬，給老人、小孩都能吃，絕了！」

上次李二沒去大集吃飯，不知道夏魚做菜的水準，所以每當張三幾人誇夏魚時他總是不服氣。

但今天他嚐到排骨的美味後，不顧臉被打得啪啪直響，一個勁兒誇著夏魚的手藝，同桌吃飯的人煩得都想堵住他的嘴。

樂老闆吃不到葡萄嫌葡萄酸，拉著伍各易往外走。「走走走，泉春樓有酒有肉，不是比這兒好吃得多？」

李二喊了一聲。「泉春樓那叫冒牌！」

同桌的人無言。「……」

也不知道剛才是誰因為這句話要跟張三打起來的？

伍各易盯著桌上的排骨，口水都要流出來，他嚥了嚥口水，跑到廚房門口，問道：「夏老闆，明天還做排骨行不行？」

夏魚正在收拾鍋臺，聽到聲音回頭望去，伍各易正扒著門框，眼巴巴地盯著她。

她笑道：「放心吧，明兒個還是排骨。」

伍各易這才安下心來，決定以後來有餘食肆吃飯就不叫樂老闆了，他寧可帶自家婆娘來，至少秋嫂不會吃不到葡萄說葡萄酸。

最後，樂老闆和伍各易去了泉春樓，泉春樓的人不少，但也不是很多。

兩人點菜時，聽到劉老闆跟小二道：「今兒衙門的一幫人怎麼沒來呢？」

樂老闆插話道：「那群衙役都跑去丁字路口的有餘食肆了。」

劉老闆一頓，問道：「客官，你怎麼知道的？」

「有餘食肆的飯菜賣完了，我們才來這兒吃飯的。」樂老闆看著菜單隨意點著飯菜。

「來兩份燜魚和剁椒魚頭，再來盤醬……咦，你家也有果醬發糕和三明治？還比有餘食肆的便宜！來兩份！來兩份！」

劉老闆聽他說話心裡直慪氣，這話說的，什麼叫有餘食肆沒飯菜了，才來這兒吃飯，瞧不起誰呢！

明天他就再找人去有餘食肆一趟，看看他家還有什麼特色菜。

有餘食肆開業的第一天，劉老闆就打聽到老闆是夏魚，他本來還擔心夏魚也賣砂鍋燜魚和剁椒魚頭和他搶生意，沒想到她賣的閒食讓鎮上的人口口稱讚。

劉老闆便找人買了份閒食，讓廚子研究一番跟著做。

別說，點果醬發糕和三明治的客人還挺多的。

在這兒點閒食的人幾乎都沒去有餘食肆吃過，但是樂老闆和伍各易吃過。

果醬發糕和三明治一上來，樂老闆咬了一口，臉色登時就變了，在大堂直接大聲嚷嚷道：「你們這閒食真難吃！」

周圍吃飯的客人紛紛張望過來。

劉老闆急忙上前安撫。「客官，有話好說……」

樂老闆指著盤子裡的果醬發糕。「這是啥果醬發糕，裡面的醬酸得要死，還有這三明治，一股子生菜葉味，還沒有餘食肆的一半好吃！」

眾人又議論開來。「有餘食肆？」

「就是丁字路口新開的，我昨天看他家門太小，就沒進去。」

「下次去有餘食肆嚐嚐。」

劉老闆聽到客人在議論有餘食肆，急忙道：「客官，咱小聲點，這頓飯的銀錢我給您免了。」

能免銀錢，樂老闆自是不再吱聲了。伍各易心裡惦記著排骨，這頓飯吃得是沒滋沒味，一點都不香。

下午，周林和她男人白崇趕著租的騾車來到有餘食肆前。

白崇幹活俐落，一上午跑了兩個村子，把夏魚要的水果給收完了。

夏魚聽到周林在門口叫人，忙將他們請進屋子，給兩人倒一杯茶水。「嫂子，你們忙了一上午，吃午飯沒？」

「吃了，從家裡帶餅。」周林笑著把車上的果子運進屋裡。

夏魚道：「你們搬完果子坐著歇會兒，我給你們下碗麵去。」

周林忙擺手。「不用麻煩，我們一會兒就走。」

「麻煩啥，就一碗麵的功夫，很快。」夏魚說完就進了廚房。

她用排骨湯做底，給兩人做了碗湯汁濃白的排骨麵，碗裡還臥著一個荷包蛋，油綠的菜葉給麵條增添了一絲顏色，看著就讓人食慾大振。

周林和白崇雖然吃過乾餅，但看著這熱呼的麵條，還是不由口水氾濫。

再說了，乾餅哪有熱湯麵好吃？兩人道了謝，埋頭就大吃起來。

吃過飯，清點了果子，外頭太陽正烈，周林和白崇打算等會兒再走，就跟夏魚嘮起最近村裡發生的事。

「對了，聽說白小弟的學費不夠了，余翠想讓白小妹嫁人呢。這兩天白小妹嘔著一口氣不吃不喝，看著就讓人心疼。」

說完，周林嘆了一口氣，她也是當娘的，看到余翠這樣對白小妹，心裡氣得不行，但她畢竟只是外人，能顧著自己家都不錯了，也沒法多幫白小妹什麼。

夏魚看得出周林也心疼白小妹，她一想，周林人活絡，不如就讓她當說客，說服讓余翠同意白小妹來店裡幫忙，於是道：「嫂子，我想讓白小妹來我這兒幫忙，但是這事我怕由我去說不太好……」

余翠怨池家不是一天兩天了，夏魚如果自己去白小妹家說這事，只怕余翠寧可讓白小妹嫁人，也不會讓她來食肆幫忙。

周林明白夏魚的意思，拍著她的手背道：「放心，這件事嫂子去說，妳把妳開的條件跟我說明白了就行。」

夏魚在心底粗略算了一筆白小弟每月學費所用的銀錢，卡了個最低限度，順帶畫了個大餅，道：「每月四十文錢，後期幹得好還能漲工資。」

這些足夠白小弟上學用了。

周林點頭道：「好，這事包在我身上，白小妹每個月能往家裡拿銀錢，余翠自然不會再逼著她嫁人，而且在妳這兒也免得整天再挨打了。」

兩人又聊了一會兒，夏魚前腳剛把周林送走，後腳池溫文就回到了食肆。

「夏果的事辦完了，每月放假兩次。唐先生說年前把學費繳上就可以，但是平日用的紙筆需要自己準備。」他接過王伯手中的帳簿，讓他回屋歇會兒，自己清點起收支。

「沒問題。」夏魚坐在屋裡挑果子，雖然前後兩個屋門都開著，但她還是熱得汗直往下流。「對了，我讓周林回村裡帶話，叫白小妹來食肆裡幫忙。」

聽夏魚講白小妹在家被逼著嫁人，池溫文也跟著嘆了一口氣。「行，食肆的事妳自己拿主意。」

食肆多來一個人幫忙，夏魚也能輕鬆不少。

池溫文將最後一筆帳記下，合上帳簿走出櫃檯，坐在她的對面，幫她一起挑著果子。

看著夏魚洗白破舊的衣服，他胸口直堵得慌，從夏魚嫁過來，還沒給她添過一件新衣服呢。

他摸了摸兜裡的銅板，不動聲色問道：「我要出去一趟，妳有什麼需要捎帶的嗎？」

夏魚看了看屋裡擺的三大筐果子，她這兩天要趕著做果醬，晚上賣的菜樣最好簡單些，也能讓她忙裡偷閒歇口氣。

想了想，她歪頭道：「你去肉攤買二、三十個豬蹄，再買些雞爪、花生，最好再買幾罈酒回來。」

開業這兩天總有人要酒吃，那她索性就做一鍋滷豬蹄和滷雞爪，晚上只賣些酒肉便飯。

池溫文拎了串草繩穿好的銅板，將錢貼身放好，道：「我去買肉買菜，酒等會兒讓王伯去買，他跟酒肆老闆熟絡。」

夏魚點頭讓他速去速回。

池溫文出了門，先去鎮上一間成衣店。

成衣店的老闆娘見來的是個清貧的俊公子，文質彬彬，謙和有禮，還以為是哪家書院的學生出來採買，她熱情招呼道：「來來來，客人您瞧，這邊的款式都是新出的，樣式好看還便宜，買的學生最多。」

「我想買件女式布衫。」池溫文第一次買姑娘家的東西，饒是表面再淡定，耳根也染了紅暈。

老闆娘一副了然的表情，這是要送給心上人啊。

她拎了一身青黃色的粗布衫，上身寬袖斜對襟的樣式，下身束腰長裙，款式簡單顏色好看，正適合年輕女子穿。

「客人你看這件怎麼樣？只要十二文錢。」

這件衣裳是老闆娘進貨以來最失敗的一件，因為樣式好看，進價都用了六文錢，比普通的粗布衣足足高了一倍的價格。但是好看有啥用，窮人家不講究樣式，有錢人家看不上這布料。

池溫文想像了一下夏魚的小身板，總覺得這件衣裳有點太寬，他搖了搖頭。「不行，不合適，衣服有點大。」

老闆娘忽悠道：「大了才好呢，夏天寬鬆涼快，秋天涼了還能在裡面加厚衣裳穿。」

池溫文猶豫了，但想到兜裡只有幾文錢，他搖了搖頭。「不行，價格有點貴了。」

老闆娘把衣服對摺放在櫃檯上，笑道：「價格好商量，算你十文錢怎麼樣？」

池溫文一聽有商量的餘地，又還價。「八文。」

老闆娘斂了笑臉。「小兄弟，你這還價太多了，不成。」

池溫文本就覺得衣裳大，猶豫不決，一聽老闆娘不買單，也不願意買了。「那我再去別家看看。」

第十三章

他一隻腳還沒邁出門檻，老闆娘急忙將衣裳摺好用布條捆上，塞到池溫文的懷裡，佯裝心痛道：「行了行了，看你也是誠心要，八文就八文，八文錢我都虧到姥姥家了。」

池溫文被強行塞了衣服，還是有點糾結。「這衣裳不合身了怎麼辦？」

老闆娘見他還在糾結，便道：「不合身了拿過來，我們這兒有繡娘能改。」

但她沒告訴池溫文改衣裳要另外付錢。

池溫文聽到可以改衣裳的大小，也就放下心來，爽快付了銀錢，趕緊去肉攤買肉。

現在夏果去了書院，家裡的活計明顯多了起來，廚房的水缸要添滿，院裡的柴火要劈完，還有一大堆菜要洗，大堂裡的桌椅在晚上開門前要再仔細擦一遍。這些不能讓夏魚一個人全部做。

池溫文覺得食肆裡還缺少個打雜的夥計。

等他買完肉和花生回到食肆，夏魚已經把滷料湯汁做好，香葉桂皮等各種香料的味道飄得滿屋都是，池溫文聞著味道都能想像出做好的豬蹄和雞爪有多好吃。

「你回來了，王伯去買酒了，我還讓王伯順帶去買了幾十個小罐子，等果醬做好了裝果醬用……」夏魚接過他手裡的肉和花生，抬頭看見他懷裡還抱著一捆青黃色的布料，疑惑道：「這是什麼？」

池溫文催促她先去廚房把肉滷上。「沒什麼。」

這件事他還沒想好該怎麼跟夏魚說，萬一她不喜歡怎麼辦，現在還能把衣服退了嗎……

夏魚瞥了他一眼，見他不願說也不再追問。

最後，池溫文乾脆把衣裳壓在夏魚的枕頭下，然後裝作什麼都沒發生，拎著抹布就去屋裡擦桌子了。

夏魚在廚房滷肉，他就去大堂擦桌子，夏魚在大堂裡切果子，他就去後院挑水，總之不跟夏魚碰面就好。

夏魚覺得他今天特別奇怪，怎麼老是躲著自己，就跟做了虧心事似的。

眼看著到了晚上營業的時間，她也顧不得多想，將門前的長圓燈籠點亮，開始忙活著生意。

滷肉的香味飄了一整條街，因為實在太香了，今晚的客人比之前來得更多了。

「老闆，今晚是啥菜啊？我從下午就聞到香味了，真是饞死人了。」伍各易守在自家門口，看到有餘食肆的燈亮起，第一個就跑來了。

夏魚幫王伯把幾罈酒搬到櫃檯後的空架子上，笑道：「今晚有酒有肉，有滷豬蹄、滷雞爪和滷花生，還有些涼拌小菜。」

這些酒是王伯在張家酒肆打的，也就是上次夏魚買酒的地方。

因為酒香，價格又公道，如今酒肆的生意也逐漸好了起來。得知夏魚和王伯是一家人，還在鎮上開了家食肆，張掌櫃二話不說就把自家的好酒按最低價給了王伯。

伍各易一聽今兒個有酒有肉，心情好得不得了。「老闆，來兩個豬蹄、五個雞爪、一碟花生、一碟涼拌黃瓜，再來一盤滷花生！」

夏魚看了一眼後面排長隊的人，搖了搖頭。「豬蹄數量不多，每桌限一個。」

其中兩個豬蹄一個是留給自家人的，一個是留給郝才的。

郝才下午讓人帶了話過來，今天隔壁村有個急病的人要醫治，他不能早點趕過來，讓夏魚給他留飯。

話音剛落，後面的人爭搶著道：「我來一個！」

「我也來一個！」

「我這兒也要一個豬蹄！」

伍各易聞了聞空氣中瀰漫的滷肉香味。「那雞爪再五個。」

滷肉是提前做好的，上菜這些流程王伯和池溫文都能做得來，夏魚趁著空閒功夫，又加緊時間開始做果醬，不出意外的話，今晚可以先把蘋果醬做好。

伍各易的媳婦秋嫂在家也聞到了滷肉香味，左等右等不見伍各易回家，心下便知伍各易去有餘食肆沒帶她，當即氣勢洶洶進了食肆，揪著伍各易的耳朵就罵道：「你還有沒有良心，整天在外頭吃香喝辣，怎麼就不想想我！」

伍各易自知理虧，忙求饒解釋道：「媳婦，我不是自己來吃，她家的菜限量，我不先來點菜就被別人搶光了。」

秋嫂將信將疑地看了一眼旁邊的人，旁邊的人啃著軟爛香糯的豬蹄，使勁點了點頭。「是的，嫂子，今天豬蹄數量不多，一桌一個，來晚就沒了。」

秋嫂這才鬆開伍各易的耳朵，哼了一聲，抱起豬蹄就啃起來。

豬蹄的外皮被滷汁浸透，外表閃著晶瑩剔透的紅棕色光澤，咬上一口，鹹香軟糯又彈牙，肥而不膩，滿口溢香。

秋嫂一口氣把豬蹄啃了大半，吃得油光滿面，十分滿足。

伍各易在一旁可憐巴巴的流著口水，道：「媳婦，我還沒嚐一口呢。」

秋嫂斜睨了他一眼，才把剩下的半個豬蹄遞給他，還不忘警告。「下次再敢吃獨食，你就別回家了。」

今晚這一番「飢餓行銷」，便讓有些客人想了個法子，他們給夏魚一半的訂金，提前預約第二日的豬蹄和雞爪。

送上門來的收入，夏魚當然沒有不收的道理，光是一晚上的時間，預約的豬蹄都已經有二、三十個之多了。她本以為豬蹄賣得貴，買的人少，沒想到卻這麼受歡迎。

等客人都吃飽喝足差不多離店了，夏魚的蘋果醬也做完了，其間她還順道把辣椒醬做好了。

去了。

她伸了個懶腰走出廚房，卻看到大堂裡，伍各易還在慢悠悠地喝著小酒，秋嫂早就回家去了。

夏魚認得伍各易，她滷豬蹄用的茴香和桂皮就是在他的乾貨店買的。

她笑著開玩笑道：「伍大哥，嫂子不在你可就這樣放鬆了？」

伍各易磨磨蹭蹭在這兒喝小酒，就是為了等夏魚。

見到夏魚出來，他招了招手，道：「妹子，坐，我有事跟妳說。」

池溫文在一旁擦桌子，聽見伍各易叫夏魚，心裡難免有些好奇，他去廚房端來一盤花生，放在伍各易的桌上，挨著夏魚坐了下來。

伍各易知道他們是夫妻，也不介意多一個人聽，他伸手抓了一把花生，剝了殼，說道：「你們知道泉春樓吧？」

夏魚點了點頭，她的醬汁配方就是賣給了泉春樓的劉老闆。

「他家也賣果醬發糕和三明治了。」伍各易提醒道，聲音不大不小，王伯也正好聽見。

夏魚和池溫文對視一眼，兩人瞬間明瞭，有人在模仿他們賣的吃食。

「不過不用擔心，他家做的可難吃了，果醬酸得讓人牙根發軟，三明治裡連點肉都沒有，全是生菜葉。」伍各易將杯中最後一點小酒喝完，從懷裡摸出十幾個銅板。「老闆，明天的豬蹄和雞爪我也預定一個。」

等伍各易走後，熱鬧的大堂也清靜了下來，王伯將門口的燈籠熄滅，關上食肆的大門。

三人坐在一張方桌前，開起了第一次緊急會議。

會議發起者王伯一臉焦急道：「怎麼辦？我就知道那個劉老闆不是好人，當初醬汁的配方不應該賣給他。」

夏魚一點也不著急。「沒事，他們愛跟著做就做吧，這些閒食做起來本身也沒有太大的難度。」

池溫文也跟著點了點頭。「城中有泉春樓和倍香樓兩家大酒樓，人家廚子多，人多力量大，咱家做的飯菜、閒食的配料，人家終有一日會琢磨透的。」

王伯發愁道：「那……那咱就不管了？」

夏魚安慰道：「如果他們做了這兩樣閒食，那咱就不做了。我會做的可不只有這些，他們能模仿得來果醬發糕和三明治，別的可做不出來呢。」

她腦子裡已經有了別的計劃，後院的小廚房正好空著，她可以做個簡易的泥爐烤箱。

「不做了？」池溫文抓住了夏魚話裡的重點。「如果咱不做這兩種閒食，我建議把這兩個配方拿去拍賣。」

「讓泉春樓和倍香樓拍賣嗎？」夏魚不認為這兩家酒樓會為了區區的閒食搞拍賣，又不是什麼招牌菜的稀奇配方。

池溫文淡淡一笑。「讓鎮上所有小食肆的老闆一起拍賣。」

既然泉春樓在模仿著賣閒食，那就證明閒食還是受人歡迎的。

大酒樓不需要配方，但是別家的小食肆需要，他們若是得了配方，搶在泉春樓和倍香樓前面賣閒食，說不定還能順帶拉扯著店裡的生意火爆一把呢。

夏魚聽了後，不由得豎起大拇指，誇道：「這個點子真好！賣了配方，又是一筆收入呢。」

池溫文心頭一飄，嘴角不住向上揚。「明日妳多做些果醬發糕和三明治，我拿去給鎮上各家食肆的老闆品嚐，順便提一下拍賣配方的事情。」

「行！不過今晚咱又得做沙拉醬了。」夏魚心裡盤算，等賣了配方，她就找人做個手搖式打蛋器。

因為有了目標，晚上三人打蛋都不喊累了。

夏魚臨睡前摸到枕頭下有什麼東西，藉著月光一看，竟然是塊青黃色的布料，她一下就想起池溫文下午回來時懷裡抱著的布料。

她將捆著的布條拆開，兩手拎起布料一抖，竟然是一身新衣裳。

這是給她的？

夏魚抿著笑意，將衣服疊好放在床頭。沒想到池溫文還挺有心的，竟然偷偷給她買了件新衣服。

想到池溫文和王伯都洗得發白的衣衫，她決定得空也給他們做一身衣服，這樣站在食肆裡招待客人也有面子。

黑暗中，池溫文聽到床上發出的摩挲聲，緊張得心怦怦跳個不停，索性閉眼假裝睡著，想著等會兒夏魚如果喊他，他就不應聲。

這一等，就等了一夜。

第二天夏魚起了個大早，換上新衣裳才在窗外叫醒池溫文。

池溫文揉著惺忪的睡眼出屋門洗漱，一抬頭，看到夏魚穿著一身青黃色的裙衫，站在石榴樹下修剪枝杈，發財在她的腳邊撲著樹上掉落的花骨朵。

她仰起頭踮著腳尖，俏麗靈動的容貌比火紅的石榴花更耀眼，窈窕的身影宛如人間仙子，池溫文的心跳突然漏了一拍，愣愣地望著她。

夏魚側頭見他杵在原地，便放下剪刀朝他揮了揮手，在原地轉了個圈。「怎麼樣，新衣裳好看嗎？」

池溫文回過神來，輕咳了一聲掩飾尷尬。「還行。」

這件衣裳看起來寬鬆，實際上也只是袖子和裙襬寬大了些，腰身還是收腰樣式，穿在夏魚身上，正好把她纖細的腰肢展現出來，像是量身訂做一般合適。

夏魚知道他嘴硬，不願意誇人，但是她今天心情格外好，也不再跟他計較。「改天帶你和王伯也去做身新衣裳，站在大堂裡也招客人喜歡。」

池溫文嘴角抽了抽，招客人喜歡？

他現在不僅要記帳簿當掌櫃的，要擦桌子端盤子當小二，還得負責當門童了？

說話間，王行就敲了門，把今天的菜送了過來。今天的葉菜沒有太多，倒是收了一堆亂七八糟的茄子、細豆角，還帶了一筐雞蛋。

夏魚收了菜，正好用這些新鮮的蔬菜做成蒜香茄子和涼拌豆角當早上的菜，天氣熱時吃點涼拌菜更清爽。

當然，做飯時夏魚又換回以前的衣裳，畢竟寬袖和長袖做飯太麻煩了。

吃飯時，池溫文和她提起了找個打雜夥計的想法。

夏魚一想也是，現在食肆的生意一天比一天紅火，柴禾根本不夠用。有時候王伯和池溫文劈柴都要劈到大半夜，白天更是忙得沒有休息時間，找個打雜的夥計也是個不錯的選擇。

「那有空就去牙行問問，看有沒有合適的人。」

池溫文點頭。「我去吧，上午不忙，我去各家食肆跑一趟，順道去牙行看看，趕在中午開業前回來。」

夏魚應了聲，給了他一吊錢，讓他拿著備用。

一上午，三人各忙各的。夏魚照例去了肉攤，跟老闆商定好以後的排骨和豬蹄都給她留著，而且價格方面也每斤便宜了一文。

王伯現在也多了一個任務，那就是每日去酒肆裡取五罈酒，讓酒肆的夥計裝好了給他送過來。

池溫文拿著夏魚做的十幾份閒食，分別跑了鎮西和鎮北的小食肆，給老闆們嚐了閒食的味道，並講起拍賣配方的事。

有些食肆的老闆聽說泉春樓都在模仿這兩樣閒食，就支了跑腿小二各買一份嚐嚐。果真，味道和池溫文送來的大相逕庭，簡直難以下嚥。

一些老闆當時就決定要買下這兩個配方。閒食不僅能在食肆裡賣，再過幾天還有大集和廟會，這兩種地方泉春樓和倍香樓是不屑出面賣吃食的，他們到時候還能趁著人流大賺一筆。

事情比想像中要順利得多，池溫文看離中午還有一段時間，便去了鎮上的牙行。

牙行就是類似仲介的地方，不僅轉賣租賃房屋，還有負責給人介紹工作拿一半的抽成。

池溫文一進牙行，便有一個大齙牙的黑瘦男子熱情地過來招呼。「客人是想了解房屋還是幫工啊？」

池溫文微微側目。「有新來的幫工嗎？」

在牙行裡找幹活的人，最好是用新來的，幹活久的人慣會偷懶使心眼，不如新人老實，當然，新來的人也不乏有滑頭的。

這些都是他記憶中池府管家挑人時的規矩。

「有、有。」齙牙馬門帶著他穿過正廳去了後院。

幾個婦人正湊在一起說閒話，幾個漢子坐在樹下打牌九。

「起來起來，來東家了。」馬門一聲吆喝，所有人都趕緊站了起來，滿目好奇地望著池溫文，不知道這個弱不禁風的讀書人要雇他們做什麼事？

一個穿著短褂的漢子問道：「東家，你想雇人做啥活？力氣活我們都行，針線細活可得找那幾個婆子了。」

池溫文沒有回答他，反問馬門。「誰是新來的？」

馬門不自然地笑了笑，敷衍道：「他們都來沒多久。」

這話池溫文自然是不信的。

牙行總是先給人推薦那些幹活不索利的人，這樣的人沒有東家願意雇傭，他們就拿不到抽成；相反那些新來的、老實的實在太搶手了，隨便怎麼都能雇出去。

這時，池溫文注意到側門處有個十幾歲大的男孩探頭探腦往這邊瞅，他的臉上髒兮兮的，衣服也打滿了補丁。

馬門注意到池溫文的目光，便順著他的視線往側門瞧去，看到男孩到處張望，他立刻吼道：「你來這兒幹什麼，趕緊回去！」

小孩聽到馬門的聲音，下意識往回縮了縮脖子。「我、我剛來這兒，找不到茅房。」

池溫文指著男孩，道：「我要雇他。」

洪小亮父親早逝，家中有個四歲的妹妹，母親近日摔斷了腿，借了親戚好多銀錢，一家的重擔都落到了他的身上，無奈之下，他只好來鎮上的牙行尋份活計，好趕緊掙了錢還債。

他今早剛來牙行，這會兒誤打誤撞正好被池溫文碰見。

池溫文願意每天給他五文的工錢，洪小亮立刻就點頭答應了。

雇人這事你情我願，牙行只是個中間人，沒道理阻攔雇主，馬門自是不好說什麼，只得引著池溫文去門口登記交錢。

「租用我們的人呢，每月要交五文錢的仲介費，或者您想買斷也可以，三兩銀子，人和租契你一起拿走。客人您想租用還是買斷？」馬門翻著櫃檯上的名單，找到洪小亮的名字。

牙行作為仲介，通常要跟來求活計的幫工簽訂一份十年的租契，這十年之內，牙行負責給幫工介紹工作，拿取雇主的租金，而雇主或幫工要想贖回租契，就要交三兩銀子作為違約賠款。

就算是別處的牙行，也一樣遵守著這條規定。

池溫文不是魯莽之人，他遞去十幾文錢。「先試用三個月吧。」

帶著洪小亮回到食肆，正是中午時間，池溫文把他帶到廚房裡，跟夏魚打個招呼。

夏魚一手顛鍋，一手在油煎的排骨上澆了勺糖醋汁，忙得不可開交。

她抽空打量了一眼靦覥的洪小亮，笑道：「你先去後院劈柴吧，等下午有空我跟你講一遍要做的事情。」

洪小亮「嗯」了一聲，乖巧地跟著池溫文去了後院。劈柴是最不難的，他一上午就能劈好幾摞柴呢。

給洪小亮安排好活計，池溫文就趕去廚房幫忙。看著汗流浹背的夏魚，他有些不忍。

「我看這排骨都是提前煮好的，做成菜也挺簡單，要不妳在旁邊指導我來做？正好妳能歇一歇。」

夏魚看了一眼菜盆，裡面沒剩多少芋頭和馬鈴薯了，她抬了抬下巴。「做飯還是算了，你幫我削一點芋頭和馬鈴薯，一會兒糯米蒸排骨要用，醬燜排骨也要用馬鈴薯。」

如果池溫文會做飯，那這些對他來說都不是問題，可他連個麵條都不會煮，夏魚實在不放心把炒勺交給他，她可不想開業沒兩天就把自己的招牌砸了。

池溫文坐在小凳子上削著芋頭皮，道：「洪小亮晚上就跟著王伯住南屋吧。」

「嗯。」說到住的問題，夏魚突然一愣，問道：「白小妹如果來了住哪兒？」

這話也把池溫文問住了。

第十四章

南屋小，裡面放的是張大通鋪，能睡三、四個人，但白小妹是女孩家，肯定不能和王伯、洪小亮住一起。而池溫文目前還算是夏魚明面上的夫君，是這個家的主人，跟旁人擠一張床也不妥當。

夏魚嘆了一口氣。「這院子小了。」

池溫文想了想，忍住心頭的失落。「那就買張竹床吧，放在王伯屋裡的另一側，用屏擋隔出一間小室，我睡。妳跟白小妹睡北屋。」

「行，這事不著急，等白小妹來了再辦也不遲。」夏魚覺得可行，這樣一來，池溫文也算是有了單獨的空間。

這一中午，池溫文的內心都是糾結的，既不願白小妹來搶他的床位，又盼望著她趕緊來，好給夏魚搭把手，讓夏魚輕鬆一點。

送走了最後一撥客人，夏魚用剩下的排骨給自己人做了頓排骨大餐。

清燉排骨、醬燜排骨、糖醋排骨和糯米蒸排骨，還有兩道青翠欲滴的素菜，洪小亮看得眼睛都直了，以前除了別人家辦喜事，他還從沒見過這麼多肉呢。

他舔了舔乾涸的嘴唇，想著要是娘和小妹在就好了。

夏魚看著他心神恍惚的樣子，給他盛了一碗米飯，又往碗裡挾了幾塊排骨，關切道：「剛來是不是不習慣？咱們食肆通常吃飯晚，你是不是早就餓了？」

洪小亮對上夏魚清澈明亮的眼睛，瞬間紅了耳根，低頭輕聲道：「還行。」

夏魚沒想到他竟然這麼靦覥，怕自己說多了話嚇著他，只道：「快嚐嚐我的手藝怎麼樣。」

洪小亮「嗯」了一聲，端起碗使勁往嘴裡扒著白飯，那幾塊色澤誘人的排骨他捨不得先吃了。

夏魚怕他吃完碗裡的肉之後不好意思再挾盤裡的，便去廚房拿了個碗，挾了一碗肉和菜進去。「這碗都是你的，吃乾淨別浪費了，吃飽了下午好幹活。」

洪小亮看著那滿滿一碗肉，眼眶都紅了，心裡只有一個念頭，老闆人真好，他以後一定要更賣力的幹活。

他小心挾起一塊糯米排骨，只見排骨表面裹著的一層糯米晶瑩剔透，咬一口香軟黏糯，鮮香的肉汁浸透每一粒米，在嘴裡特別有滋味，而且排骨上的肉都脫骨了，又軟又爛，滿口溢香。跟著一起蒸熟的芋頭和馬鈴薯也沾了排骨的湯汁，吃起來綿軟有味，一點也不噎人。

洪小亮從沒吃過這麼好吃的肉，他實在忍不住又挾了一塊糖醋排骨，一入口，酸酸甜甜的滋味瞬間打開了他的味蕾。用油煎過的排骨焦香可口，混著糖醋汁一點也不膩，讓他一塊接著一塊，吃得停不下來。

王伯起身從櫃檯拿來一小罐辣椒醬，拌在飯裡。「阿魚，妳這辣椒醬做得太香了，一上午都賣光了，我覺得咱單賣辣椒醬都行。」

中午時候，王伯聽了池溫文的建議，開了一罐辣椒醬免費給客人嚐，沒想到好幾個人嚐過後立刻就掏錢買了，他拿的這一小罐還是開封後沒跟人分完的。

夏魚搖了搖頭。「王伯，只賣辣椒醬可不能當成長久的生意，這一罐醬夠一家人吃十天半個月的，還不是人人都愛吃，做多了最後就賣不出去了。」

王伯點了點頭。「確實如此，那妳就隨心情做，還是開食肆最要緊。」

他吃了一大口辣椒拌飯，又鮮又辣又香，怕是這世上再沒有比辣椒醬更下飯的東西了吧。

吃完飯，洪小亮去刷碗，王伯去後院餵雞和發財，池溫文和夏魚把桃子洗淨，準備今天把桃子果醬做好。

洪小亮手腳俐落，一會兒功夫就把鍋碗都刷乾淨了，然後拿起抹布認真擦著大堂裡的桌面，把大堂的地掃得一塵不染。

夏魚暗中觀察他，對他很是滿意，不由佩服起池溫文看人的眼力。

院裡的木柴洪小亮早就劈完了，他做完這些雜事，來到夏魚和池溫文旁邊，搬了個小凳子一起幫忙處理桃子。

夏魚問道：「小亮，你家在哪兒？」

「我家在洪家村。」洪小亮老實回答。

「還行，不算太遠。你家裡幾口人？」

「三口，我娘、小妹還有我。」

洪小亮老實實誠，不一會兒就被夏魚摸清了家裡的情況。

夏魚道：「咱食肆雖然忙，但是每十天你可以回家一次，逢年過節你也可以回家一趟，工錢照發。」

說完福利，夏魚又道：「但是醜話咱可說在前頭，要是不好好幹活，我可是會換人的。」

「我一定好好幹活。」洪小亮使勁點著頭，保證道。

雇主都夠體貼了，他要是偷懶，那不是斷自己的路嗎？

他可是聽人說了，有些雇主巴不得夥計沒日沒夜地幹活，有時候還愛雞蛋裡挑骨頭，找著藉口扣工錢。

這家老闆不僅讓他回家，還不扣工錢，這麼好的活計丟了，可就再也找不著了，他自然無比珍惜這次機會。

下午，池溫文照常去肉攤拿豬蹄，昨兒個預定的客人多，他不得不讓肉攤夥計用板車幫忙運回來。

滷豬蹄和雞爪都好做，滷汁是現成的，只需處理豬蹄和雞爪，處理完畢後放入鍋裡慢慢燉煮就可以了。

夏魚把肉放進滷汁裡，從廚房出來就發現洪小亮已經把桃子和楊梅都洗淨了。

有了洪小亮的幫忙，她的速度快多了，一個下午竟然把桃子果醬和楊梅果醬都做好了。

由於快到了晚飯時間，夏魚決定先忙食肆的事情，等明天再把果醬送去李府。

今天食肆裡的人來得特別多，到最後都坐不下了。

伍各易依舊最先邁進食肆的門檻，這次是帶著秋嫂一起來的。

不算昨天預定的，兩人又點了兩個豬蹄、一盤滷雞爪，還點了蒜香茄子和涼拌豆角。

秋嫂難得心情好，陪著伍各易喝了兩盅小酒。

郝才今日沒什麼事，也早早關了醫館的門，來到食肆裡尋了他的專屬位置，點了個豬蹄和涼拌豆角，又要了一碗酒慢慢吃。

接著來的是白慶和幾個兄弟，他們因為晚上當值，就打包了十幾個豬蹄和幾盤雞爪。

看著人滿嘈雜的大堂，王伯擦了一把額頭的汗，對在門口排隊的人道：「各位若是等不及了，可以打包回家慢慢吃。」

排隊的人等不到座位，堵著門口也熱得慌，就紛紛讓王伯打包帶回家。

排隊的人陸續離開，門口立刻寬敞不少，有風從窗戶吹過，也帶進絲絲沁人的涼爽。

劉老闆找的線人帶回了一個滷豬蹄和雞爪，他本想讓廚子嚐嚐味道學著做，沒想到自己先受不了把豬蹄吃完了。

他擦了擦嘴巴，回味著豬蹄軟糯的香味，深深地嘆了一口氣，看來明天還得讓人排隊去買豬蹄，得買倆，不，買仨！

還有幾日田管事和田家小姐田桔妝就要返程了，整個李府忙上忙下準備餞行宴。尋常人家辦宴席都是每桌六或八道菜，圖個吉利數。偏偏李府老太太是田桔妝的外祖母，對田桔妝格外疼愛，非得把這次餞行宴的菜式定為十六道菜，排場格外講究。

李府管事正和田管事商量著十六道菜都做些什麼好，就聽下面的人來報夏魚來了，正在側門等著送果醬呢。

田管事起身去迎夏魚，李府管事糾結了一下也跟著追了過去。

他昨兒個聽到自家大小姐說果醬快吃完了，要身邊的丫鬟去有餘食肆訂一批，分給府裡的兄弟姊妹們，他就多嘴說了一句「泉春樓和倍香樓也有賣果醬」。

誰知就被大小姐訓了一番，說什麼泉春樓和倍香樓的果醬做得狗屁不如，把這兩間酒樓貶低得一無是處。

他心裡便更好奇有餘食肆的果醬有什麼不一樣的，竟讓田小姐和府裡的少爺小姐們都念念不忘？

十五罐果醬都不過巴掌大小，夏魚只用一個籃子就提了過來，只不過她又多拿了幾罐。

田管事將夏魚引到偏廳，幫她將果醬放在大圓桌上。「夏老闆，妳來得可太及時了，我們再兩日就要離開泉春鎮，我還以為這果醬趕不及送來了。」

「還好趕上了。」夏魚笑著點了點頭，拿出一百文銀錢放在桌上，道：「田管家，每罐果醬六十文，十五罐一共九百文錢，當時說好了多退少補，這一百文錢是找給您的。」

田管家擺了擺手。「哎，這一百文錢就算了，妳也忙活了這麼久。」

夏魚沒有收回銀錢，從籃子裡又拿出三罐果醬遞給田管家。「這三罐果醬是單獨送給您的，祝您和田小姐一路順風。」

說完，她又拿出一罐遞給站在一旁的李府管事。「這罐送給您，嚐個新鮮。」

「謝謝。」李府管事接過果醬，毫不避諱地打開蓋子，用手指沾了些果醬吃。

亮晶晶的果醬很黏稠，吃在嘴裡，水果的味道很濃郁，甜味大於酸味，很是開胃，難怪府裡的小姐、少爺喜歡吃。

這時，田桔妝和李府大小姐李冬琳手挽著手走進偏廳。

李冬琳十三、四歲，性子單純活潑，見了夏魚便熱切地打起招呼。「原來妳就是有餘食肆的老闆呀，可真年輕！方才我聽丫鬟說妳來了，急忙拉著表姊過來呢。妳家的豬蹄可真好吃，我昨兒個讓丫鬟排隊買了一個都不夠吃呢，下次得買兩個。」

李府管家輕咳了一聲，提醒自家小姐注意點形象，哪有姑娘家把自己這麼會吃說得這麼明白的。

田桔妝溫婉柔和，她打量了夏魚一番，輕聲細語道：「多謝夏老闆送來的果醬，解了我的苦夏之愁。」

夏魚客氣笑道：「兩位小姐喜歡就行。」

「老闆，今晚再給我留一、二……八個豬蹄，我請府上的弟弟妹妹和祖母都嚐一嚐。」李冬琳扳著指頭算起來，當場跟夏魚預定。

難得的生意，夏魚自然不會錯過。

田桔妝猶豫了一下。「昨兒我嚐了表妹買的豬蹄，確實很好吃，不知豬蹄可否多做些讓我帶走？」

夏魚搖了搖頭。「現在天氣炎熱，滷肉放不過一天。更何況泉春鎮到江南需要月餘的路程，更是不妥。」

田桔妝失落地斂下眼。

李冬琳勸道：「沒事，妳若喜歡吃夏老闆做的飯菜，等會兒我跟祖母說，這次的宴席就讓夏老闆來做主菜。帶不走，就在這兒吃個夠！」

田桔妝定了定神，覺得李冬琳說得對，帶不走就吃個夠！

李府管家急了，忙道：「大小姐，這次宴席是老太太指定的廚子，請的可是倍香樓的主廚啊！」

現在換夏魚做主菜，老太太會同意嗎？

李冬琳卻不在意。「這件事我和表姊跟祖母去說，你就別管了。」

說完，她就拉著田桔妝去找老太太了。

有田桔妝出面，這件事很快就定了下來，李府的宴席就由夏魚來做主菜。

夏魚這次來李府的收穫可不小，在李府做菜，她能拿到不少工錢呢。

事情定下來後，夏魚沒有急著離開，而是給管家列了一份菜單，讓管家先採買、訂購食材，等明日下午她再來做最後的清點。

得了一樁好差事，夏魚的心情好極了，路過成衣鋪時，她順道用訂金給池溫文和王伯每人買了一身衣裳。

不同於之前兩人穿的長褂衫，這次她選的是窄袖窄口短衫的樣式，幹起活來索利。

夏魚回到食肆時還沒到晌午。

池溫文現在已經能幫她提前處理些簡單的流程了，等她走進廚房，池溫文已經把排骨焯好放在鍋裡慢慢燉，當然，調味的乾料都是她提前按比例配好的。

不過，更讓她驚喜的是白小妹和李桂枝來了，這會兒兩人正跟王伯說話呢。

夏魚把兩件衣裳遞給了王伯，顧不得看王伯驚訝的神情，便笑著跟李桂枝和白小妹打起招呼來。

看到夏魚回來，白小妹一喜，立刻站起身來，眼眶微紅，有些拘謹道：「夏魚嫂子。」

還好有夏魚，余翠才沒有再逼著她嫁人，但是規定她每個月必須把四十文工錢拿回家。

不過這樣也比嫁個鰥夫好。

因為今天夏魚去李府，為了體面點，她穿的是新衣裳，李桂枝看她神采飛揚、滿面喜色的樣子，不禁誇起來。「果然人靠衣裝，以前看著阿魚好看，沒想到這麼好看呢。」

李桂枝想起剛才夏魚給王伯遞了兩件衣裳，看樣子夏魚在鎮上過得還不錯，不僅自己穿了新衣裳，還給家裡人也置辦了行頭。

夏魚拉著白小妹一起坐下，笑道：「大娘，今兒中午一定得在我這兒吃呀。」

李桂枝笑著答應道：「行！我今兒就是來看看白慶和大祥，順道跟白小妹一起。」

夏魚突然想起之前的一個想法，便跟李桂枝商量道：「大娘，我之前想了一件事，也不知說出來妥不妥當。」

李桂枝喝了一口水。「啥事？妳說說看。」

夏魚道：「我看大壯對魚挺有研究的，不如讓他試著養個魚塘？」

「他就是瞎玩的，真要讓他弄，還不一定怎麼樣呢。」李桂枝雖然嘴上這麼說，但心裡也默默把這件事記下了。

前幾日白慶還說，現在鎮上的酒樓時興賣魚，生意可好了。要是讓白大壯養個魚塘，說不定還真行。

夏魚沒有繼續勸李桂枝，她已經把話說完了，要怎麼做不是她三言兩語能決定的了。

到了中午，白小妹跟著夏魚在廚房裡忙活。

因為她在家裡經常做飯，對炒菜一點也不陌生，夏魚就指導她炒素菜，跟她講了些做菜需要注意的事情，等白小妹徹底上手了，夏魚便把炒素菜的活交給她，自己專心忙活著做排骨，也輕鬆了不少。

廚房不算大，池溫文在裡面有些礙事，夏魚便趕了他出去，讓他接手王伯在櫃檯前算帳的活，也好讓王伯休息休息。

窮了那麼久的王伯現在很沈迷於收錢的快樂，他一把奪過池溫文拿走的算盤，又把他攆走了。「我一點也不累。」

端盤子、擦桌子的活有洪小亮做，池溫文現在做什麼都插不了手，反倒成了個閒人。他嘆了一口氣走出食肆，他還是繼續忙活拍賣配方的事吧，跑腿的活好像更適合他。

下午送走了李桂枝，白小妹就忙跑去後院看發財，一段日子不見，發財又長大了一些，毛色也油光發亮，看得白小妹歡喜得不得了。

夏魚切了一塊蘋果餵給發財，跟白小妹說起工錢的事。「小妹，雖然我讓周林嫂給妳帶話，說是每月工錢四十文，但實際上，我開的工錢和洪小亮一樣，都是每天五文，每月一百五十文。」

別說是四十文錢了，白小妹就連十文錢都沒見過，余翠把錢藏得嚴嚴實實的，生怕她偷拿。現在夏魚給她每月一百五十文的工錢，簡直就像作夢一樣。

她瞠目結舌道：「不、不行，嫂子妳給我這麼多錢，我爹娘肯定都會搶走的。」

這孩子還真是實誠，夏魚敲了一下她的腦門。「妳傻啊，每月妳就拿四十文回家，剩下的自己存好，等以後嫁人了也有點體己錢。」

白小妹羞得臉一紅。「知道了，謝謝嫂子。」

兩人說著話，洪小亮和王伯買了豬蹄和雞爪回來。

今天買的豬蹄和雞爪比以前的更多，因為客人提前預定，池溫文怕豬蹄和雞爪不夠買，就讓洪小亮每天清晨都去跟肉攤老闆報數，讓老闆幫忙去別處收豬蹄和雞爪。

肉攤老闆也樂意接這個活，每收一個豬蹄或一斤雞爪能賺到一文錢的差價呢，這錢賺得可比殺豬賣肉輕鬆多了。

夏魚交代白小妹跟著洪小亮和王伯一起處理豬蹄和雞爪，便自己去了廚房，調製去李府做菜時要用到的醬汁和乾料粉。

想到這兒，她一拍腦門，忘記跟池溫文交代可別把拍賣的事安排在後天。

有些事越想越怕，再多想一下就會在心裡結成一個大疙瘩。

她手裡抓著一把大料，也顧不得挑揀了，直接走到廚房門口叫著洪小亮。「小亮，你去把池大哥尋回來，就跟他說我有事找他。」

洪小亮應了一聲，麻溜地起身跑了出去。當洪小亮找到池溫文時，他已經統計完要拍賣配方的老闆，並告知他們後天上午在有餘食肆進行拍賣。

回到食肆，當夏魚將後天要去李府做菜的事告訴他時，兩人相視沈默了半晌。

第十五章

夏魚本想湊個熱鬧，看看兩個配方都能賣什麼價錢，但如今她接手李府的餞行宴，兩件事撞在一起，拍賣的事就只能池溫文一人去辦了。

晚上，食肆裡又陸陸續續來了客人，有了白小妹和洪小亮的幫忙，夏魚和池溫文倒是輕鬆不少。

夏魚催著池溫文去試試新衣裳，要是不合身，她還能再找人改一改。

池溫文換過衣裳走出屋子，一頭墨色的長髮被半綰起來。看慣了穿長衫的他，這身窄袖窄口的短衫在他的身上十分不和諧，就像是戴著眼鏡的斯文人士一下子變成了餐館的小夥計。

夏魚看得直皺眉頭，對自己的眼光產生了深刻的懷疑。她推著池溫文進屋換上從前的衣裳。「這身衣裳不行，咱倆一塊兒去成衣鋪換一件。」

這個朝代民風開放，沒有宵禁，有些店鋪為了多些客源，往往很晚才閉店。夏魚真的是看不下去了，非要這會兒拉著他去重新換一件。

池溫文卻自我感覺十分良好。「還不錯，手腳都索利了很多。」

夏魚不依，硬是拉著他去成衣鋪換衣裳，還順帶把王伯那件也捎上換了。

娘。

成衣鋪裡，店裡的繡娘忙活著手裡的針線活，看到有客人來，忙叫出後院的老闆和老闆娘。

老闆和老闆娘正在屋裡津津有味地啃著豬蹄，兩人都不願意起身去待客。

半晌後，老闆娘有些不耐煩地起了身，嘟囔著。「這個時辰怎麼還有人呢，要不是為了讓繡娘多做些活，我早就關鋪子了。」

當她一隻腳邁進店鋪看到夏魚時，不耐煩的表情立刻變得殷切起來，她家吃的豬蹄和雞爪就是從有餘食肆買的呢。

老闆娘笑著迎接道：「原來是夏老闆啊。」

夏魚禮貌回了一笑，將懷裡的衣裳放在櫃檯上。「老闆娘，我晌午買的衣服不合身，想換一件。」

老闆娘當然同意了，一邊給她挑樣式，一邊套近乎。「按理來說，我家的衣裳可是不退不換的，不過咱都是老熟人了，妳隨便挑。但是，下次我去妳家食肆吃飯時，妳可得給我優惠啊。」

夏魚笑了笑，應道：「沒問題，下次妳去之前提前跟我打招呼，我多送妳一碟醬菜，是我自己家裡醃著吃的，外頭可買不到。」

老闆娘略微有些不高興，她還想著下次去買滷豬蹄時能給她便宜一半呢，沒想到只是送她一碟醬菜，還真是有些小氣。

池溫文察覺到她表情的變化，知道她是看不上送的醬菜。他自然也不樂意送，要知道夏魚醃的醬菜可是一絕，自己家裡的人都不夠吃，很少拿出去賣，外人也嚐不到這份獨特的手藝。

他眉頭一揚，慢悠悠道：「不行，醬菜不能送，還是送半盤滷雞爪吧。」

夏魚不解地看了他一眼。「為什麼？」

老闆娘心裡一喜，送半盤滷雞爪也比醬菜好，但她也好奇池溫文為何寧願送她半盤滷雞爪也不送醬菜，便也問道：「你這是什麼意思？」

池溫文道：「醬菜可是我們食肆的拿手絕味，自家人都不夠吃呢，若是送了旁人，我吃飯都沒滋味了。」

夏魚噗哧笑了出來。「行，改送半盤滷雞爪吧。」

平日王伯、池溫文和洪小亮最喜歡吃她做的醬菜，每次做完一罐，不出一日就能被三人吃光，連醃製的過程都省了。池溫文這樣捨不得把醬菜送人，她倒也能理解。

聽著兩人的對話，老闆娘動搖了，說不定這醬菜比肉還好吃？

「那啥……我不換了行嗎？就要醬菜。」

池溫文堅定地搖了搖頭。「這個真不行。」

老闆娘的好奇心極盛，聽到別人拒絕，反而更加想要了。「這樣吧，我送你一條繡花帕子，你送我一碟小菜，咱倆都不吃虧，行不？」

池溫文擰著眉心，一副不情不願的模樣，看了夏魚一眼，問道：「妳覺得呢？」

夏魚隨身的手帕已經用得磨毛了邊角，也該換了，她自然是點頭同意。

最後，夏魚將兩身窄袖窄口的衣裳換成了敞口長衫，還額外得了一條帕子。

臨走前，老闆娘還送了她兩條粗布腰帶，交代道：「別忘了，下次我去可一定得送我一碟醬菜嚐嚐。」

走在路上，夏魚細細想著，貌似從租鋪面到各種採買，大部分都是池溫文在忙活，而且有他在，似乎什麼東西都能再便宜幾分。

她用胳膊肘輕輕碰了碰池溫文，聲音輕快得宛如山澗的百靈鳥。「我發現你真的很會跟人講價啊。」

池溫文走在她的身側，望著街道兩旁店鋪亮起的燈籠，輕輕一笑。「是嗎？」

夏魚眨了眨眼，無害地一笑，誇道：「當然啦，我決定從今以後店裡所有的採買就交給你了。」

「可以。」池溫文勾著唇角點頭應下，他終於在食肆裡有了自己的職位。

由池溫文去採買，她一定能省下不少開支。

兩人難得出來放鬆透氣，便在鎮上多逛了一會兒。

路過泉春樓時，門口的小二招呼著客人。「客官裡面請，今日推出特色菜，清燉排骨、糖醋排骨、醬排骨、滷豬蹄、滷雞爪……您想來點什麼？」

夏魚和池溫文同時停住腳步，朝著燈火通明的泉春樓望去。這會兒正是晚飯時，酒樓裡喧鬧嘈雜的聲音傳到街上，顯然裡面的客人不少。

但是，泉春樓的客人多了，就意味著別的食肆的客人就少了，畢竟一個鎮子裡就這麼多人。

夏魚道：「要不要進去給劉老闆捧個場？」

池溫文點了點頭。「也好，知己知彼，百戰不殆，今日正好看看他做的菜與我們的有何不同。」

兩人進了泉春樓，在一個角落坐了下來，點了一份果醬發糕、醬排骨和滷雞爪。

這裡的每道菜都比有餘食肆的便宜三文錢，也難怪客人都聚在泉春樓。

最先上的是果醬發糕，池溫文咬了一小口，面不改色地看向夏魚，淡定道：「妳也嚐嚐。」

夏魚看他面色無恙，想著再難吃也不會難吃到哪兒去，於是大口咬了下去。

這一口下去可差點沒把她送走。

發糕裡的果醬哪裡是醬？分明是果汁，淡得連點顏色都沒有，發糕也被泡得黏糊糊的。可能因為味道比較淡，果汁裡竟然還加了陳醋，又沖鼻又酸，直叫人咂嘴。

「你坑我！」夏魚實在難以下嚥，尋了個地方將發糕吐了出來。

她再看池溫文，發現他那一口只咬了發糕，連果醬的影兒都沒看見，怪不得能做到面不改色呢。

醬排骨和滷雞爪也前後送上了桌，夏魚挾了塊排骨，發現這排骨不僅味道差，連肉都硬得咬不動，顯然是火候不夠；滷雞爪更是鹹中夾雜著一絲苦酸味，難吃極了。

這兩道菜一嚐便知是用做魚的醬汁做的，因為醬汁裡有一味專門去魚腥的草葉，味道微苦略酸，做在魚裡不顯味道反而去腥提鮮，但是做成肉菜卻不行。

看來劉老闆真是病急亂投醫。

關於泉春樓的情況，夏魚來到鎮上後多少有些了解，也知道劉老闆近兩年的生意很難做，但是這樣亂用配方實在不妥，浪費食物也消費了客人，泉春樓想要重新興隆起來怕是更難了。

夏魚擱下筷子，一臉心疼道：「這二、三十文錢白花了。」

吃慣了夏魚做的美味，池溫文也吃不下桌上的飯菜了，他掃了一眼其他桌的客人，發現也有一些熟悉的面孔，這些人也是有餘食肆的食客，他們此刻皆是面色不佳，只飲酒不吃菜，想必也是吃不下吧。

兩人付了錢，匆匆走出泉春樓，池溫文安慰她道：「沒有白花，至少我們知道，這兒的大廚遠比不上妳的手藝。」

夏魚肚子有些餓，咕嚕咕嚕叫得路人都直盯著她看。她有些尷尬地揉了揉肚子，懊惱剛才應該在泉春樓多喝兩杯水，現在在大街上可太丟人了。

池溫文卻一點也不在意，他帶著夏魚來到一個餛飩攤前，兩人一人點了一碗熱呼呼的餛飩吃起來。

吃過泉春樓的菜後，夏魚覺得這餛飩簡直太香了！雖然皮薄餡小，但是好歹味道正常，上面撒著的蔥和香菜更是提香。

見她吃完一碗沒吃飽，池溫文默默把自己那碗推了過去。

夏魚用勺子盛了一個餛飩，吹了吹，道：「你不吃嗎？」

池溫文道：「妳先吃，我回去了再吃。」

今晚客人有些去了泉春樓，食肆裡的飯菜不一定賣得完，如果剩多了放壞就可惜了。

兩人回到食肆時，門前的兩盞燈籠還亮著。

一進門，就看到王伯愁眉苦臉的在櫃檯後翻著帳簿。

大堂裡有些清冷，只有三兩個客人坐在一起吃酒。

夏魚和池溫文一點也不意外，他們去廚房清點了豬蹄和雞爪，豬蹄還剩七、八個，雞爪也剩五、六盤。

夏魚給池溫文、王伯和洪小亮一人撈了一個豬蹄，白小妹喜歡吃雞爪，夏魚就給她盛了一大盤雞爪，讓他們坐下慢慢吃。

王伯嘆了一口氣。「今晚上不知道怎麼回事，除了預定的，客人來得不多，剩了不少豬蹄和雞爪呢。要不是白慶和衙門那幫人每人多點了一個，還會剩得更多。」

這時候，郝才揹了個藥箱走進來，夏魚忙邀了他進來，給他端上兩個豬蹄和一盤雞爪，還給他倒了一碗酒。

郝才大口喝著酒，用袖子蹭了蹭嘴角，有些生氣。「王家的人太不像話了，晚上給我送了個豬蹄，我以為是妳做的，進嘴後發現味道不對，一問才知道，他是在倍香樓買的。真是太難吃了，硬得就跟嚼鞋底似的。下次再給他家抓藥，我得收雙倍的錢了！」

一個晚上，因為泉春樓和倍香樓相繼推出排骨和豬蹄等菜樣，有餘食肆的食客流失了不少，就連預定的人數，一個手指頭都數得過來。

見再沒有人進店用飯，夏魚索性把門前的燈籠都熄了，表示本店已打烊。

夏魚坐在桌前，看了一眼預定的名單，跟洪小亮交代道：「明天去肉攤只買預定的幾個豬蹄，別的不用買。明兒個晌午只賣素菜，晚上把預定的豬蹄賣完就關門。後天給你們放一天假，想回家的就回家，不想回家的就在鎮上隨便玩玩。」

洪小亮應了聲，他正好也想回去跟娘和小妹報聲平安。

夏魚揉了揉太陽穴，方才聽郝才說，倍香樓為了留住客人，明日還有大力的優惠活動，買兩個肉菜送一個肉菜，買一肉菜送一素菜。

這樣捨得下本錢的活動，除了家大業大的倍香樓，別的食肆是學不來的。尤其是有餘食肆，剛開業沒幾天，到手的銀錢都沒焐熱呢，賠本的生意更做不來。

這兩天估計有大批客人都會趕去倍香樓，自家食肆索性就休息兩天。

之前，她就想在後院閒置的廚房裡砌個大泥爐，以後做烤製的飯食用，眼下終於得空，不如就趁這兩天完工，等她忙完李府的宴席後，就能著手推出新菜色了。

王伯一臉憂色。「阿魚，咱就這樣任由他們模仿咱家的菜式，不去管嗎？」

夏魚拿了一張白紙，慢慢將腦海中泥爐的構造畫出來，一邊道：「不用管，現在泉春樓就是秋後的螞蚱，蹦不了幾天；倍香樓背後的老闆大有來頭，咱也管不了。他們愛模仿就模仿吧，我就不信咱家做的每一道菜，他們都能全然不變的模仿下來。」

「確實如此。」池溫文相信夏魚，他將油燈挑得更亮些，放在桌前。

除了夏魚和池溫文，剩下的三人皆是心思沈重。

王伯坐在院裡的躺椅上，煩得用大蒲扇一直搧；白小妹也擔心得睡不著覺，拿著濕布將熱呼的草蓆擦了一遍又一遍；洪小亮更是拎著一桶水，把自己從頭澆到腳。

半夜，夏魚的草圖終於畫好了，她跟池溫文講了一遍細節、用法，讓他明日去找泥瓦匠來把泥爐砌好。

這番講解聽得池溫文直呼奇妙，難得誇獎她一番。

夜裡，因為竹床還沒來得及做，池溫文就跟王伯他們一起睡通鋪，這一晚，只有夏魚和池溫文兩人睡得香極了。

第二日一早，池溫文就去找泥瓦匠，還順便找木匠訂做了一張竹床。

夏魚起床收菜，順便叮囑王行明日不必送菜，然後又去睡了個回籠覺，簡直舒坦得很。

早飯是白小妹做的，王伯、洪小亮和白小妹吃過飯，都閒得發慌。

王伯雖然穿著新衣裳，也還是高興不起來，他在櫃檯前扒拉兩下算盤，便找酒肆老闆閒聊去了。

洪小亮卯足了勁頭，把院裡的柴都劈完，然後去跟肉攤老闆買豬蹄。

白小妹在石榴樹下逗著發財玩，心裡實在靜不下來，就起身將早上收的菜洗乾淨。

夏魚伸著懶腰起床後，已是日上三竿，她洗漱了一番，去廚房裡準備配料。這些配料可都是要去李府做宴席時用的，她得提前準備好。

到了中午，果不其然，食肆裡並沒有多少客人，據來用餐的食客說，倍香樓排隊都排到轉角了。

夏魚一點也不意外，倍香樓這次活動的力度大，做的飯菜雖不是絕味也都還適口，如果讓她選擇，她也會選擇去倍香樓吃一頓。

雖然夏魚不著急，可泉春樓的劉老闆坐不住了，晌午還沒過，他就匆匆跑到了有餘食肆。

這一路，劉老闆跑得口乾舌燥，他擦了一把額頭上的汗，跟櫃檯後的王伯道：「快給我倒碗水。」

王伯不喜劉老闆，他身子一側，偏頭看了劉老闆一眼，不客氣道：「不好意思，沒有。最近沒啥客人，我們店裡連水都省了。」

劉老闆尷尬一笑，用手搧了兩下，讓自己涼快一點。

他打量了一番食肆的大堂，原以為這食肆的門小，裡面也小，沒想到裡面竟然也這麼寬敞。

夏魚聽到洪小亮說劉老闆來了，便起身從廚房迎了出去。無事不登三寶殿，也不知道劉老闆來這裡要做什麼？

劉老闆一見到夏魚便親切地走了過來，等靠近夏魚時，他突然聞到一股大料、香葉的乾料味道。

劉老闆有心套夏魚的話，看看她最近是不是又要做什麼新菜，便問道：「大妹子，妳又做啥好東西呢？這一身乾料味可夠重了。」

夏魚拉起自己的衣裳聞了聞，乾料味確實很重，但她不想跟劉老闆講太多，直接問道：「劉老闆來小店有何貴幹？」

見夏魚不上套，劉老闆嘿嘿一笑，說起自己的目的。「妹子妳看，這倍香樓太囂張了，弄得咱鎮上其他食肆都沒活路了。所以我想著，要不然咱們聯手也弄個活動，我出食材，妹子妳出力，賺的錢五五分。」

夏魚翻了劉老闆一個白眼，呵呵道：「不幹。」

劉老闆算計得可真好，自己啥也不用管，買一堆食材完事，讓她大熱天的累死累活做菜，最後不一定能賺到錢。

她還不如在家歇著舒坦。
劉老闆還想再勸，夏魚就已經鑽進了廚房忙活，他只好訕訕地收回目光，一肚子怨氣地離開了有餘食肆。
白小妹將最後一盤香菇扒油菜炒完，看著菜筐裡還有大半筐的菜，不由得發起了愁。「嫂子，還有這麼多青菜怎麼辦？放著都得壞了。」
夏魚手上忙活著，餘光瞥了一眼菜筐，道：「剩下的菜做成醬菜，給白大哥和郝大夫送一點，剩餘的咱自己吃。」
這些菜醃完後其實也剩不了多少。
「行！」白小妹想起昨天吃的醬菜，嘴巴裡就不住地流起口水。
也不知道夏魚的醬菜是怎麼做的，顏色通紅特別好看，吃起來鮮辣脆爽，鹹中帶甜，不是很鹹還特別下飯，配著醬菜她一頓能吃兩碗飯呢。
夏魚忙著準備配料，白小妹本來也想幫忙，可無奈這些配料的種類太多了，還要按照比例調放。有的調料需要先蒸或先炸，實在太複雜了，況且聽夏魚的意思，每種菜式所用的配料還不一樣。
看著夏魚手一掂量，便知道用量多少，白小妹只好作罷。「嫂子，妳這配方還真是不用怕人偷學，根本學不來。」
夏魚笑了笑。「時間長了自然就學會了。」

白小妹可不這麼認為。

雖然這些配料很難學，不過為了避嫌，她還是走出廚房，等夏魚忙得差不多了再進去給自己人做飯。而且今天請了泥瓦匠，還要再多做一份午飯。

下午，夏魚去了李府，跟廚娘一起清點需要的食材，看食材的數量都夠，這才跟李府管事正式敲定了菜單。

宴席分為主菜八道、涼菜四道和點心四道，主菜由夏魚準備，包括肉菜、素菜和湯。肉菜她準備做蔥爆羊羔肉、水晶肘子、宮保雞丁和清蒸桂花魚；素菜做時蔬小炒和麻辣燙；湯一甜一鹹，甜的做桂花蓮藕羹，鹹的做雞肉丸子湯。

考慮到府裡有老人和小孩，夏魚選的這些菜有辣有淡、有鹹有甜，人人都可以吃。

自從嚐了夏魚做的果醬還有豬蹄後，李府管事對她的印象可是增加了不少。

他得知近來倍香樓在針對有餘食肆，便悄聲提醒夏魚道：「倍香樓的主廚在府裡做涼菜，明日你們可能會碰到……」

夏魚點了點頭，明白他是在提醒自己小心被人偷了手藝。

她笑著和李府管事道了謝，反正她的調料和醬汁都是提前準備好的，倒也不怕倍香樓的主廚偷藝。

第十六章

宴席這日，天公不作美，屋外的雨如瓢潑般砸在青石板路上，半空中不時閃現銀白色的裂痕，伴隨著巨大的雷聲轟鳴，震得人心驚肉跳。

天色又沈又暗，夏魚起床將蓑衣、蓑帽穿戴整齊，池溫文聽到北屋有開門的動靜，也撐了把油紙傘出來。「今天的雨大，路面濕滑，我送妳。」

夏魚將脖子上的草繩繫好，擺手道：「不用了，今兒個還有拍賣呢，這一來一回別把你淋透染上風寒了，你原先的病還沒好索利呢。」

說話間，一聲轟隆的巨響，嚇得夏魚一個激靈，小臉煞白，身子僵在原地不敢動彈，任由風吹來的雨絲拍在臉上。

池溫文見她不對勁，急忙撐著油紙傘來到她身邊，拉著她冰冷無溫的手進了大堂，給她煮了碗薑湯壓驚。

待她回過神後，池溫文才將她送去李府。

李府的門口早有下人等候，見她到來，直接將她引去廚房。

廚房裡，倍香樓的大廚萬二正在案板上「鏘鏘鏘」的切著蔥絲，碧玉的小蔥在刀起刀落間被切分為無數細細的蔥絲。

聽見門口的動靜，萬二抬頭望去，見到夏魚他心底多少有些怨氣。

那日接到李府通知要換主廚，他本來就生氣，可自家老闆非要他退一步去做涼菜師傅，讓他監視著夏魚偷偷學點菜樣回去。

身為一個大廚，萬二肯定是不願意的。前兩日讓他模仿人家做菜就算了，現在直接讓他光明正大的偷學。

作為一個在泉春鎮小有名氣的廚子，他覺得這是對他能力的質疑和侮辱。

但是儘管他再不願意，也還是收了老闆遞來的五十兩銀子，還得到了老闆的承諾，明年給他漲工錢。

夏魚將蓑衣蓑帽交給一旁的下人，找到廚房裡管理食材的廚娘，淡淡一笑。「燕姊，魚和肉都準備好了嗎？」

「放心，昨晚我親自處理的。」燕姊笑著端出身後的盆子。

燕姊是府上的人，李府辦宴席的任何食材都要經過她的手，出了差錯罰的就是她。為了防止別人在食材裡偷偷動手腳，凡事她都看得緊，能自己做就不讓別人碰。

夏魚接過洗淨處理好的食材，交代著一旁的小廝生火，便先將肘子放進鍋裡燉。

肘子是夏魚昨天臨走前用鹽粒和乾料醃製過的，這會兒只需要把肉用麻線捆好，放進加了糖、提前備好的調料和蔥薑的冷水中。

萬二放慢了手上的速度，裝作不經意地掃一眼過去，卻發現夏魚已經把肘子放進了鍋裡，他伸長脖子也沒能看見夏魚到底放了什麼調料進去。

夏魚蓋上鍋蓋，從肉盆裡拿出一大塊羊羔肉，這肉一看就是經過精挑細選的，上好的腿肉肥瘦正好，肉質緊密有光澤，用來做蔥爆羊肉正合適。

她用提前磨好的乾料粉把切好的羊肉攪拌均勻，放在一邊先醃製入味，然後同樣將雞肉切丁醃製。

萬二見她拿出各種粉粉末末的東西放進肉裡，頓時有些懵了。

若是他看見那些乾料倒還認識，回去也可以跟老闆有個交代，但眼下他連夏魚放的調料是什麼都不知道，這還怎麼交代啊？

就在萬二愣神時，夏魚已經將魚蒸上了鍋。

這次夏魚是怎麼蒸魚的，萬二可瞧得清清楚楚。

但這有什麼用呢？清蒸桂花魚他也會做，用的醬汁還是模仿泉春樓的口味做出來的，肯定比夏魚做的更好吃，這也沒法跟老闆交代啊。

夏魚剁著雞肉泥，只覺得萬二的兩道目光盯得她難受，便抬頭望了過去。

萬二對上她的目光迅速低下頭去，拿起桌上的刻刀雕琢著一根白蘿蔔。

等肉都醃製得差不多了，為了讓肉質吃起來更嫩滑，夏魚加入生粉繼續攪拌。

她每一個動作都能引來萬二的關注，最後夏魚索性也不管了，愛看就看吧，反正她也少不了一塊肉。

最後，肉是沒少，菜筐裡原先準備的菜卻少了大半。

燕姊從外頭茅房回來，發現菜筐裡的菜少了，這些可都是給夏魚做時蔬小炒和麻辣燙用的。

她臉色一變，趕緊問旁邊做糕點的廚娘有誰來拿過菜。

廚娘一邊用熱水把麵燙熟，一邊揚起下巴點了點萬二的方向。「方才我看萬大廚來拿菜了。」

燕姊三步併作兩步來到萬二的灶臺，質問道：「你拿菜筐裡的菜做什麼？早上不是已經把你的那份給你了嗎？」

萬二沒弄到夏魚的配料配方，怕被老闆責罵，心裡便生出了歪主意。

如果他把夏魚要用的食材都拿去用，那她不就沒辦法做菜了嗎？做不出菜來，李府的主人肯定饒不了她，她的名聲一敗壞，豈能在泉春鎮再混下去？沒有了夏魚，那老闆就不會再強迫他去做別人的菜了。

所以，方才他將自己要用的黃瓜、蘿蔔、南瓜都雕成了造型擺在盤中，臨時改了菜單。

他心裡的小算盤打得響亮，面對燕姊的質疑，他絲毫不懼，理直氣壯道：「那菜又沒寫名字，我用了怎麼了？我以為妳早上給我的菜是為了讓我雕花的。」

燕姊看著盤中的龍鳳呈祥、假山亭臺，擺得都還挺精緻的，肯定能討主子喜歡。但現在的問題是菜不夠，現買都來不及。

要麼涼菜是個半成品，要麼夏魚的素菜少一樣。

一時間，她也拿不定主意該怎麼辦了。

夏魚對上萬二挑釁的目光，心裡大概清楚是怎麼一回事了，無非就是這人偷師不成，便想著讓她出醜。

她往放菜的架子上掃了一眼，見上面有一罐鹹鴨蛋，還有一個長得極大、外觀不對稱的南瓜。

她心下便有了主意，朝著燕姊招手道：「燕姊，時蔬小炒我不做了，換成別的。」

燕姊走到她跟前，提醒道：「別的？那時間來得及嗎？」

為了防止萬二再趁人不注意時打食材的主意，夏魚悄悄附在燕姊耳邊，把需要準備的食材跟她說了一遍。

燕姊這次長了心眼，在洗南瓜的同時，還把架子上的香菇和木耳也一起洗了。

不過多時，萬二又裝作不經意間拿幾個香菇雕花，燕姊象徵性地跟他吵了兩句便不再理他。

現在就算是瞎子也能看出來，他就是在針對夏魚。

快到中午時，雨幾乎停了，經過一夜雨水的沖刷，熱氣減去不少，涼風從窗戶吹進來，帶走廚房裡又悶又熱的氣息。

夏魚翻起鍋裡的羊肉在空中打了個滾，隨著油脂濺起，一道火苗沖天而上，捲起一股焦香的味道。

後面做菜的步驟萬二也知道，倒也沒什麼可看的，不過他還是好奇夏魚最後一道菜要做什麼，便磨磨蹭蹭，任由下人催促也不肯將涼菜裝盤。

最後小廝又來催了兩遍，萬二才不情願的把菜盤遞過去。

萬二剛把菜上完，燕姊生怕他再壞事，也不讓他多留，直接攆他走人。

李府的正廳裡，一張大圓桌圍滿了人，除了李老爺、李夫人和老太太三個大人，其餘八個都是後輩。

此刻所有人都已經坐齊，就等著上菜開飯，可是左等右催的，開胃的涼菜遲遲不上。

「今日的涼菜是哪家廚子做的？」老太太聲音威嚴，面色不爽。

李冬琳接話道：「回祖母，聽說是倍香樓的大廚。」

說話間，下人便將四樣八盤的涼菜擺上了桌，長輩面前擺四盤，後輩面前擺四盤。

李夫人看到這些涼菜時眼睛一亮，誇道：「模樣倒挺精緻。」

看著盤中擺得精美的雕飾，老太太的心情稍微好了些。

李老爺卻不喜。「這麼多雕飾，浪費了多少食材。」

李老爺這話一出，氣氛頗有些尷尬。

倍香樓的廚子是老太太請的，李老爺這麼說不就是在怨老太太找的廚子不好嗎？

李冬琳作為嫡出的大小姐，也是唯一敢在長輩說話時插嘴的後輩，她一邊緩和著氣氛，一邊瘋狂暗示李老爺說錯了話。「爹，表姊是咱家的貴客，在咱府裡幾日因為苦夏沒少受罪，祖母這不也是想讓表姊樂呵樂呵嘛！」

李老爺一怔，悄悄看了自己老娘一眼，默默低頭吃菜不再說話。

轉眼間，夏魚做的幾道肉菜被陸續端了上來，香味飄了滿屋，兩旁站著的下人都強忍著不讓自己流口水。

李老爺盯著面前的蔥爆羊羔肉，一盤肉中夾雜著翠綠的大蔥做點綴，看著就誘人。他挾起一塊羊肉，入口醬汁豐盈，羊肉滑嫩，不柴不羶，帶著些許蔥香味，回味無窮。

李老爺急忙讓下人給老太太挾了塊羊肉。「娘，您快嚐嚐這羊肉，肉質細嫩，您絕對能咬得動！」

老太太正在吃著鮮美的清蒸桂花魚，一桌子菜也就這道最不費牙口，聽了李老爺的話，她勉強點了點頭，不願當著後輩的面讓他難堪。

下人在給老太太布菜，坐在桌尾的小弟又嚷嚷道：「祖母，這個水晶肘子太好吃了！」

「還有這個宮保雞丁，味美鮮香，祖母，這些肉菜您都可以嚐嚐。」二弟也跟著叫起來。

看著自己的兩個孫子，老太太臉上終於有了笑。「好好！你們都孝順，祖母嚐嚐。」

經過兩人這麼一叫喚，飯桌上的氣氛倒活躍了不少。

老太太挾起一片薄薄的水晶肘子，肘子肥瘦分明，入口柔軟細膩，吃起來香而不膩，確實好吃還不費牙口。

她讚許地點了點頭，問道：「這些主菜都是那個什麼有餘食肆的老闆做的？」

李冬琳笑道：「回祖母，是的，那日您吃的滷豬蹄也是她家的。」

「好，賞！」只嚐了三道菜，老太太的味蕾便被征服了。

接著，下人們又把麻辣燙端了上來。

李夫人最愛吃辣，這道菜新奇又合口，麻辣鮮香還配有各種菜，倒是讓她吃到最後有些意猶未盡。

就在一群人被麻辣燙辣得滿頭大汗時，下人又端上一盤金燦燦的菜餚，一根根手指粗細的南瓜條擺放得錯落有致，看起來更像是糕點、點心之類的東西。

「這道菜叫做蛋黃焗南瓜。」隨著下人落下的話音，田桔妝挾起一根來嚐，南瓜的外殼酥酥脆脆，裡面又糯又甜，鴨蛋黃的鹹香裹著南瓜的清香，別有一番風味。

這盤蛋黃焗南瓜很受一桌後輩的喜愛，很快就被一掃而空。

老太太見這些孩子們都吃得高興，揮手招來李府管家，囑咐兩句便讓他下去了。

夏魚把最後一道雞肉丸子湯做好，正準備尋李府管事交差，卻沒想到李府管事先找到了她。

一見面，李府管事就掩不住眉間的笑意。「夏老闆好手藝，這頓飯吃得老太太很高興。」

夏魚一笑，虛虛行了一禮，客氣道：「哪裡，不過都是些家常菜罷了。」

李府管事從袖子裡拿出一個繡花荷包遞過去。「這是老夫人的一番心意。」

夏魚接過荷包，只覺得手心一沈，看來這份賞錢還不少呢。

她笑了笑，道：「如此就多謝老夫人了。」

夏魚的事情都忙完了，李府管事要留她在府中用飯，但是她急著回去看配方的事，便沒有在李府多加逗留。

回到食肆，門口掛著歇業的字樣，幾個中年人接連從裡面走出來，不住的搖頭嘆氣。

夏魚心一緊，難不成是事情辦砸了？

這時，只聽一個留著鬍子的中年人道：「葉老闆這次真是下了血本，拚不過啊！」

一旁個子矮的人安慰道：「寬心吧，六兩銀子兩個配方，傻子才會買。就算有大集、廟會什麼的，這本錢也賺不回來。」

夏魚走進食肆，大堂裡一個看起來老實巴交的黑瘦男人正在聽池溫文跟他講配料用法，他一邊聽，一邊皺眉頭。

夏魚有些疑惑，難不成有問題？

她走過去，湊到跟前看了一眼池溫文拿的配方。沒問題啊，這就是她口述、池溫文書寫的那份。

她問道：「大哥，你這又皺眉又搖頭的，是方子有問題嗎？」

這男人是鎮西巷子口食肆的老闆，葉石。

他嘆了一口氣。「不是方子的問題，是我不識字啊。這方子我拿回去也看不懂。」

葉石以前是個莊稼漢，有天去下地時意外在路邊撿了一袋銀子，得了意外之財，便跟媳婦商量在鎮子裡接手一間食肆。

葉家開的食肆不溫不火，靠的就是賣的飯菜便宜。但是現在倍香樓這麼一攪和，他家的生意也不行了。

聽說有餘食肆要賣配方，葉石覺得自家有必要賣些特色小吃，不能老指望著價格便宜拉人，所以他一咬牙就把配方買了下來。等過些日子可以在大集和廟會上賣，只要他和媳婦勤快些，多賣點，肯定有得賺。

夏魚和池溫文也愣住了，不認字可怎麼辦？

夏魚想了一下，問道：「你家食肆有廚子嗎？」

葉石搖了搖頭。「沒有，就我跟媳婦一起忙活，媳婦做飯，我打下手。」

夏魚笑道：「大哥，那這樣吧，正好今日我有空，你把嫂子喊來，我手把手教她怎麼做。往後如果哪個步驟忘記了，也可以叫嫂子來問我。」

既然方子賣出去了，那她就有義務把人教會。

葉石覺得這個方法不錯，當即便跑回去叫媳婦過來，為了趕緊回去，他還特意抄了一條近道。

半路上，一個穿著粗布衣的夥計攔住了葉石的路，不懷好意地笑道：「葉老闆，恭喜啊。」

葉石突然被攔了路，有些不高興，他打量了夥計一番，不悅道：「你是哪位？」

夥計開門見山道：「咱是倍香樓的，我們老闆要收你剛剛買的兩個配方，三兩銀子賣不？」

葉石花了六兩銀子買的，給他三兩肯定不賣。

他推開夥計，不耐煩道：「不賣不賣，我急著回家呢。」

夥計得了老闆的吩咐，勢必要把事情辦好。「四兩？五兩？」

葉石煩得緊。「不賣不賣，我沒有配方。」

倍香樓的老闆知道葉石花了六兩銀子買配方，便讓夥計以十兩的價格收回來。

可夥計不知道葉石花了六兩銀子，覺得五兩銀子都是多了，剩下的五兩還能進自己腰包，所以加價到五兩銀子便不肯再往上加。

夥計攔住葉石，不讓他離開，這時，一旁走出四、五個壯漢，虎視眈眈地盯著葉石。

夥計道：「葉老闆，別那麼小氣嘛，我這跟了你一路也很辛苦的。」

另一頭，夏魚和池溫文在食肆裡左等右等都不見葉石回來。

夏魚望著食肆門口，心裡有些不安。「葉老闆付錢了嗎？」

池溫文點了點頭。「六兩銀子都在王伯那兒呢。」

「鎮西離咱也不遠啊，怎麼這麼久還不回來？」

池溫文蹙了蹙眉，起身道：「我去看看。」

夏魚也跟著起身。「我也去。」

兩人一前一後走出食肆大門，趕到鎮西巷口的葉家食肆時，葉娘子卻說葉石根本沒回來過。

池溫文急忙讓夏魚去衙門找白慶，他和葉娘子分別循著旁邊的小路找人。

池溫文思索了一下，挑了一條近道開始找，當時瞧葉石的神色也能瞧出他急著回家，肯定會選擇近路。

果然，在半路上，池溫文就看到地上血跡斑斑。

他循著血跡找到一個死胡同裡，在一堆枯樹葉下找到了滿身是血的葉石，他口鼻出血，腹部還有一把尖刀，池溫文不懂醫術，不敢胡亂移動。

葉石雙目緊閉，聽到身旁有動靜，便微微把眼睛睜開一條縫，看到池溫文時，他才放下心來，睜開眼，艱難道：「池掌櫃，救救我……」

原來，葉石剛才一直假裝昏死過去，這才保住了一條命。

為了防止有人來毀屍滅跡，池溫文不敢離開，就在胡同口守著。

白慶一行人的動作很快，他們人多勢大，很快便找到了池溫文，發現了葉石。

夏魚看情況不妙，交代眾人不要亂動，又急忙趕去醫館請郝才過來。

倍香樓三樓的包廂裡。

夥計挨了葉石一拳頭，半張臉腫得老高，他正憤憤不平地跟自家老闆抱怨著。「那個葉石不賣配方，我找了幾個兄弟搜他的身也沒搜到，還白白挨了一拳……」

大腹便便的馬老闆轉動著拇指上的金戒指，心煩意亂道：「找劉掌櫃領一兩銀子看病去。」

今天真是沒一件事順心的，萬二和這個夥計都是吃白食的廢物，一個都指望不上。

葉石的命真是大，傷勢竟然不嚴重，腹部的尖刀也沒有戳到要害。

郝才讓人抬來擔架，把葉石帶回醫館再進一步的處理傷口，白慶也帶人跟著去醫館，好對案情有進一步的了解。

回去的路上，夏魚嘆了一口氣，問池溫文。「你知道是誰嗎？」

池溫文面色凝重，壓低了聲音。「倍香樓的夥計吳小牛。」

夏魚微微頓了頓腳步，最近倍香樓的動靜可真不小。

池溫文知道在李府時萬二想偷學配方的事，猜到這肯定是馬老闆的主意，卻沒想到馬老闆為了得到配方這麼不擇手段，他心裡不由擔心起夏魚的安危。

把夏魚送回食肆後，池溫文交代了她別出門，然後匆匆趕去醫館找白慶。

白小妹今天沒回家，她給夏魚做了一碗麵，有些擔心地道：「嫂子，我看妳臉色不好，沒事吧？」

夏魚累了一上午，剛剛又看到葉石滿身是血的樣子，根本吃不下。

她勉強擠出一絲笑容，起身往後院走去。「我就是忙了一早上太累了，先睡會兒去，飯就不吃了。對了，妳去醫館一趟，把葉老闆的六兩銀子送過去，他現在看病估計急著用錢。」

王伯聽到這話，狐疑地看了夏魚一眼。方才葉石不是還好好的嗎，怎麼突然要看病？

看著夏魚有些失神的模樣，王伯猜是出了什麼事，交代好白小妹看門，自己揣著銀子去了醫館。

第十七章

由於葉石機靈，假死逃過一劫，這件事很快就水落石出了，衙門的人火速趕到倍香樓將夥計小吳帶走。

馬老闆以為是因為小吳跟葉石動手打架，葉石氣不過才去報官的，就站出來說道：「各位官爺，都是些小打小鬧，就不必去衙門走一遭了吧。再說，您瞧小吳臉上這些傷，他也沒撈著好。」

張三冷哼喝道：「刀子都捅進人家葉老闆的肚子了，這叫小打小鬧？再妨害公務一併帶走！」

馬老闆聽完，腦袋嗡的一聲就炸開了，額頭布滿一層細汗，他沒想到小吳竟然敢動刀傷人，也不知葉石死了沒？

小吳被帶走時還朝倍香樓大聲叫喊。「馬老闆救我……我可是替您辦事的啊！」

「王八羔子！」馬老闆脫口罵道：「老子只說讓你跟人買配方，啥時候讓你動手了！」

小吳這麼說明顯就是想把他拉下水，讓他要麼救人，要麼就咬定是他指使的，兩人同歸於盡。

衙門帶走小吳時，倍香樓裡還有客人在吃酒，親眼瞧見這一幕後都坐不住了，紛紛起身離開。

不一會兒，整個鎮子都傳開倍香樓的夥計殺害葉石一事。

馬老闆聽這流言越傳越開，越傳越邪乎，急得嘴角都起了個大水疱。

殺害葉石這件事他確實冤枉，但就算最後洗清了罪名，倍香樓的名聲也沒了。

想到上頭那位肯定不會放過自己，馬老闆立刻打道回府，收拾了值錢的物件，拖家帶口離開了泉春鎮。

夏魚醒來時天色還沒有徹底黑透，天邊一半黑沈一半淺白。

她站在院裡，看著那半邊淺白逐漸被黑暗吞噬，整個夜空像是蒙上一層漆黑的布幕，一彎明月靜懸在頭頂，亮得刺目。

她睡了一下午，此時心情鬆快了許多。

大堂的燈火還亮著，夏魚踱步走進去，只見池溫文、王伯等人皆是一臉嚴肅地坐在桌前。

白小妹見她睡醒了，忙起身去廚房給她做點飯，洪小亮也找了個藉口跟著離開。

夏魚尋了個空位坐下，笑著問道：「在說什麼呢？」

王伯看了池溫文一眼，不知道從何說起。

池溫文還算淡定，他遞過一杯溫水，道：「馬老闆跑了。」

夏魚拿著杯子的手一頓，很快反應過來，抬頭道：「葉石是馬老闆找人刺傷的？」

池溫文搖了搖頭。「不是，雖然鎮上傳的閒語是馬老闆指使的，但白慶查到這事跟馬老闆沒有關係，純粹是夥計自己起了貪念，臨時有了殺意。」

說罷，他將葉石的口述大概跟夏魚講了一遍。

夏魚疑惑道：「那馬老闆跑什麼？」

「可能是因為上面的人。」池溫文繼續道：「白慶追查到倍香樓真正的老闆其實不是馬老闆，而是東陽城陽香大酒樓的東家……池旭陽。」

「池旭陽？」聽到這個姓，夏魚似乎明白了什麼。

「嗯，池家現在的大少爺。」池溫文面無表情，說到這句話的時候很平靜。

「他在東陽城周邊的城鎮都設了酒樓，想要將本地的老食肆擠壓得無處逢生，獨占餐食行業。」

說到這裡，夏魚算是明白了，也就是說，池旭陽想要發展連鎖酒樓，馬老闆只是其中一個分店的管理者。如今泉春鎮的倍香樓出了問題，池旭陽第一個要找的就是馬老闆。

突然，她想起過門第一天，王伯好像跟她說過，池溫文才是池家的大少爺……

夏魚小心翼翼地瞥了池溫文一眼，雖然池溫文表面頗為淡定，看不出波瀾，但她卻莫名有點心疼和難過。

同是池家的孩子，一個錦衣玉食，隨隨便便就開了大酒樓；一個餐風露宿，連藥都吃不起，簡直是兩個世界的人。

夏魚避開池旭陽的話題。「對了，葉老闆怎麼樣了，銀錢還給他了嗎？」

池溫文看著她略微發皺的嘴唇，道：「喝水。」

夏魚乖巧地捧過杯子，咕嚕咕嚕把茶水一口氣喝完，她也不記得自己什麼時候變得不愛跟池溫文抬槓了，而是對他多了一分信賴。

池溫文見她將水喝完，這才接著道：「葉老闆除了腹部受傷，其他地方沒什麼大礙，郝大夫幫他包紮完，自己就走回家了。銀錢他沒有收，說讓葉娘子明天來學配方。」

「沒事就好，葉老闆還真是命大。」夏魚感嘆道。

正說著，白小妹便烙了一張油餅，煮了一碗青菜蛋花湯，給夏魚端了過來。

夏魚舀了一勺蛋花湯，吹著上面冒起的熱氣，嚐了一口。蛋花湯鮮美十足，雞蛋不老不生，吃在嘴裡滑滑嫩嫩的。

她笑著誇道：「小妹這手藝能出師了。」

白小妹臉一紅，不好意思道：「嫂子，這都是平時妳教的，妳就別拿我說笑了，我還想跟著妳做一輩子呢。」

夏魚知道白小妹臉皮薄，沒有繼續打趣她，便說起明天的計劃。「咱歇了兩天，後院的烤爐也做好了，明天咱正式開業！」

提到烤爐，幾人都異常振奮，他們從烤爐一做好，便一天去看好幾回，很是好奇這個大爐子是幹什麼的。

王伯問道：「咱明天都做什麼啊？」

「明天做打滷饟。」夏魚分配著任務。「上午我去買肉、醃肉，小妹發麵，小亮劈柴、洗菜，王伯把之前釀的桃子酒拿出來，池溫文你去衙門找張三和李二，跟他們說咱有新菜色，讓他們走街串巷時幫忙宣傳一下。」

夏魚沒說是披薩，因為披薩這兩個字解釋起來太麻煩了。

「打滷饟是啥？」洪小亮腦袋一片空白，想像不出來打滷饟究竟是什麼樣子。

饒是一向淡定的池溫文，也一臉迷茫地望向夏魚。

夏魚想了想，決定還是先給眾人嚐嚐味道怎麼樣。「小妹，妳現在去發麵，裡面記得加點糖；我一會兒把水井裡的肉醃了。明早我先給咱自己人做一份嚐嚐，正好你們看看可不可賣。」

幾人立刻點頭應聲，巴不得趕緊嚐嚐打滷饟的滋味。

白小妹起身去廚房發麵，其他幾個人都有些激動，早早就散了回到房間，期盼著一睜眼天就能亮。

睡得早了，起得自然也就早。

第二日天色還未亮，有餘食肆的幾個人意外地整整齊齊守在廚房門口。

廚房裡，夏魚囑咐白小妹將醃好的肉丁和蔬菜丁過油去汁水；又讓洪小亮去後院把爐子燒起來；她則把番茄的外皮燙掉切成小丁，放入蒜末、糖、鹽等調料做成番茄醬。

準備好配料，她拿出讓池溫文提前訂製好的鐵盤，將擀好的麵餅放上，捲邊後用竹籤在麵餅上扎了些許小孔，然後塗上一層紅亮亮的番茄醬，將各種半熟的食材均勻地擺上，最後放進特製的烤爐中。

洪小亮用扇子往灶膛裡搧著風，問道：「這樣就行了嗎？」

「不行，等會兒還有一個步驟呢。」夏魚笑了笑，又去大堂的廚房打了一碗微鹹的雞蛋液。

這個烤爐有半人之高，爐門是訂製的鐵門，裡面有鐵網將爐內一分為二；爐子除了內部的一個空腔，外部還有一層包裹，兩層之間形成一個夾層，上下左右的夾層裡都加柴加熱，讓爐子裡熱得均勻。

夏魚算著時間，等烤爐裡飄出誘人的香味時，她迅速用鉤子將鐵門打開，接著用竹夾將鐵盤挾出，在上面澆上薄薄一層蛋液，繼續放進烤爐裡。

烤爐裡的香味不斷順著鐵門往外湧，洪小亮離得最近，聞著肉香味、菜香味還有蛋香味，饞得肚子一直咕嚕直叫，惹得大家哈哈大笑。

終於等到打滷饢出爐，幾人圍著桌子直吞口水。

餅的一圈烤得焦焦脆脆的，上面金燦燦的蛋液被熱氣漲得鼓起了幾個包，鼓泡的顏色更深一些，看起來十分誘人。

夏魚用刀將餅分切後，幾個人都迫不及待地吃起來。

白小妹咬了一口，表皮的蛋液外焦裡嫩，夾層的肉和菜口感豐富，味美鮮香，有些甜味的麵餅和著番茄醬的酸鹹味道，特別好吃。「太好吃了，裡面有好多肉丁呢。」

王伯和池溫文不住的點頭，連話都顧不上說。

洪小亮探頭看了一眼白小妹的那塊餅，又瞧了瞧自己手裡的餅，有些委屈。「怎麼我這塊餅就兩個肉丁啊？」

夏魚抿嘴一笑，將桌上剩餘的一塊餅推給他。「你看看這塊的肉丁多不多？」

店裡唯一幹體力活的就是洪小亮，吃得多大家也沒什麼意見。

馬老闆跑了，倍香樓亂作一團，大廚萬二沒拿到銀錢，摔了不少酒罈、桌椅，和掌櫃的扭打成一片，酒樓的大堂裡一片狼藉，連開門營業都做不到。

得知倍香樓大門緊閉，整個泉春鎮最高興的莫過於劉老闆，泉春樓被倍香樓擠壓這麼多年，終於重見天日了。

他滿懷希望地張羅著廚子多備些菜，想像一到中午泉春樓就爆滿的景象，嘴角不自覺揚起，甚至還哼起了小調。

可到了中午，來泉春樓用飯的人幾乎沒有，他這才急忙讓小二去打聽。

得知客人都去了有餘食肆，劉老闆臉色瞬間陰暗，啐了一聲。「有餘食肆前兩天不都已經關門了，怎麼又開張了！」

由於泉春樓沒有客人就沒有收入，小二的工錢已經被劉老闆拖了兩個月，他把這一切都歸因在有餘食肆的頭上，堅持認為就是有餘食肆搶走了泉春樓的客人，才導致他沒了工錢。

小二撇了撇嘴，語氣有些幽怨。「聽說他家又做了什麼打滷饢，聽著名字就不好吃，等那些人上過一次當，就知道還是咱家的飯最好吃了。」

劉老闆知道夏魚的手藝不錯，點子還多，他沒有將小二的話放在心上，低聲吩咐道：「找人去買一份回來。」

如果味道不錯，他也讓廚子仿著做，賣得比有餘食肆便宜點，總能搶些客人來。

有餘食肆裡，幾人忙得熱火朝天。

白小妹賣力揉麵、擀餅胚；池溫文依照夏魚教他的方法在餅上放食材；洪小亮不停地劈柴、燒柴；夏魚做最後一道烤製的步驟；王伯則擺了桃子酒上桌賣，收錢、記帳到手軟。

第一天為試賣日，夏魚沒有準備太多食材，因此眾人很快就忙活完收工了。

沒買到打滷饢的人又開始按照從前的規矩自覺地預定起來。

伍各易帶著秋嫂美滋滋地吃著打滷饢，品著清甜的桃子酒。

秋嫂看到夏魚走來，瞇眼笑道：「夏老闆，妳這打滷饢怎麼做的？可真好吃。」

這個話題引來不少食客的興趣，紛紛安靜下來豎起耳朵等著夏魚的回答。

夏魚也不隱瞞，大方道：「這是我們食肆的特色美食，是用爐子烤出來的。」

秋嫂看著盤中烤得金黃的麵餅，疑惑道：「烤？那不都糊了嗎？」

這裡的飯食普遍都是蒸炸煎煮，很少有烤的食物，就算烤也是用明火烤，如烤紅薯、烤芋頭、烤河魚什麼的，一不留神就會烤糊，影響口感。

夏魚笑了笑。「不會，爐子是我特製的。」

伍各易怕秋嫂繼續打聽下去影響人家做生意，便打岔道：「夏老闆，妳這桃子酒甚是新穎，能否賣我幾罈？等我下次去書院看大兒時給先生送兩罈嚐嚐。」

「可以。」夏魚當然點頭同意了，她本來就有打算將果酒做成自家的特色賣。

提起書院，夏魚也有好些日子沒見到夏果了，也不知他在書院裡適不適應？

她走到櫃檯旁，跟正在對帳的池溫文道：「下午我做幾瓶果醬，明兒個你帶去書院看看夏果怎麼樣了。」

池溫文點了點頭，道：「那我等會兒去一趟成衣鋪，給夏果買身新衣裳一起送去吧。」

夏魚點了點頭，囑咐他買大一點的尺寸，夏果正在長個子，買得太合身過不了幾日就不能再穿了。

王伯將桃子酒打了兩小罈遞給伍各易，問道：「阿魚，需不需要我再回白江村一趟，讓周林送點桃子來？」

夏魚思忖片刻。「不光是桃子，你讓她也留意點別的果子，哪個價格便宜，就讓她隔三差五收一些送來。」

末了，夏魚轉身問正在擦桌子的白小妹。「小妹，妳想跟王伯一起回家看看嗎？」

白小妹堅定地搖了搖頭。「不回。」

白小妹對自己的家十分牴觸，雖然她爹和余翠生了她，但從不把她當人看，對她非打即罵，有了白小弟後，對比更加明顯。她難以割捨余翠生育她的恩情，只能儘量逃避。

夏魚沒有勉強她，讓王伯自己去收拾東西。

夏季的晚上，要說最過癮的莫過於串燒配小酒了。

但是有餘食肆的烤爐太大，不適合做串燒，於是夏魚趁葉娘子沒來的時候，加緊畫了張圖紙，讓洪小亮找鐵匠做個長方形的小烤爐，回來的路上順便買些竹籤。

這兩日做不了串燒，不如就用廚房的平底鍋做些鐵板燒好了。

念頭一起，她叫來白小妹，讓白小妹去菜市口買些肉和菜回來，晚上做鐵板燒。

白小妹剛走沒一會兒，葉娘子就帶了一籃新鮮果子過來，手裡還拎了兩隻活雞。

葉娘子笑得眉眼彎彎。「夏老闆，昨天可真謝謝妳和池兄弟了。這點東西是我們家的心意，妳別嫌棄。」

別看葉石黑瘦黑瘦的，葉娘子可是又胖乎又圓潤，一張圓臉看起來很親和，說話的聲音也舒緩，讓人聽起來猶如春風拂面。

夏魚趕緊接過她手中的東西放在地上。「葉娘子，不用這麼客氣，這都是葉老闆運氣好、命大。」

說完，她將葉娘子帶到廚房裡，著手教她怎麼做果醬發糕和三明治。

葉娘子學得很仔細，有一點不懂的地方就會多問上兩句。

兩人輪流打蛋液做沙拉醬時，葉娘子問道：「還有幾天就要大集了，妳家會去擺攤嗎？」

夏魚搖了搖頭。「不去了，大集要忙活一上午，回來怕是趕不上賣晌午飯。」上次大集她純屬運氣好，被劉老闆買了配方，其實細算下來，一個早上掙的銀錢還沒有食肆裡賣的午飯一半多呢。

葉娘子甩了甩發疼的胳膊，道：「大集不去就不去吧。但是我跟妳說，廟會妳可一定得去，到時候我和老葉幫你們占個位置。」

夏魚還沒有去過廟會，也不知道是什麼情況，便問道：「廟會人多嗎？」

葉娘子道：「多！當然多了！到時候不止泉春鎮，周邊幾十個村的村民都會去廟裡燒香拜佛，還有城裡的人都會去。想占攤位得前一天晚上就去搶占呢。」

沒想到一個廟會竟然能有這麼多的人流，夏魚有些震撼，她往蛋液裡加了點油，道：「葉娘子，如果那天妳去得早，就麻煩妳幫我占個位置。要是我去得早，我也幫妳占個位。」

葉娘子點頭笑道：「沒問題。」

葉娘子學得很快，夏魚幾乎只示範了一遍，她就都會了。因為惦記著葉石的傷口，她也沒在食肆裡多逗留，跟夏魚打了招呼就直接回去了。

葉娘子走後，夏魚又做了三罐果醬，一罐要給夏果送去，另外兩罐讓池溫文送給先生。忙活完，她起身伸了個懶腰，舒展全身，將兩隻活雞扔在王伯的雞圈旁邊。她不會殺雞，就先養著吧。

之前養的三隻小雞已經羽翼漸豐，牠們看到新來的兩隻雞，紛紛歪頭警惕，小心翼翼地奔走過來，試探性的啄兩下。

新來的兩隻雞被捆住兩隻爪子動彈不得，只能撲騰著翅膀往一旁挪。

聽說老雞會欺負新來的雞，她不擅長處理雞之間的關係，還是等洪小亮和白小妹回來讓他們看著辦吧。

正想著這事呢，白小妹和洪小亮就從外面回來了，夏魚直接將雞的事交給他們。

白小妹在家時給雞分過窩，這事她一口就應了下來。

夏魚則和洪小亮一起將肉和菜清洗乾淨，分別串在用開水煮過的竹籤上。

洪小亮往竹籤上串了半個蘑菇。「姊，我還以為妳買竹籤是要做糖葫蘆呢。」

夏魚將里脊肉切成根根分明的條狀，裹上蛋清，笑道：「夏天哪有賣糖葫蘆的，糖都化了。」

洪小亮內斂一笑。「也是。」

夏魚將肉處理好，跟著他一起往竹籤上串蔬菜，道：「你若想吃糖葫蘆，冬天我可以給你做些嚐嚐。」

「真的嗎？」洪小亮眼睛飛過一抹神采。「我娘和妹妹還沒吃過糖葫蘆呢，等冬天我給她們帶回去兩串。姊，糖葫蘆的錢妳到時候從我工錢裡扣。」

洪小亮也沒吃過糖葫蘆，只不過有一次跟著同村的人一起來鎮上趕集，看到別的小孩在吃，紅彤彤的一串，外面裹著晶瑩剔透的糖殼，特別饞人，他便記住了這種用竹籤串起來的東西叫糖葫蘆。

夏魚笑了笑。「要什麼錢啊，你是我的幫手，這些都是給你們的福利，再說了，除了吃的，我也給不了你們其他的東西。」

洪小亮將串好的韭菜放在一旁，真誠道：「姊，能跟著妳做活我覺得非常幸運，不僅工錢比旁人給得多，每天還能吃飽睡飽。」

洪小亮一直都很靦覥，難得對夏魚吐露了心裡話，說完他便不自覺的紅了臉。

夏魚餘光瞥見他霞紅的臉蛋，忍不住笑了出來。「好好幹，等咱食肆的生意穩定了，以後姊還給你們漲工錢。」

洪小亮聽了這番話，越發有了幹勁，串竹籤的速度都快了許多。

第十八章

劉老闆的打滷饢還沒研究明白怎麼做，就又聽說有餘食肆晚上要賣鐵板燒？

他本想緊跟夏魚的腳步賣個新鮮，但沒想到人家的腳步這麼快，一天竟推出兩個花樣。

他心裡憋屈極了，本以為倍香樓倒了，他家的餐館就能獨樹一幟，可偏偏漏算了一個巴掌大門臉的有餘食肆。

劉老闆的臉色陰晴不定，站在門口望向有餘食肆的方向。

泉春樓對面的空店近來要出租，來看鋪面的人一個接一個，但都是只問價不提租房的事。

房主周三不耐煩地將人送走，低聲罵道：「今天不租，明天再來老子就不租你了！」

劉老闆突然靈光一現，想到了一個餿主意，他回身走到櫃檯前，問道：「掌櫃，有餘食肆的房主是老于嗎？」

掌櫃的放下算盤，翻著記帳本。「是老于沒錯，他還欠咱家二兩銀子。」

「把店裡的好酒給我拿一罈……不要那罈勾兌的，對對，就那罈清酒。」

劉老闆抱著酒罈子，去後廚拎了一盤豬頭肉，直奔老于家。

晚上的有餘食肆又恢復了幾日前的熱鬧。

今晚，有餘食肆換了一種點菜模式。

大堂的櫃檯上擺了一排新鮮蔬菜和肉串，池溫文站在櫃檯後，將一個乾淨盤子遞給排隊的客人，提醒道：「素菜一文兩串，肉菜一文一串，糙米飯一文一碗，自行挑選，不退不換。」

為首的客人挑了兩串蘑菇、一串蓮藕、一串馬鈴薯和一串里脊肉和一串雞翅，他將挑好食材的盤子遞給洪小亮。

洪小亮立刻問道：「客官，要辣嗎？」

「要，多來點。」

洪小亮立刻將盤子送進廚房，道：「多放辣！」

夏魚接過盤子便著手做鐵板燒。

醃製好的肉在熱油裡煎得嗞嗞作響，蘑菇也漸漸擠出水分，微微焦黃，夏魚將調好的醬汁淋上一勺，白色的熱氣瞬間向上冒起，香味順著空氣往外飄散。

「真香，一會兒我一定要多拿些菜。」排著隊的小夥子嚥著口水說道。

「拿菜幹啥？拿肉才叫過癮，才一文錢一串。」伍各易回頭插話道。

秋嫂在伍各易的前面，用胳膊肘撞了一下他的肚子，低聲道：「就你話多。」

現在伍各易出去吃飯再也不用找藉口了，秋嫂得空便催著他到有餘食肆吃飯。有時候伍各易因為收貨太忙，秋嫂就乾脆不等他，自己一個人來美滋滋地吃上一頓。

廚房裡，夏魚教白小妹怎麼做鐵板燒。「像這樣刷上醬料，最後再撒上一些孜然粉、辣椒粉和白芝麻就好了。」

兩人一人一個爐灶，速度很快，客人不用等太久，就能吃到可口的飯菜。

食肆裡的客人都吃得津津有味，盤子裡的菜和肉上頭都均勻地淋著鮮亮的醬汁，吃上一口又辣又美味，還有一種獨特的風味。

有些人吃得不過癮，乾脆將飯扣在盤子上，混著醬汁一起吃起來。

還在等著選菜的客人們看到這一幕，眼饞得要命。

今晚最讓人驚訝的是，李府的管事竟然也來排隊了，輪到他挑選時，他直接將盤子裡最後四十幾串肉和菜包下了，惹得後面的人抱怨連連。

「你這人怎麼這麼不地道，你全拿走了我們還怎麼挑啊？」隊伍最後面的一個矮個子男人不爽道。

這人風塵僕僕，身著細布衫，看著很眼生，約莫二十八、九歲的年紀，臉頰消瘦，說話的語氣透露一股傲慢勁。

李府管事將盤子遞給洪小亮，回身道：「這位兄弟，食肆也沒規定我不能拿這麼多吧，我怎麼就不地道了？」

矮個子男子火氣立刻竄了上來，指著李府管事的鼻子罵道：「我說你不地道就是不地道，你以為你是誰啊？不就是李府的一條狗，還真把自己當回事了？」

這話一出，大堂裡的氣氛立刻凝結，李府管事也沈了臉色。

池溫文怕矮個子一不小心把櫃檯上的盤子打翻了，忙眼疾手快地將櫃檯上的空盤子收好，淡淡道：「本店不得打鬥，而且我們店裡確實沒有明確規定每人拿取的分量。」

矮個子男人還沒見過態度這麼差的人能當掌櫃的，當場喊道：「大家都看看啊，有餘食肆就是這麼待客的！老闆，我要找你們店裡的老闆！」

夏魚聽到外面吵鬧的聲音，忙起身出去看是怎麼回事。

矮個子男人見到夏魚出來，指著池溫文道：「夏老闆是吧？妳家掌櫃怎麼選的，對待客人態度就這麼差嗎？」

夏魚知道池溫文不是熱情待客那種人，正準備勸說兩句，就聽矮個子男人揚聲道：「不愧是夏老闆啊，就愛養小白臉，妳說妳養這麼個廢物有什麼用？連個客人都不會招待。」

被無辜中傷的夏魚也惱火了。「廢物？是說你自己嗎？也不撒泡尿照照，你這廢物模樣怕不是你爹娘天天晚上得踢翻棺材找你談心吧。」

大堂裡的人聽了哄堂大笑，這明顯就是在罵這個人沒爹沒娘，沒有教養。

夏魚有些擔心的瞥了沈默的池溫文一眼，怕他把這話聽進心裡去。

自打食肆開業以來，所有零碎的活都是他做的，如果沒有他，夏魚一個人忙翻天都忙不過來。眼下這人罵他小白臉，自己頭一個不願意。

矮個子男人沒想到她這麼會說，臉色一變，又譏諷道：「原來是個潑婦啊，怪不得這麼能罵街。」

夏魚黑著臉，忍著一口氣，要不是這是在鎮上，還有這麼多人，她早就拎板凳揍他了。

池溫文垂著眼，讓人猜不透他的情緒，半晌才冷聲道：「你是池旭陽派過來接手倍香樓的新老闆吧？」

矮個子男人一愣，結結巴巴道：「你、你怎麼知道，關你什麼事！」

他一早就接到上面來信，讓他來泉春鎮接手倍香樓，隨信來的還有一封名單，詳細寫著泉春鎮每戶人家的情況，包括各大小的食肆。

一張名單看下來，他注意到有餘食肆自打開業以來，生意異常火爆，所以他一來泉春鎮就直奔這裡，試圖在開業前破壞有餘食肆的名聲。

夏魚呵呵一笑。「怪不得來我們食肆鬧事呢，原來是倍香樓的新老闆。你們倍香樓的人可真是太沒品了，前有夥計膽大傷人，後有老闆挑釁鬧事，是不是下一步你們的廚子就敢在飯菜裡做手腳啊？」

最後一句話她故意說得很大聲，讓所有人都能聽見。

食肆裡的客人都是老顧客，剛才就覺得矮個子男人說話難聽，這會兒聽到夏魚故意這麼說，也都附和起來。

「是啊，老闆不好，做的菜能好到哪兒？」

「這種人怕不是你給他掏錢，他還在背後罵人吧。」
矮個子男人氣得臉色通紅。「妳胡說什麼！」
夏魚翻了個白眼。「也不知剛才是誰先胡說的。」
秋嫂瞧不慣矮個子男人的模樣，先表了態。「反正我以後是不去倍香樓吃飯，倍香樓的飯菜再好吃，哪有有餘食肆的好吃啊！」
「是哩，俺也不去！」
「我也不去，看這老闆就不像是個好人。」
矮個子男人被眾人一番嘲笑，氣得心肝疼，一甩袖子便出了有餘食肆的門。
他的到來不過讓食客們又多了一個談論話題，並沒有引起什麼風浪，大堂裡不多時又恢復一片熱鬧嘈雜。
夏魚一手支著下巴，見池溫文面色如常，便問道：「你怎麼知道他是倍香樓的新掌櫃？」
池溫文拿抹布擦拭著櫃檯的桌面，低頭道：「這人面生，穿著細布衫，說明家裡情況還不錯。泉春鎮就這麼大，條件好的幾戶人家大家都認得，證明他是外地來的。而一個外地人，一來便知道李府管事和妳我的情況，肯定是事先調查過的，哪個外地人會閒到無聊去調查別人？」
夏魚豁然開朗。「我明白了！你的腦子真好使！」

池溫文淡淡一笑，垂下眼將桌上的空盤送去廚房。

雖然池溫文沒有說什麼，但是夏魚明顯感覺到他的心情似乎很不好。

過沒幾日，倍香樓重新開張，還推出開業前七天所有菜餚買一送一的優惠。

這樣的優惠說不心動是假的，可去倍香樓吃飯的人卻寥寥無幾。

因為有餘食肆推出了新菜色——燒烤，並且被李府包場，免費送給不去倍香樓吃飯的人。

李府管事是府裡的老僕，兢兢業業忠心於主，當年還是由老太太推選出來的。

所以當矮個子男人方侗羞辱李府管事的事在鎮上傳開後，老太太一怒之下決定與倍香樓勢不兩立，便讓人在倍香樓開張時包下有餘食肆，請鎮上的人吃個痛快。

池溫文和王伯加緊採購，新鮮蔬菜和肉類像流水般送進有餘食肆，夏魚和白小妹兩人在第一天時就忙活不過來了。

當晚夏魚就去了一趟鐵匠鋪，讓鐵匠加緊時間趕製出十幾個長方形的小炭爐，推出了自烤自吃的模式。

這樣一來，夏魚幾人輕鬆了不少，他們只需要提前準備好新鮮的菜和肉，做好特製的醬料，燒烤的過程就由客人自己來。

所有客人都覺得這體驗新鮮無比，而且自己做好的東西吃起來更有成就感，也願意自己動手。

這幾日一到天色漸暗，有餘食肆的桌子和爐子就擺在門口，門前熱鬧非凡，煙火繚繞，炭烤的香味蔓延了整條街，忙碌一天的人們烤著串燒、喝著小酒、吹著微風，甚是愜意。一時間，丁字路口成了泉春鎮最熱鬧的地方。

方侗急得像是熱鍋上的螞蟻，在大堂裡來回走了好幾圈。

他來之前跟池旭陽保證過，絕對讓倍香樓的營業額比其他三個鎮子的酒樓還高，可誰想開業第一天就把自己的臉打腫了。

方侗是池旭陽小妾的哥哥，平時眼比心高，找了幾個做活計的地方都覺得埋沒了自己的才能，平時就依仗著池家大舅子的頭銜到處混日子。

他一聽說池旭陽要給倍香樓找個老闆，便信心滿滿的讓妹妹吹了枕邊風，推薦自己。他還跟妹妹道，不就是一個鄉下的小酒樓？開起來有什麼難的，一群沒見過世面的鄉巴佬，好糊弄得很！

池旭陽看他讀過兩年書，認得字，便覺得可行，還找人專門給他講了一通開業前的準備。

方侗覺得自己背後有池家撐腰，所以一來泉春鎮便明目張膽得罪了李府，還妄圖攪亂有餘食肆的生意。

他在還未開張的那幾日，拿著池旭陽給他的資金在泉春鎮買了三間相連的大院，打通院牆後比李府的占地面積都大，還請了不少下人伺候。

他覺得自己是東陽城的城裡人，在泉春鎮可不能失了面子讓人小瞧，怎麼著也得講究排場。

至於空缺的銀子麼，大不了酒樓的食材先用臭魚爛菜頂著，等以後生意好了，銀子自然就來了。

方倜的日子至少在開業前很瀟灑，可開業後的清冷局面是他怎麼也沒想到的。

他心裡還有著傲氣，覺得李府是在跟池家過不去，所以他寫了一封書信送去東陽城給池旭陽，痛罵李府的無恥行為。

但池家再怎麼是大戶人家，也遠在東陽城，難管一個小小泉春鎮的事。

池旭陽拿著方倜送來的書信，直皺眉頭，怎麼也沒想到李府會跟倍香樓對著幹，他記得以前李府可是倍香樓的大客戶。

倍香樓的開業活動在第五日便結束了，因為李府的插手，這個活動也沒什麼意義了。

而有餘食肆的生意還是紅紅火火，蒸蒸日上。

夏魚將攢了好久的銅板拿到錢莊，換成了白花花的銀子，總共二十多兩呢。

她掂了掂荷包裡沈甸甸的銀子，心裡鬆快不少，嘴角的笑意都掩不住。這是她來這個世界後第一次拿到這麼多的銀子，簡直太有成就感了。

回到食肆，夏魚笑咪咪地說道：「這些日子大家都辛苦了，所以我打算給大家漲工錢，每人每天多加五文。」

洪小亮激動得漲紅了臉。「姊，這工錢足足漲了一倍呀！」

夏魚點了點頭，笑道：「明天食肆休息一天，你們可以去買點東西，等下次回家時帶回去。」

明天書院休息，她準備去接夏果，也正好給忙碌好幾天的眾人喘口氣。

洪小亮眼睛一亮，扯了一下白小妹的袖子。「白妹，明天咱倆一起去鎮上逛逛吧，我想給娘和小妹買件衣裳，妳幫我挑款式。」

白小妹眼含笑意，同意道：「行，正好我也想給二妮買條手帕。」

王伯擺了擺手，心情愉快道：「我的那份錢妳先幫我保管，隔三差五給我兩、三文錢買零嘴吃就行。」

池溫文倒是沒什麼太大的反應，比往常更沈默了。

夏魚瞧他臉色不大對勁，便把幾人都打發了，關切問道：「你這些天怎麼了，是不是還惦記著泉春樓那個新老闆說的話？」

池溫文掃了她一眼，起身淡淡道：「沒有，我只是在想一些事情。」

夏魚追問道：「說來聽聽唄！」

「還沒頭緒。」說完，池溫文邁步走向後院，拿起斧頭劈起柴來，他的力道一下比一下重，彷彿將所有的不痛快都發洩在這些木頭上。

烈日當空，炙烤著大地，連一絲風都沒有，夏魚一早便等在清泉書院門前，生怕來晚了讓夏果等急了。

「嬸子！」一聲清脆的女童聲遠遠便傳了過來，引得不少人回頭去看。

夏魚用手帕搧著風，也回頭望去。

「大丫！」她驚訝又喜悅地揮了揮手。「棗芝嫂子！」

棗芝溫柔一笑，牽著大丫走了過來。「妳也來接果兒回家？」

夏魚笑著點頭，隨後問道：「桂枝大娘這次怎麼沒跟來？」

棗芝眉目中帶著一絲喜悅。「娘忙著給大壯看魚苗，這次就沒跟來。阿魚，說到這事可真得謝謝妳，大壯在村裡包了個廢魚塘，引了一批魚苗，長得可好了，估計秋天就能賣個好價。」

夏魚聽了這個消息也很高興。「那真是太好了！嫂子，等秋收的時候妳幫我跟大壯預定一批魚。」

棗芝笑道：「放心吧，肯定幫妳留。」

兩個大人隨意嘮著家常，大丫在一旁眼巴巴看著插不上話。

好不容易逮著空閒功夫，她拉住夏魚的袖子，抬頭問道：「嬸子，妳啥時候回去呀，我和二丫都想妳了，妳還能給我們做好吃的嗎？」

夏魚噗哧一聲笑了出來。「妳們是想我了，還是想我做的好吃的呀？」

大丫歪頭道：「都想。」
「那嬸子過些天回去看妳和二丫，給妳們做好吃的。」
「好呀！」大丫拍手歡呼道：「那我們說好了，妳一定要回來呀！」
棗芝輕輕點了點她的腦袋。「妳嬸子現在忙，妳就別鬧了。」
夏魚笑道：「沒事，一天的功夫還是有的。」
大丫衝她甜甜一笑，悄悄伸出一個小拇指，小聲道：「拉勾。」
夏魚也跟她眨了眨眼，伸出小拇指。「拉勾。」
棗芝無奈地搖了搖頭，寵溺地看了大丫一眼。
鐺鐺鐺——
隨著門人有規律的敲鈴聲，書院的大門緩緩打開。
一時間，成群結隊的學生們有說有笑地從裡面走出。
白祥和夏果一起隨著人流往外走，看到夏魚和棗芝，白祥便拉著夏果的袖子走了過來。
「娘、嬸子、小妹，妳們來了。」白祥禮貌地打了聲招呼。
他雖然只是七、八歲的孩子，但是說話透著一股穩重氣息，像個小大人一般。
夏果害羞地扯了扯肩頭的布背包，也學著白祥的樣子跟人問了好。
大丫在棗芝身後，探出腦袋，烏溜溜的眼珠打量夏果，突然衝他咧嘴笑著。「果兒哥哥。」

她還記得前些日子摘桑葚時，她因為不會爬樹搆不著果子，在樹下饞得團團轉，最後還是夏果給她分了一大兜桑葚解饞呢，比不會爬樹的大哥神氣多了。

夏果不好意思地撓了撓頭，朝她靦覥一笑。

白祥有點不高興了，親妹子見到他不打招呼，卻跟只認識幾天的人這麼熟絡。「大丫，妳是女孩子，要矜持。」

大丫轉著烏溜溜的眼珠，問道：「矜持？是好吃的嗎？」

白祥一哽，礙於娘親的面子不好多解釋，只得悄悄瞪她一眼。

棗芝用手帕給大丫擋住日頭，道：「咱們走吧。」

「夏果，你跟棗芝嫂子先一起走，我找唐先生把學費結一下。」夏魚笑道。

夏果乖巧地點了點頭，隨棗芝一起離開。

第十九章

夏魚讓門人通報了唐先生，順著書院的竹林小路來到院子最深處的一間屋子。

屋內擺設簡單，有兩個放滿書的書櫃和一張樸素的桌子，牆上掛著各色書畫。

唐先生看起來很年輕，只有四十多歲的模樣。他蓄著小鬍，正在抄錄一本書，聽到夏魚敲門，便放下筆墨。「進來吧。」

夏魚笑著跟他打了聲招呼。「唐先生，我是來給夏果補繳學費的。」說完，她把提前準備好的銀錢放在桌上。

唐先生捋了捋鬍鬚，行為就像是六十歲的老翁。「夏果啊……」

夏魚沒有急著離開，靜靜等待唐先生的下文。「先生但說無妨。」

唐先生神色嚴肅，嘆了一口氣道：「夏果很用功，但是學習很吃力。」

夏魚心裡隱約猜到了什麼，但她努力不讓自己亂想。

「這孩子不適合念書，只一味讀死書、背書卷上的內容，不知靈通活用。或許妳可以給他找一條別的謀生之路。」

唐先生說這番話時的壓力頗大。

因為夏果是池溫文推薦來的學生，他和池溫文是舊識，不好駁了面子，但也不想耽誤了夏果的前程，這個年紀正是跟人做學徒的大好時機。

上次池溫文來看夏果時，他就糾結了一番，最後也沒能說出口，後來堵心了好一陣子，這次無論如何也得把話說清楚。

夏魚的想法被證實，但她也不想讓夏果就這麼回家。

這件事且不說對夏果的打擊有多大，她覺得就算夏果不是學習的料，多認些字也沒有什麼壞處。

「唐先生，這件事麻煩您不要跟別人提起，好嗎？」夏魚懇求道：「不管夏果是不是讀書的料子，多認幾個字總還是好的。」

唐先生不得不同意。「話是如此，可是念書是一筆龐大的開支，這點妳可想清楚了？」

夏魚笑了笑。「我想清楚了，無論如何也得讓夏果繼續念下去。」

不圖他考功名，不圖他辦大事，只願他將來不會因為不識字被人欺負、被人騙。

夏魚堅決讓夏果繼續讀書，唐先生也不再拒絕。

只是臨走時，唐先生突然道：「池娘子，妳家的果醬能再給我送些來嗎？」

他有時候讀書寫字太投入，回過神就過了飯點，飯沒了也不好讓廚房單獨給他做一份，就只能餓著肚子。

但有了果醬後就不同了，他餓的時候就去廚房找些乾餅、饅頭，沾著果醬吃起來一樣有滋有味，也不覺得乾硬噎人了。

夏魚掃了一眼他桌上的空果醬罐，笑道：「好，我還會做些醬菜，先生可需要？」

唐先生眼睛發光，忙道：「要、要，每樣兩罐便可。」

這樣一來，他的飯食又能豐富些。

出了書院，夏魚壓下心頭的煩躁，換上一副好心情回了食肆，路上還順道給夏果買了一本字帖。

前兩日周林送來好幾筐新鮮果子，因店裡忙沒來得及清洗，池溫文便趁著今日空閒留在食肆裡洗果子。

她回到食肆時，池溫文正坐在大堂的板凳上，拿著木盆裡的果子挨個兒清洗，一旁坐著對面賣鞋墊的張姊。

雖然張姊背對著大門，但還是可以看出她今天打扮得很亮眼，一身杏紅色坎肩配柔粉色的內裙，腰間繫著一條湖藍色的碎花腰帶，一頭長髮半綰半披在身後，背影很是婀娜多姿。

張姊把板凳挪到池溫文旁邊，湊過頭去，嬌柔道：「池公子，這麼多果子全部都要你來洗嗎？我來幫你吧。」

池溫文往一旁挪了挪，跟她拉開距離。「我自己來就好。」

張姊佯裝朝後院張望，問道：「夏老闆呢？其他夥計呢？他們怎麼都不幫你呀，是不是都去偷懶了？真是太過分了！」

夏魚收回剛想邁進去的腳步，倚在門邊靜靜看好戲。

見池溫文不回話，張姊以為她猜中了，隨後嬌柔地就要朝池溫文身上倒去，還貼心道：「你娘子真是一點都不心疼你，怎麼忍心讓你做這種雜活，這些活交給夥計不就好了嗎……」

池溫文避開張姊，起身朝後院走去，聲音有些冰冷。「張姊，如果沒什麼事請妳回去吧，不要妄自揣測我們夫妻之間的事情。」

張姊不依，急忙跟上去就要拉他的胳膊。

池溫文不耐煩的隨便一推，便把張姊推倒在地上。

夏魚這才看見張姊的正臉，今日她抹了胭脂水粉，眉間還點了一顆紅色花鈿，看起來很是明豔動人。

張姊的餘光瞥見夏魚，想著把戲作全了，於是嬌滴滴地啜泣起來。「池公子……」

她想著池溫文如果能扶她一把，她就癱在池溫文懷裡，讓他們兩人產生誤會，這樣她就有機可乘了。

誰知池溫文看都沒看她一眼，直接拎起立在木樁上的斧頭。

樹下，斑駁的陽光映得斧頭閃著森白的光影，斧尖好像還帶了絲血跡，嚇得張姊臉色一白，也顧不得裝嬌弱了，一溜煙跑出食肆，連撞到門口的夏魚都沒有察覺。

夏魚心下好奇池溫文是怎麼把張姊嚇走的，便踱步去了後院。

池溫文見她回來，便皺眉道：「以後小亮砍完柴，記得讓他把斧頭收進柴房。」

「怎麼了？」夏魚走到他的身旁。

池溫文指著地上一隻動彈不得的雛鳥道：「樹上的鳥掉下來，正好落在斧頭尖上。」

夏魚看了一眼帶著血絲的斧頭，似乎明白了張姊在害怕什麼……

清泉書院每個月放假兩次。棗芝捨不得白慶和兒子白祥，索性帶著大丫在鎮上住了幾日。

大丫惦記著夏魚做的好吃的，天天往有餘食肆跑，白祥以為自己的妹妹去找夏果，也放不下心地跟了過來。

今天中午，食肆提供的飯食是壽司。

由於這裡沒有紫菜，夏魚便用一張薄薄的蛋餅做底，在蛋餅上鋪了一層香噴噴的米飯，塗抹一層酸甜的醬汁，加上切好的黃瓜和醃好的甜菜，再加些鹹蛋黃和醃好的肉條進去，最後一捲而成。外層用乾荷葉包裹捲緊以防散開，等吃的時候慢慢將荷葉包打開切成段便可。

現在食客們對有餘食肆推出新菜色已經不覺得稀奇了，若是連續好幾天沒有新菜那才叫稀罕呢。

夏魚給他們三人每人一份壽司，外加一杯甜甜的果醬茶。

大丫盯著盤中捲得整整齊齊的壽司，目光留戀了好半晌。「好漂亮，我都不捨得吃了。」

盤中的壽司已經被切好，依次斜斜地擺在盤中，金黃色的蛋皮捲著一層晶瑩飽滿的米飯，最中央有紅有綠還有黃澄澄的蛋黃，五彩繽紛，好看極了。

白祥眼中閃過一絲驚奇，隨後擺出一副成熟穩重的樣子，點頭道：「嗯，是不錯。」

大丫抬頭望向坐在桌子對面的夏果，羡慕道：「果兒哥哥，你可真幸福，每天都能吃到這麼多好吃的。」

夏果的目光從壽司上移開，不好意思道：「我平日都在書院，也不是總能吃到姊姊做的飯菜。」

大丫拿起一塊壽司一口咬下，吃起來很是清爽，她還能再吃一盤呢。

她吃著壽司，含糊不清地問道：「果兒哥哥，嬸子做飯這麼好吃，你也會嗎？」

還不等夏果開口，白祥終於逮到機會開口道：「妳叫夏果的姊姊為嬸子，怎麼能叫夏果哥哥？」

她的哥哥只能有他一個！

大丫辯駁道：「那又怎樣，果兒哥哥還比你小幾天呢，要是我叫他叔叔，你豈不是也得跟著叫叔叔？」

白祥一想到自己在書院也要叫夏果叔叔，立刻作罷，不情不願地癟了癟嘴。「好吧，那妳還是叫哥哥吧。」

「沒事，你們怎麼叫我都行。」夏果在一旁弱弱地回道。

「大丫喜歡叫你哥哥，以後就叫你哥哥吧。」白祥趕緊岔開話題。「對了，大丫剛才問你會不會做飯呢。」

夏果把手中的壽司吃完，點頭道：「會，但是做得沒有姊姊好吃。」

大丫咕嚕咕嚕把一杯清甜的果醬茶喝完，一臉崇拜地望向夏果。「哇，果兒哥哥你真厲害，會爬樹摘果子，還會做飯呢。」

夏果靦覥一笑，不知該怎麼回應，只得低頭大口吃著盤裡的壽司。

而白祥的心裡卻不是滋味，他細細品著壽司的味道，研究著做法，心想著下次一定要給大丫做上一頓好吃的。

三個孩子玩心大，吃完飯就溜得沒了蹤影。

夏魚好不容易忙完，將剩下的材料做成飯糰，給自己人一人分了一個。

洪小亮捧著一個飯糰，迫不及待地吃上一口，香甜的米飯、醬汁、菜料一口全都咬進了嘴裡，吃起來又滿足又方便。

他誇道：「姊，妳做的飯每次都那麼好吃！」

夏魚只要一出新菜，洪小亮必定第一個追捧誇讚，儼然一個死忠粉絲。他心裡早認定了夏魚就是他的貴人，不僅給他高額的工錢，每頓飯還不會虧著他，這麼好的老闆打著燈籠也難找呢。

夏魚笑道：「忙了一中午，快吃吧。」

洪小亮一笑，便敞開懷大口吃著飯糰。

池溫文喝了一口茶水，道：「過幾天的廟會不如就賣飯糰吧，方便又頂餓。」

清泉山上有座寺廟，每年六月二十六有不少人圖吉利去廟裡燒香拜佛，以求事事順遂如願。

而這一來一回的路程，都要消耗大量的體力，因此廟會商販提供的飯食需求大於其他。飯糰這種又方便又省事的飯食，想必會更受歡迎。

夏魚點頭同意。「好，就這麼定了，到時候還可以搭配賣些別的閒食。」

洪小亮三兩口將飯糰吃完，自告奮勇道：「姊，我跟鐵匠家的兒子關係還不錯，他家有輛板車，我去借回來，省得旁人先給要走了。」

「去吧。」夏魚遞給他一杯茶，讓他喝完再走。「要是借不到，租一輛板車也行。」

「姊，放心吧。」說完，洪小亮一陣風似的出了食肆大門。

夏魚望著他的背影。「說來，小亮來咱們食肆也有一個多月了吧？」

池溫文點頭應道：「嗯，開朗了許多。」

夏魚道：「改天你去牙行把小亮的租契買回來，三兩銀子咱現在還是付得起的。」

白小妹收拾著洪小亮掉在地上的筷子，擔心問道：「嫂子，亮哥這算是試用期嗎？那我是不是也有試用期？」

夏魚搖頭笑道：「妳沒有。小亮是妳池大哥在牙行找來的，一開始怕雇來的人人品不好，就不敢長租。」

白小妹這才放下心來，咧嘴笑道：「嫂子，妳放心，我一定好好幹，不辜負妳的信任。」

夏魚抿嘴一笑。「好。」

其實白小妹在食肆裡是最辛苦的，每天都要在灶火前煙燻火燎的做飯，還要幫忙洗碗、洗菜，但是她從來不抱怨，做什麼事都很積極。

目前食肆裡的人，夏魚都很滿意，大家各司其職，缺一不可。

轉眼間，棗芝和大丫就要回去白江村了，夏魚記得之前跟大丫的承諾，便跟著她們一起回去，還順道帶著白小妹，讓她把四十文的月錢給余翠送回去。

至於食肆，就臨時交給池溫文、王伯和洪小亮了。

池溫文現在可以做些簡單的滷肉，夏魚便教他把滷肉切片，配著青菜蓋在米飯上，再放上一小碟醬菜，做成滷肉飯賣。這樣做起來簡單又美味。

白江村的村口，李桂枝一早便守在老樹下，等著自己的兒媳婦和孫女回來。

當她看到同行的夏魚和白小妹時，一臉驚訝，語氣中掩飾不住歡喜。「阿魚、小妹，妳們怎麼回來了？」

大丫插話道：「嬸子來給我和二丫做好吃的啦！」

李桂枝看著被養得圓了一圈的白小妹，就知道她過得還不錯。「妳們在鎮上待了一段時間還真是不一樣了，看著都水靈了不少呢。走，回家說話。」

一路上，村裡的人看到夏魚回來，都陸續圍了過來，看著她穿的新衣服上一個補丁都沒有，皆是羨慕極了。

不過白小妹並沒有穿新衣服，她還特意找了一件破爛的舊衣服，不能叫余翠看出端倪。

「嫂子，我先去找二妮一下，然後回家把錢給我娘，完事再來找妳。」

夏魚點了點頭。「去吧。」

這時，人群中有好事的問道：「池家娘子，妳家食肆在鎮上生意怎麼樣？」

大丫神氣地拉著夏魚的手，道：「嬸子的食肆人可多呢，中午吃飯都要排隊哩！」

那些起初不相信夏魚能把食肆開下去的人，聽了這話心裡酸得厲害。

之前雖然李桂枝也說夏魚的食肆不錯，但是他們不願意去相信，覺得李桂枝是為了給夏魚長面子。

可現在連一個五歲的孩童都這麼說了，而且夏魚穿的還是新衣裳，他們不願意相信也不行了。

於是一些人也蠢蠢欲動，有了亂七八糟的想法。

到了李桂枝家，家裡的男人都不在，只有柳雙帶著二丫在廚房裡忙東忙西。

她看到夏魚和李桂枝她們一起進了家門，激動地招呼道：「呀，稀客來啦，快進屋涼快涼快，我剛跟隔壁白麻子換了一籃甜瓜，等我洗乾淨妳們嚐嚐。」

大丫拿了一包果子糖，遞給二丫。「二丫，這是嬸子給我們買的糖，可甜可好吃了。」

二丫接了糖，跑到夏魚面前，甜甜一笑。「謝謝嬸子。」

然後她又拉著大丫去了後院，開心道：「姊，咱家後院又養了隻大鵝，我帶妳去看看，那鵝可凶啦！」

夏魚看著兩個小豆丁一前一後地走出屋門，覺得有趣極了。「大丫和二丫的感情真是好呢。」

她很喜歡李桂枝家的氛圍，歡歡喜喜，和和睦睦，沒有什麼亂七八糟的事情。

李桂枝遞給她一把蒲扇，溺愛地笑道：「妳是沒見過兩人打架的時候。」

棗芝回屋放下布包，將柳雙洗完的甜瓜端進來，揀了個肚臍大的遞給夏魚。「嚐嚐，這瓜看著都不錯，尤其是這肚臍大的，越大越甜。」

夏魚接過甜瓜道了謝，捧著瓜咬了一口，薄薄的果皮牙齒一碰即破，滿口溢汁。

剛吃完甜瓜，柳雙就領著一個婦女進了屋子，給她搬了張凳子，對夏魚道：「阿魚，狗剩娘來找妳。」

夏魚看著這張陌生的臉龐，沒什麼印象。

狗剩娘對著她憨憨一笑，一屁股坐在凳子上。

夏魚用濕布擦著黏糊糊的手，笑著問道：「嫂子，妳找我啥事？」

狗剩娘探了探身子，道：「妹子，妳那食肆忙不忙啊？我家狗二這兩天正好閒得很，能去給妳幫幫忙啥的……」

夏魚恍然，原來是來給她推薦夥計的啊！

柳雙翻了個白眼，嗤之以鼻。「就妳家那個整天連地都不下的懶兒子啊？」

狗剩娘有四個兒子，十年前一連生了三個，分別是狗大、狗二和狗三，後來又生了一個小兒子叫狗剩。

他們家裡原本就不寬裕，早些年靠著分家得來的積蓄還能湊合過日子，可眼下三個兒子都大了，吃的口糧多了，一個兩個三個眼瞅都要娶媳婦了，家裡卻一文錢也拿不出來，把狗剩爹急得白了頭髮，整宿睡不好。

狗大膽小謹慎，狗三懂事，兩人都能幫忙下地幹活，養雞養豬；只有狗二是村裡出了名的懶漢，整日在村裡閒遛達，仗著爹娘不會讓他餓肚子，什麼活都不幹。

方才，狗剩娘在余翠家裡做針線活，正好碰到白小妹回家把四十文工錢交上去，看著那一排整整齊齊的銅板，狗剩娘的眼睛都直了。

想到自己那個在家裡閒著的二兒子，她忙拉著白小妹噓寒問暖，讓白小妹幫忙把狗二也帶到食肆裡當夥計。

沒想到白小妹一口拒絕，說這事她管不著。

狗剩娘氣得胸口發悶，還不好意思當場發火，只好找了個藉口溜出來。

她一出門就聽見路邊的人說夏魚在李桂枝家。狗剩娘心裡一合計，就奔去李桂枝家，自己找夏魚說事。

大家總是一個村的，她能幫白小妹一把，也總能拉拔狗二一下。

狗剩娘前腳出門，余翠就開始噼哩啪啦一頓罵。「妳為啥不帶狗二去鎮上？他家剛抓了兩隻雞仔，我可是看中好幾天了，妳今天把狗剩娘惹毛了，我還怎麼開口問她要雞仔！」

白小妹這一路連口水都沒喝，口乾舌燥的，余翠不問她在鎮上過得怎麼樣，反而還怨她一頓，白小妹的火氣也噌的上來了。

她忍不住回頂道：「行，我這就去跟嫂子說，狗二要去當夥計，到時候我被趕出食肆了，妳別罵人就行。」

說完，白小妹作勢就要往外走。

余翠一聽白小妹會被趕出去，急忙喝道：「妳給我站住！妳不已經是那裡的夥計了，怎麼還會被趕出去？」

白小妹撇了撇嘴。「鎮上的食肆又不大，總共就需要兩個夥計，店裡已經有個夥計簽了長約，狗二要是去當夥計了，我不走誰走？」

余翠攥著手裡的四十個銅板，想了想，道：「算了，不管狗二了，這銅板都夠我買一籃雞仔了。」

她哼著曲把銅板鎖進櫃子裡，末了又道：「妳在鎮上可得好好幹啊，這錢都是留著給白小弟讀書娶媳婦用的，妳要是敢把活兒丟了，以後就別回來了。」

第二十章

白小妹心裡難受得緊，她在余翠的眼裡就只是一個賺錢的工具。

她隨口應了一聲，鑽進廚房給自己倒了一碗水，心裡也越發堅定不能告訴余翠她漲工錢的事。

李桂枝家，夏魚拿著蒲扇悠悠地搧著風，跟狗剩娘道：「在食肆當夥計可是個苦力活，早上天沒亮就得起來劈柴、打水，客人一走還得趕緊擦桌子、洗碗。」

狗剩娘點了點頭。「我知道，狗二能幹，他啥都會，就是平日裡我和他爹沒怎麼管他。他要是跟著妳去了鎮上，肯定啥都幹。」

為了狗二能去當夥計，狗剩娘說瞎話都不眨眼睛。

柳雙聽不下去了，忍不住插嘴道：「在家都不幹活的人出門能幹活嗎？」

狗剩娘看了她一眼，不情願道：「柳雙，妳今天是怎麼了，說話這麼嗆？」

柳雙呵呵笑道：「我嗆？明明是妳不安好心，人家的食肆才開幾天還沒穩定下來，妳就急著把狗二塞進去當夥計，這不是壞人家的生意嗎？妳兒子啥模樣，妳自己心裡不清楚嗎？」

這話把狗剩娘的心事直接挑明，她紅著臉，梗著脖子道：「怎麼了？白小妹都能去，狗二為啥不能去？再說了，都是一個村的，幫襯一把不應該嗎？」
這話夏魚可不愛聽了，什麼叫幫襯一把是應該的，當她的食肆是孤兒院嗎？什麼人都收？
「狗剩娘，咱也不是不講理的人，想去食肆當夥計可以，但我得先試試這夥計怎麼樣。」她連嫂子都不叫了，直接撂下扇子，起身走向門口，指著李桂枝院裡摞得高高的木堆，道：「這樣吧，妳把狗二叫來，讓他在一炷香的時間裡劈完這一半的木頭，我就帶他回去當夥計。」
狗剩娘看著那堆房頂高的木頭，嚇了一跳，不滿道：「就是叫咱村最有力的漢子來也劈不完啊！」
更何況是她那個沒幹過活的懶兒子呢。
夏魚笑道：「食肆每天需要大量的柴禾，有時候不夠用了就得臨時劈柴，如果連這點柴都劈不完，我的食肆不需要。」
狗剩娘不服。「妳就是故意為難人！哪有人能劈柴劈得這麼快！」
很不巧，夏魚的食肆裡正好有一個。
她接過棗芝遞來的蒲扇，臉上掛著和氣的笑容。「我店裡有個夥計叫洪小亮，這堆柴他可以劈完。如果妳不信，下次去鎮上我可以讓妳見識一下。」
望著狗剩娘質疑的目光，夏魚想了想，又道：「妳也可以去問周林，她在我的食肆裡見過那夥計。」
話都說到這兒了，狗剩娘自是知道狗二沒機會了，便悻悻地起身離開，順便去周林家走一趟。
狗剩娘一出門，柳雙就樂了起來。「這狗剩娘想得可真美，還想讓狗二去掙錢，也不看看自己兒子配不配拿工錢。」
李桂枝欣慰地望著夏魚，笑道：「阿魚去鎮上一趟就是不一樣，變得穩當多了。我還記得妳當時拎著掃把打羅芳呢。」
夏魚被她這麼一說，有些不好意思了。「大娘，妳就別開我玩笑了。」
確實，在鎮上生活這段日子，夏魚變了不少，不再是那個衝動的小姑娘，而是一個需要顧全一切的食肆老闆。
中午，夏魚教棗芝和柳雙怎麼做壽司、蒸餃、糯米肉丸還有蛋黃南瓜，這些飯菜都是大丫在食肆裡最喜歡吃的，正好也做給二丫嚐嚐。
吃罷午飯，夏魚想在天黑前趕回食肆，便起身辭別李桂枝一家。
臨走時，李桂枝給她拿了不少新鮮蔬菜，都是自己家裡種的。
夏魚拎著沈甸甸的布兜，去找白小妹一起趕路。
夏魚趕到白小妹家時，白小妹的爹白進財正和余翠商量四十文錢要怎麼用，聽到夏魚要帶白小妹回鎮上，余翠二話不說就讓白小妹走了。

一路上，白小妹的興致都不怎麼高。

夏魚猜測她肯定又在余翠那兒受氣了，但是她身為外人，也不好插手別人家裡的事，只能在騾車停在鎮口時，給白小妹買兩朵布花頭繩，哄她高興。

果然，白小妹的注意力被手上的布花頭繩吸引了，她選了一個鵝黃色的遞給夏魚，自己留了一個淡綠色的。「嫂子，我覺得妳戴黃色好看。我聽說廟會時有人會賣女兒家的胭脂水粉，我還沒見過呢，到時候咱們去看看。」

「好呀，鎮上的胭脂水粉顏色太俗氣了，等去了廟會，看看顏色怎麼樣。」

夏魚接過頭繩，似乎體會到女孩子之間的樂趣，兩人有說有笑地回到食肆。

天邊的雲霞紅燦燦的，現在的白日越來越長，有餘食肆裡熱鬧極了。

夏魚一進門，王伯就立刻迎了出來。「阿魚，妳終於回來了，王行在後院等了一下午了。」

「怎麼了？」夏魚問道。

白小妹拎著布兜去廚房給池溫文幫忙，留下兩人說話。

王伯擦了擦額頭的汗。「妳去看看吧，王行好像收錯了菜，賣不出去了，想看看咱們有沒有什麼法子幫忙收了。」

夏魚應聲就去了後院。

石榴樹下，王行一臉焦急地來回走著，還時不時仰頭嘆一口氣。

夏魚笑著朝他走去，道：「怎麼不在屋裡坐會兒呀？」

王行看到夏魚，彷彿看到救星一般，激動道：「夏老闆，您終於回來了！」

夏魚看了一眼樹下的背簍，問道：「發生什麼事了？」

王行無奈道：「昨兒個倍香樓的老闆讓我收了三筐馬鈴薯，我一宿沒睡，挨個兒村子收完急忙趕來，誰知道今早給他家送去時，老闆找各種藉口死活不收了。」

自從王行給有餘食肆開始送菜後，便自己生了個門路，專門收菜便宜賣給各個食肆，賺個中間差價。

為了拉生意，他也沒收倍香樓的訂金，想著這麼大的酒樓應該沒什麼問題，可誰想到老闆翻臉就不認人了。

夏魚翻了翻筐裡還帶著乾泥的馬鈴薯。「別的食肆也不要嗎？」

王行嘆了一口氣，搖頭道：「他們都嫌馬鈴薯的價錢貴，不如芋頭便宜，說可以用芋頭代替馬鈴薯。我跑遍泉春鎮的食肆也就賣完一筐，還有兩筐實在是賣不出去了。妳若是要，我按收價給妳，一分不掙。」

他知道有餘食肆總推出新菜，就想著來碰碰運氣，不然等馬鈴薯發芽就不能再吃，到時候更賣不出去了。

夏魚拍了拍手上的泥土，笑道：「這兩筐馬鈴薯我要了，等後天你再送兩筐馬鈴薯和一筐番茄過來，該什麼價是什麼價，不能讓你白跑了。一會兒我讓王伯把銀錢給你。」

王行感動得差點都要跪下了，為了收這幾筐馬鈴薯，他幾乎是把自己攢的銀錢都墊上了，如果賣不出去，他都不知道該怎麼辦了。

而夏魚也有自己的打算，這些馬鈴薯做成薯條再好不過了，拿去廟會賣，可以邊走邊吃，肯定受歡迎。

廟會這日，夏魚、王伯和白小妹摸黑便起了身，帶著今日要用的幾大筐食材，用騾車載去廟會的攤位。

為了防止沒有攤位，夏魚昨夜便讓池溫文和洪小亮跟著葉家夥計一同去占位，幾人一起也好有個照應。

騾子的脖上繫了一個銅鈴，每走一步便發出清脆悅耳的鈴響，夏魚倚靠在半人高的菜筐上，抬頭望著天上還未隱去的星光，一絲睏意也沒有。

時間過得真快，她來這個世界有兩個月了吧，記得最初她和池溫文兩人天天鬥嘴吵架，互看不順眼，她甚至還有和離的念頭。可現在她卻越來越覺得和池溫文在一起很安心，不論什麼事他都能面面俱到，打理得井井有條，讓她在不知不覺間適應了他的存在。

如果有一天和池溫文還有王伯分開的話……

夏魚想了一下，趕緊搖了搖頭。算了，光是記帳都夠讓她頭疼的，更別說忙活食肆裡的大小雜事了。

騾車走得時快時慢，趕到廟會時天色已經矇矇亮，多數攤位已開始擺上桌椅、板凳了。廟會的長街位於山腳下，以第一道高柱石門為起，到第二道高柱石門結束，第三道高柱石門則建在山上，為寺廟的正門入口處。

洪小亮早就守在第一道石門前了，看到夏魚一行人，忙揮手高聲道：「姊、白妹、王伯，我在這兒呢！」

說完，便跑去騾車旁幫忙搬運菜筐。

這條長街不寬，馬車、牛車進不來，幾人只能合力將菜筐搬到攤位上。

抬著沈重的菜筐，夏魚覺得自己彷彿走了一世紀才終於走到自家攤位前。

她朝身後望去，第一道石門已經被長長的青石路淹沒在盡頭，看不到蹤影，他們這個攤子的位置離第二道石門不遠，可以說是在街尾了。

池溫文已經把兩個爐灶支好，正同隔壁攤子的葉老闆打聽廟會的事情。

葉娘子忙著蒸發糕，看到夏魚來，歡喜道：「你們可來了。」

夏魚笑著跟她打招呼。「葉娘子，你們來得可真早。」

葉娘子招呼著夥計生火，笑道：「我是昨晚跟老葉他們一起來的，圖個省事。對了，後面有一口水井，你們需要的話得趕緊去打水，等過會兒人多了，打水可就費勁了。」

夏魚點了點頭，騰出兩個桶，讓白小妹和洪小亮一起去打水。雖說他們昨天自己帶了兩桶水，可總歸是多多益善。

池溫文不知和葉石說了些什麼，好半天才回到自家攤位上。

他從筐裡挑了一個大西瓜，坐在板凳上用水洗去表皮發乾的泥土。「阿魚，等一下忙完我們去廟裡看看吧，聽葉石說這裡的佛祖很靈驗。」

夏魚將番茄切成小丁，側頭看了他一眼。「你還信佛呀？」

池溫文沒想到她會問自己這個問題，一時沒反應過來。「我……還行吧，妳呢？」

「我才不信這些呢。」

池溫文一怔，葉石不是說女子都熱衷這些姻緣祈福嗎？他還想找機會和夏魚獨處呢。

他硬著頭皮繼續道：「咱去看看也無妨。」

「行，去湊個熱鬧。」夏魚沒有拒絕，把半盆番茄丁放入鍋內，熬煮番茄醬。

這時，街頭隱隱傳來此起彼伏的吆喝聲，原來是第一批上香的人已經到了長街口。

白小妹和洪小亮兩人拎著裝滿水的水桶，也吭哧吭哧地走了回來。

洪小亮聽到前面的攤子在吆喝，急忙擱下水桶開始燒柴。「姊、白妹，咱得快一點，前面都來客人了。」

夏魚將做好的番茄醬盛出，把一早備好的馬鈴薯條放在案板上，撒上一層薄薄的乾澱粉，笑道：「不急，這東西都是提前備好的半成品，做起來很快。再說了，來的香客在前面的攤子都吃飽了，到咱這兒也不一定會買閒食了。」

洪小亮著急了。「那可怎麼辦啊？」

夏魚不疾不徐道：「咱做的頭幾份薯條只送不賣，凡是走到這裡的香客可以免費試吃兩根，如果覺得好吃，他們自然就會買，飯糰和冰粉也能捎帶著賣出去。」

池溫文贊同地點點頭，要錢的東西未必有人買，但是免費的東西大家肯定會占便宜。夏魚做的薯條新奇又好吃，不怕嚐過的人不會買，畢竟過了這村沒這店，之後想吃可就找不著地方買了。

白小妹把一口鍋子架起，將淘洗乾淨的米蒸上，接著忙活起另一口鍋，準備炸薯條。

王伯接過白小妹替換下來的番茄醬鍋，往裡澆了一瓢清水，開始熟絡地刷起鍋來。

大家的動作行雲流水，默契十足。

隔壁攤子的葉娘子將兩鍋發糕蒸上，看了一眼坐在板凳上切西瓜丁的池溫文和調製冰粉的夏魚，稀奇道：「你們做的這些是什麼？」

夏魚對她回了一笑，道：「冰粉。」

葉娘子瞪大了眼睛。「呀，妳這點子真是一個接一個，一會兒給我來一碗嚐嚐。」

夏魚笑道：「沒問題。」

話音剛落，便陸續有香客往這邊走來。

洪小亮一手端著一碗番茄醬，一手托著一盤炸得金燦燦的薯條，吆喝道：「炸薯條，不要錢，免費嚐免費吃嘍！」

葉娘子聽聞更是一驚，隔著繚繞的白煙打量了夏魚一眼，哪有人做不要錢的生意，這夏魚到底在想啥呢？

果然，香客們一聽有不要錢的東西吃，都圍了上來，在洪小亮的指引下，用薯條沾番茄醬吃起來。

炸得外酥裡糯的馬鈴薯條，配著酸甜鮮鹹的番茄醬，吃起來酥酥脆脆，沒有一絲油炸的膩味，反倒叫人吃了一根還想再吃一根。

有人嚐過兩根後還要再拿，洪小亮一把將盤子收回懷裡。「哎哎哎，一人兩根，還想吃的可以到攤子上買。我們攤子還推出冰粉和飯糰，清涼頂餓，歡迎大家都來嚐嚐。」

洪小亮還乘機宣傳一波別的飯食。

新穎的名字讓許多人都記在了心裡，可無奈剛剛這一條道吃得太飽了，還是等一會兒下山時再買一份嚐嚐吧。

一個富家子弟模樣的少年嚐過薯條後，道：「老闆，給我來一份炸薯條。」

夏魚切著飯糰要用的黃瓜條，抬眼提醒道：「廟裡可是禁油膩葷腥，炸薯條不能拿到山上去吃。」

少年盯著金燦燦的薯條，饞得有些等不及了，他連忙點頭道：「給我來一份，我坐在這裡吃完再走。」

白小妹手腳俐落地給他炸好一盤薯條，還配上一碟紅豔豔的番茄醬。

少年迫不及待地捏起一根薯條，沾了番茄醬後放入口中，津津有味地吃了起來。

少年是東陽城張府的二少爺張茂學，出了名的挑嘴，所以這一路上賣的普通小吃他都沒看上眼，倒是留了肚子在夏魚的攤位上吃一頓。

池溫文在攤子後把切成丁的西瓜放入冰粉裡，又加了些花生芝麻碎，將整口鍋放在冰涼的井水中冰著。

張茂學一眼就看到鍋裡晶瑩剔透的冰粉，他探頭過去，問道：「這是冰粉嗎？」

「是的。」池溫文點了點頭，給葉娘子盛了一碗送去。

張茂學看著冰粉裡的紅瓤西瓜甚是誘人，便大聲道：「老闆，再來一份冰粉。」

他的聲音把路人的目光都吸引了過來。

夏魚給他盛了一碗晶瑩透亮的冰粉，還在碗口加了兩葉薄荷，有紅有綠很是相宜。

張茂學一口冰粉下肚，爽滑香甜，冰冰涼涼，燥熱的感覺瞬間消散不見。

「這冰冰涼涼的太好吃了！」張茂學忍不住誇讚道：「老闆，妳是哪裡人？日後有空我再去找妳吃一回。」

夏魚笑著回道：「我們是從泉春鎮來的，你若是去了，找有餘食肆便可。」

「有餘食肆？」張茂學一時間只覺得有些熟悉，可怎麼也想不起來在哪裡聽過這個名字。

「張茂學！」一個聲音從不遠處傳來。

夏魚下意識循聲望去，只見一個錦衣華服的男人與一群富家子弟模樣的人一同走來。

張茂學咧嘴一笑，露出兩顆小虎牙。「大哥！」

張修文皺了皺眉，不悅道：「早上你怎麼不打招呼就自己來了？」

張茂學笑嘻嘻地打著哈哈。「我這不是怕娘又給我亂點鴛鴦譜嗎？」

正在刷鍋子的王伯看到張修文身後的男子，臉色一變，手中的鍋子差點掉在地上。

還沒等他回過神，那個穿著青綠色緞衫的男子便一步上前，目光直逼王伯，不善道：「喲，這不是王伯嗎？」

王伯冷哼一聲，沒有接話，有些擔心地瞥了池溫文一眼。

夏魚隱約察覺到不對勁，能認識王伯、關係並不融洽的大戶人家，大概只有東陽城的池家了。

她打量著眼前的青衣男子，只覺得他眉目間似乎和池溫文有些相似，不過比起池溫文的淡泊儒雅，他更多了一絲狠戾之氣。

池旭陽見王伯沒有理他，便又道：「怎麼，幾個月前你不是還去池家借過錢嗎？怎麼這麼快就忘了我是誰，見了面連個招呼都不打？」

眾目睽睽之下，王伯不想影響攤子的生意，忍下一口，低聲道：「少爺好。」

池旭陽揚眉一笑，手中的摺扇嘩啦一下張開，半掩著唇角，挑釁道：「錯了，應該是池家大少爺。」

第二十一章

池旭陽的母親王氏和池老爺本是一見鍾情的佳偶，可惜王氏只是個小門小戶家的女子，池老爺迫於家裡的壓力，最終娶了門當戶對的徐氏，也就是池溫文的母親。

在迎娶徐氏當天，王氏也跟著被納進府中做妾室，兩人幾乎是平起平坐，王氏還更得寵些。

徐氏性子柔和大度，不去計較這些，日子在府中過得還算平和，直到池溫文快要出生那日，徐氏不慎從床上摔落，大出血沒保住性命，只留下池溫文一個可憐的嬰孩。

而王氏自然升了位分，成了池家的當家主母。

池旭陽對池溫文的敵意，便來自於王氏整日的洗腦。

他心中認定，當年就是池溫文的娘搶了王氏的位置，才讓王氏做小妾受苦多年；而自己本該是池家大少爺，卻因為池溫文而成了不受人關注的二少爺。

多年未見，池溫文與池旭陽兩人自是相見不相識，只不過因為王伯曾去池府一趟，池旭陽才認出了他。

池旭陽端的是風度翩翩，雙眸中的得意卻讓他此刻看起來有些小人得志。「喲，大哥，不對，你都被趕出池家了，我也不能叫你大哥了。」

夏魚瞧他那副嘴臉頗不順眼，端著一盆污水，不耐煩道：「讓讓，讓讓，好狗不擋道。」說著便把手中的一盆污水潑在池旭陽腳邊。

烏黑的泥點濺起，落在池旭陽華貴的衣角上，氣得他攥起拳頭，險些失了風度。

「妳！」池旭陽忍住一口氣，將摺扇一合，用力拍在自己的掌心上，疼得他倒吸一口涼氣。

「我什麼我，不買東西別阻礙我做生意。」夏魚又拎起一旁的掃帚，用力掃著地上的污水，將污水嘩啦濺起。

張修文皺著眉頭往後一躲，不滿道：「真是粗魯。」

池旭陽也跟著向後退了一步，眼神中帶著警告，狠狠道：「別以為你們開的有餘食肆生意好了，就能在泉春鎮站穩腳跟，想讓你們活不下去，我法子多的是！」

「咳咳！」在攤子後面吃冰粉的張茂學不小心嗆了一下，咳嗽了老半天。

有餘食肆？對了，他前些日子聽幾個朋友提過這個名字，好像說是池旭陽收併的目標之一，怪不得方才聽著耳熟。

聽到張茂學的聲音，池旭陽嘲諷道：「張茂學，你家都窮到讓你吃小攤上的東西了？說出去也不嫌丟臉，這看著就跟一坨狗屎似的東西，你也吞得下去？」

池旭陽一直瞧不上張茂學，城中一眾公子哥兒，就數他和張茂學混得最差，但他倆誰也不服，都不想當最差的那個公子哥兒，因此相見總少不了冷嘲熱諷兩句。

張茂學被說得滿臉通紅，手中的冰粉吃也不是，不吃也不是。

洪小亮和白小妹也知池旭陽是個難纏的人物，皆是氣得滿臉通紅。

一直淡定的池溫文驀地抬眸，目光冰冷地掃了一眼池旭陽。「池家真是甚幸有你，只怕你這個德行過不了幾年池家就要敗了。」

一語得罪兩家人，不是池旭陽幹不出這事來。

池家世代皆是做生意之人，能傳承下來靠的便是以禮待人，和氣生財。而池旭陽這般高傲、意氣用事，實在不是做生意的料。

「再怎麼樣也比你這副窮酸模樣強！」池旭陽回身想要叫自己的貼身小廝，卻發現小廝被他留在街口看馬車了。

池溫文放下手中的葫蘆瓢，起身走到池旭陽身前，低聲譏笑道：「池旭陽，有件事我不得不提醒你，見好就收，別一不小心就把池家的老底都賠進去了。」

池旭陽一愣，眼神飄忽一下，鎮定道：「你想說什麼？」

池溫文笑而不語，直勾勾盯著池旭陽。

池旭陽被他瞧得心裡沒底，冷哼一聲，連香都不去上了，扭身便往馬車的方向走，急著趕回東陽城清點帳簿。

張修文看了一眼還坐在攤子上的弟弟，想到池旭陽那番侮辱之語，心頭攢了一口怒火，壓低聲音道：「還不回去，坐在這兒幹什麼！」

聽到張修文催促，張茂學趕緊又往嘴裡扒了兩口冰粉，道：「大哥，我還沒給錢呢。」

他剛才想了一下，反正東西都已經吃到嘴裡了，隨便別人怎麼說，他也不能辜負了自己的嘴巴。

張修文忍住一口氣，翻了個白眼，從袖子裡摸出五兩銀子隔空扔過去，怎麼瞧張茂學都不順眼。他怎麼有這麼一個不爭氣的弟弟，大酒樓的飯菜不去吃，非要買小攤販的賤食？

張茂學一把接住銀子，將銀子放在桌上，對夏魚歉意一笑。「老闆，對不住啦，沒想到吃個東西還攪和得妳做不成生意，這些銀子算是賠償。」

他心裡有些過意不去，要不是剛才張修文叫他，池旭陽也不會注意到這家攤主就是他的死對頭。

夏魚將銀子還給他，擺了擺手。「找不開，這頓飯算免費請你吃了。」

張茂學身為一個公子哥兒，怎好意思白吃人家的東西呢，他見夏魚也不是那種貪財之人，便拍胸脯保證道：「老闆，我是東陽城張府的二少爺，往後妳若是在東陽城有什麼事，找我保證幫妳辦妥！」

張修文一把揪住他的耳朵往外扯。「瞎說什麼，趕緊上山去，祖母他們一會兒就來了！」

張茂學疼得咧嘴，還不忘回身保證道：「記住，有事找我啊！」

夏魚朝他揮了揮手，繼續忙手中的事。

被池旭陽這麼一攪和，眾人原本高漲的情緒都低迷了不少。

夏魚乾脆將攤子上的東西都收了，笑道：「今兒個不以賺錢為目的，咱也上山玩一玩，放鬆一下心情。」

然而眾人卻沒什麼反應，各個都垂頭沈默。

洪小亮深吸一口氣，安慰道：「姊，咱不能因為閒雜人等就不做生意了啊，咱應該更努力把東西賣完，證明咱家的飯食受歡迎。」

白小妹在一旁點了點頭。「嫂子，我覺得亮哥說得對。」

王伯嘆了一口氣，看了一眼背對著眾人的池溫文，沒有說話。

夏魚知道今日這件事對池溫文的傷害是最嚴重的，畢竟先是被趕出了府，又被人無端嘲諷了一番，任誰都不會一笑而過。

她抿了抿唇，沈聲道：「王伯、小妹、小亮，攤子的生意就交給你們了，我帶池大哥去山上散散心。」

洪小亮往爐灶裡添了一根柴。「姊，放心交給我們吧。」

夏魚走到池溫文的身側，見他的神色平淡如常，只是目光中多了一些複雜的情緒。

她拉了下池溫文的袖子，小心翼翼道：「我們去廟裡看看吧，你不是說這裡的佛祖最靈驗嗎？咱們去拜一拜，也好去去晦氣。」

池溫文應了一聲，將腳邊的碗盆收好，隨著夏魚一起擠進熙熙攘攘的人潮裡。

兩人被人群沖散了，夏魚好不容易才找到同樣在尋找她的池溫文，彼此相視一望，不約而同拉住彼此的袖子，默默往山腳下的臺階處走去。

寺廟坐落在半山腰處，要想上去燒香拜佛，需先登上一百八十道臺階，許多人還沒走到一半，就已經累得氣喘吁吁，坐在路邊歇息，人流也被分散了不少。

夏魚和池溫文倒是因為經常幹活，體力要比常人好許多，爬完階梯到寺廟時，也只是額頭布了一層密汗。

鬱鬱蔥蔥的高大樹木將陽光擋在外頭，讓山上的空氣比山下清涼許多。

夏魚好奇地跟著人群往寺廟裡走，這裡不似她想像中的寺院那般整潔，沒有青磚綠瓦，沒有大批的僧人打坐念經，反倒是土牆青石路，連個寺廟的牌匾都沒有，窮破至極，僧人也只有看門僧和一個掃地僧。

「這裡的香客挺多呀，怎麼不用香火錢把寺廟修繕一番呢？」夏魚問出了自己的疑惑。

池溫文早上在葉石那裡打聽過寺廟的情況，便解釋道：「廟裡的師父說佛祖慈悲為懷，憐憫天下，香火錢不應修繕寺廟，而是要拿去拯救蒼生百姓。東陽城內有一間庇佑所就是這裡的僧人所建的。」

「原來如此。」夏魚第一次聽到這樣的說法，這間無名寺廟在她心中的形象瞬間高大了許多。

她和池溫文來到院中最大的一間屋子，朝著正中間端坐著的佛祖泥像叩首三拜，捐了一吊香火錢。

寺廟深處有一座荷花涼亭，這也是池溫文打聽到的。

兩人從香煙繚繞的屋子出來，慢慢朝寺廟深處走去。

池溫文問道：「妳剛才許願了嗎？」

夏魚搖了搖頭。「沒有，我又不信這個。你呢？」

池溫文看了一眼前面的石階，邁上一步道：「許了。」

夏魚笑著望向他。「那可不能說，說了就不靈了。」

池溫文淡然一笑。「妳不是不信嗎？」

「那也不能說。」

池溫文輕笑不語，突然感覺自己倒像是女兒家似的，許什麼願得一心人、闔家歡這些願望……

夏魚走在他的身側，隨口問道：「你方才跟池旭陽說的話是什麼意思啊？」

「池家的帳簿八成有問題。」池溫文有些惆悵，他之前是發現了一絲端倪，不過也只是自己的推測。「在倍香樓事件後，我打聽過池府的消息，推算過池家的收支，池府現在的帳務很可能有個大空缺補不上。」

「你懷疑跟池旭陽有關？」

「嗯。」池溫文沒有否認。「現在池家大部分商鋪都在池旭陽手中，府裡的財務都由他的妻子王氏打理……」

這會兒大部分人還在寺廟裡燒香求佛，只有夏魚和池溫文兩人漫步在石徑小路上，那畫面宛如一幅浪漫的才子佳人圖。

夏魚走得有些累，在涼亭尋了一張石凳坐下，她眺望著滿池嬌豔欲滴的荷花，內心波瀾起伏。

沒想到池溫文的心思竟然如此縝密，能憑藉自己的推算，知曉池家的收支有問題。

而池旭陽最後的反應，大概也印證了他的想法。

池溫文順著她的目光望向荷花池，開口道：「我託白慶打聽過池旭陽，他除了在東陽城經營一座酒樓，另外在周邊的鎮上也經營了大大小小十幾間酒樓。」

夏魚有些不解。「這也是一種經營手段啊，擠走規模小的食肆，壟斷市場。」

「妳可知池家原先在東陽城的鋪面有多少嗎？」池溫文頓了一下，又道：「除了陽香酒樓，東陽城的布莊、胭脂水粉鋪，大半都是池家的。而現在，池家所有的家產只剩下一間陽香酒樓，還有周邊十幾間子酒樓。」

夏魚驚訝道：「怎麼會這樣？」

「這一切的源頭都要歸因於池旭陽的母親，王家人。」池溫文看向夏魚，問道：「妳可知我之前病重，王伯曾回去池家過？」

夏魚對上他的目光，點了點頭。這件事王伯曾無意間跟她提起過。

池溫文接著道：「那次應該是池家面臨的第一次危機，各大鋪子相繼虧損銀錢。其中最根本的原因是王氏的弟弟，也就是池旭陽的舅舅，染上賭癮，欠了一身的債務。

「王家本就不富裕，王氏知道弟弟被人追得回不了家，就暗地裡買通各個鋪子的掌櫃，在帳簿上做手腳，拿銀子援助弟弟。」

「你怎麼知道這麼多？」夏魚再次驚訝道。

池溫文淡淡一笑。「王氏的弟弟因為賭錢欠債跟人打架，還蹲過牢，這是白慶前段時間去東陽城衙門時偶然聽說的。別的事就不用說了，稍加推敲便可知曉。」

夏魚對池溫文更是佩服，這種亂成一團麻的事情如果讓她來分析，只怕她想到禿頭也未必能想到什麼。

「賭癮這種事不用說，就是個無底洞。王氏掏空了各個店鋪，鋪子自然經營不下去……」

池溫文的話還沒說完，夏魚便打斷道：「王氏這麼過分，池老爺都不知道嗎？」

池溫文呵呵一笑。「池老爺早就被王氏拿捏得死死的，王氏說什麼他都信，所以現在心甘情願的把陽香酒樓交給池旭陽打理。」

王氏最擅長的就是遊說池老爺請道士作法，每當府裡有什麼不盡如人意的事情，她總要請道士來家裡過一遭。

奇怪的是，每次只要一請道士，家中的災事必定有所好轉。

而池溫文卻知道，池家哪有那麼多災事，無非就是人為造成的。道士一來，製造禍端的王氏只要消停兩日，家裡自然就平靜了。

偏偏池老爺是個生意人，對於風水鬼怪之事頗為迷信，被王氏和道士唬得一愣一愣的。最後也是因為大病一場，請了道士作法，說家裡的陽香酒樓與他犯沖，需轉與池旭陽打理才能化解。

陽香酒樓這才交給了池旭陽。

夏魚拔了一根身旁的狗尾巴草，拿在手中把玩著。

她突然腦子靈光一現，若有所思道：「怪不得你剛剛說池家的收支有問題，王氏的弟弟都把池家的家業揮霍沒了，怎麼可能放過池旭陽的陽香酒樓？陽香酒樓現在不但沒倒閉，反而還有錢開分店，這帳簿肯定有問題。」

池溫文遞給她一個孺子可教的眼神。

夏魚拿著狗尾巴草，掃著自己的下巴，軟軟的細毛劃過她的皮膚，又癢又舒服。

她瞇眼問道：「你想去東陽城一趟嗎？」去看看池家現在究竟是什麼情況。

池溫文看著她像貓一樣瞇著眼享受，不禁輕笑兩聲，語氣中都帶著輕快。「不急，過幾日白慶就要被調到東陽城的衙門裡了，到時候讓白慶去查，若是查出問題，他也算是立了一功。」

兩人在池塘邊吹著涼爽的風，心中的不快都隨風消散。

過沒多久，上完香的香客們也都來荷花涼亭歇息賞景，夏魚惦記著攤子的生意，在池塘邊摘了兩枝含苞欲放的蓮花便下了山。

回到攤子時，王伯、洪小亮和白小妹都忙得滿頭大汗，攤位的人也多了許多。

由於太陽越漸昇高，走路的人們都熱得不行，所以攤子的冰粉賣得最快。

而炸薯條極受小孩子歡迎，有些長輩為了哄孩子多走幾步路，也會停下腳步買上一份。

反倒是飯糰，買的人極少。

不過夏魚一點也不擔心，現在還沒到晌午，飯糰這種抵餓的飯食自然買的人少。

白小妹看到夏魚懷裡抱了兩枝粉紅嬌嫩的荷花苞，忍不住道：「嫂子，這荷花真漂亮。」

夏魚將荷花插入水桶中，笑道：「寺廟後面有個荷花池，開了一池的荷花呢，等會兒忙完你們也都去看看。」

「嗯嗯！」白小妹使勁點了點頭，手中幹活的速度更快了。

不多時，第一撥上山的香客已經往回走了，他們惦記的自然是夏魚攤子上的炸薯條。

「老闆，給我來兩份薯條，我帶回去給家裡人也嚐嚐！」一個領著小孩的婦人把銅板遞了過去。

沒想到，夏魚卻搖頭不收。

婦人有些不高興了。「怎麼著，不做生意了？」

夏魚遞給那個孩子幾根薯條，笑著解釋道：「大姊，不是我不做生意，這薯條要熱熱的吃才好吃。妳要是帶回家，薯條一涼就不好吃了，把不好吃的東西賣給妳，我不是在坑妳嗎？」

婦人有些糾結了，她剛才上山時吃過薯條，確實很好吃，她這才想著買兩份讓家裡人都嚐嚐。

但現在老闆卻說涼了就不好吃了，這可怎麼辦，她還想給家裡人也嚐嚐鮮呢。

夏魚走到案板前，飛速包著一個飯糰，道：「大姊，我家的飯糰也很好吃，要不要帶回去一個嚐嚐？這個不怕涼，別放隔夜就行。」

婦人看到夏魚手腳麻利的將新鮮蔬菜和醃製的肉放在米飯裡，分量十足，便道：「那給我來兩份飯糰帶走吧，再來一份我們現吃。」

夏魚將包好的飯糰遞給婦人，然後又快速用荷葉包起另外兩個。

婦人接過飯糰，讓孩子先吃一口，省得餓著肚子。

大概是走了一上午的路，小孩也餓了，他捧著飯糰，大口大口吃得很香，一邊吃一邊道：「娘，這個飯糰可好吃了，比薯條還好吃。」

婦人一顆懸著的心這才放了下來。

剛才她說完要兩份飯糰之後就後悔了，萬一不好吃怎麼辦？現在沒想到挑食的小兒子竟然都說好吃了，看來這家的飯糰是真的好吃。

孩子稚嫩的童音也引起眾人注意，看著一個小娃娃捧著飯糰吃得正香，不少人也開始點起了飯糰。

剛過中午，夏魚帶來的東西就已經全部賣光了。

她和池溫文收拾著攤子，一邊對忙碌了一上午的白小妹他們道：「你們東西放著別管了，趁廟會還沒結束都去轉轉，湊個熱鬧。」

白小妹用絲瓜絡刷著鍋子，笑道：「嫂子，妳上次還說跟我一起看胭脂呢，我自己不會挑。」

「買啥胭脂啊，臉上塗得跟個猴腚似的多醜啊。」洪小亮搬著一張桌子走過來。

在他的印象裡，胭脂多是媒婆才會用，而那些媒婆各個打扮得又紅又綠，難看死了。

一想到白小妹要打扮成媒婆的樣子，洪小亮就不由得打了個冷顫。

白小妹一聽有些猶豫了。「塗胭脂醜嗎？」

「別聽他瞎說。」夏魚沒好氣地笑道：「他一個男孩子懂什麼？」

第二十二章

夏魚的攤子大概是整個廟會最先收攤的。

眾人收拾好桌椅，麻煩葉石夫妻幫忙照看，準備一起逛廟會。

熱鬧的廟會人山人海，上香的香客擠滿了街道。

夏魚和池溫文好不容易擠到一個布攤上，一回身卻發現其他三個人被擠散了。

池溫文淡定道：「沒事，買完東西大家自會回到攤子那裡集合。」

夏魚望了一眼茫茫人海，那三個人早已經不知道被擠到哪裡去了。

她點了點頭，開始挑起布攤上的布料來，準備給食肆的每個人都做一身新衣裳。尤其是夏果，又長高了不少。

池溫文在她的身旁，估算著每個人的身材，然後準確無誤地將需要的布料用量告訴夏魚。

夏魚聽到他說出每個人所需的布料用量時，不禁大吃一驚，目光奇怪地盯向他，問道：「你是什麼時候量過他們的尺寸的？」

池溫文知道她在瞎想，輕呵了一聲。「都相處了這麼久，自然是看也能看出來了。」

夏魚深吸一口氣，甘拜下風。她跟白小妹都住在一起這麼久了，也沒看出白小妹要用多少布料。

兩人買完布料，又沈又多，再繼續逛也不合適，只能先回攤子。

好不容易擠了回去，夏魚忙找了一個樹蔭，喊來池溫文一起待著乘涼。

兩人一人一個板凳，悠閒地看著來來往往的香客，好不自在。

池溫文不知從哪裡拿出兩個精緻的小木盒，遞給一旁的夏魚，表情有些扭捏。「給妳。」

這木盒雕花刻字，做工十分細緻，一看就不便宜。

夏魚接過盒子，好奇道：「這是什麼？」

說著她打開盒蓋，一股濃郁的梔子花香頓時撲面而來，好聞極了。

盒中是一小塊色澤紅潤勻亮的脂膏，和鎮上賣的便宜貨一點都不一樣。

另一個盒子中，擺放著整整齊齊的紅色口紙，顏色純正至極，紅得喜人。

夏魚驚喜道：「這是你什麼時候買的呀？」

池溫文耳根微紅，道：「方才妳挑布料時，我見旁邊有賣胭脂水粉的攤子，便挑了兩樣，妳若是不喜歡就扔了吧。」

他剛剛聽到夏魚想買胭脂水粉，便偷偷買了兩盒送給她。

夏魚使勁點了點頭，又聞了聞清新的花香味，歡喜道：「喜歡！池溫文，沒想到你還挺會挑東西的。」

不多時，王伯也回來了，買了一個按壓式牛皮鼓風機，在做飯時生火最方便了。

洪小亮買了一個木雕的小馬，準備下次回家時帶給妹妹。

白小妹將平時攢的銀錢花了個精光，買了三份胭脂水粉，一份給夏魚，一份準備回村時給二妮，一份留給自己。

最後，洪小亮和白小妹還去了一趟荷花涼亭，眾人才心滿意足地離開。

回到泉春鎮時，天已經黑透了。

夏魚數著今日賺的銀錢，心裡愉快極了。

如果照著這個進度賺錢，過不了一個月，她就能攢夠幾十兩銀子，足夠換一個大一點的鋪面，眾人也不必再擠在一個屋子裡了。

她心裡美滋滋的，當即讓洪小亮去割點肉，晚上準備包點鮮肉餛飩犒賞一下大家。

外頭的天色如墨般黑，只有零星幾個光點鑲嵌在天空中。

有餘食肆的店門緊閉，大堂內明晃晃的，桌上擺著幾碗剛出鍋的餛飩，個個皮薄透亮，和青翠的蔥花一起浮在碗裡，散發出誘人的香味。

夏魚幾人有說有笑地圍著一張大桌坐下。

洪小亮喝了一口鮮美的餛飩湯，連道：「真是太鮮了！」

王伯端著碗，顧不得說話，一口吃下一個餛飩。

又薄又爽滑的餛飩皮包裹著緊實彈牙的肉餡，湯清味美，一口下肚，忙碌一天的胃裡暖呼呼的，十分舒服。

「汪！嗚……汪汪汪！」

後院突然傳來發財警惕的叫聲，一直連續不斷，和平常溫順的哼唧聲完全不同。

正在吃飯的幾人察覺到不對勁，紛紛放下筷子，表情變得凝重起來。

池溫文起身皺眉道：「我去看看怎麼回事。」

洪小亮跟在他的身後。「我也去。」

夏魚放心不下，從牆根找了把鐵鍬跟了過去。

王伯見狀也尋了一根木棍攥在手裡，守在食肆的門後，怕外面有壞人接應。

白小妹緊張得手心出了一層汗，想了想，跟著王伯一起守在正門口。

洪小亮站在後院門口環視著院子的情況，黑暗的後院裡，伸手不見五指，只能聽到發財的叫聲裡透露著凶狠。

池溫文朝發財走去，將發財脖子上繫著的繩子鬆開。

發財沒有了束縛，宛如一枝離弓的箭衝進後院的廚房裡。

「啊！哎喲……救命！快來人啊！」廚房裡發出一陣鬼哭狼嚎的淒厲慘叫。

洪小亮一個閃身就跑了進去，隨後將廚房裡的人拽了出來。

池溫文不知從哪裡找了一根粗繩，把那人綁得牢牢的，推搡進大堂內。

「哎喲，輕點……」那人嘴裡哀號著，走路一瘸一拐的，看樣子是被咬傷了腿。

熟悉的聲音讓夏魚一愣。「劉老闆？」

劉老闆心虛地看了夏魚一眼，急忙低下頭，恨不得自己會隱身術。

奇怪，他白天趁夏魚幾人都不在家，在有餘食肆後院外的門口轉了好幾圈，都沒有聽到狗叫聲，怎麼晚上一來便有條狗等著他？

說到這裡，便不得不誇一誇發財了。

發財似是有靈性一般，平日裡特別溫順，聽到院外有人經過，只要不進院子都不會叫，一點也不擾民；有人進了後院，也彷彿能分辨出那人有沒有惡意，像王行那般每次來送完菜就走，發財從來都不叫喚。

眾人一看是劉老闆，不由鬆了一口氣，還好不是什麼劫財的狂徒。

洪小亮怒視著劉老闆。「姊，我去報官！」

「別、別呀，咱們有事好商量！」劉老闆趕緊哀求道。

夏魚打量了劉老闆一眼，見他穿著一身黑衣裳，顯然是有備而來。「就你自己一個人？」

劉老闆忙不迭地點頭，老實交代。「是是，就我一個。」

「你來做什麼？」夏魚繞著他轉了一圈，確認繩子都綁得很牢固，這才找了個凳子坐下。

「我……」劉老闆偷偷抬眼掃了一圈都對他抱著敵意的眾人，支支吾吾說不出來。

夏魚一挑眉，叫道：「小亮，打，哪兒顯眼往哪兒打！」
「好嘞，姊！」話音剛落，洪小亮一拳打在劉老闆的臉上。
他平時就是幹力氣活的，力氣自然比別人都大，打起劉老闆毫不客氣。
「哎喲……」劉老闆還沒反應過來，臉上便挨了一拳，這拳打得他眼冒金星，好半天沒緩過神。
夏魚又問道：「你半夜偷偷翻牆幹什麼？」
劉老闆挨了一拳，心中的怒火噌的冒了上來。「妳敢打我？」
「還不說？」夏魚朝洪小亮使了個眼色，洪小亮心領神會，再次給了劉老闆一拳。
「哎喲！小心我報官！」
夏魚嗤笑一聲。「劉老闆，你是不是忘了，你可是賊呀？」
話音剛落，幾人都笑了起來。
劉老闆恨得牙癢癢，但也沒有辦法，只好妥協。「別打了，別打了，我什麼都說。」
原來劉老闆是看中了夏魚後院廚房的烤爐。
這些日子有餘食肆沒有再做打滷饢，劉老闆就想著不如把打滷饢加進自家酒樓的菜單裡，總會有人在想吃的時候來光顧的。
打滷饢的用料很簡單，他一看便知，可難就難在烤製打滷饢的爐子上。
為此他還花了不少銀子找泥匠打聽，可那泥匠竟然一問三不知，說他把原材料送去後便回來了。

烤爐越是神秘，劉老闆就越好奇，於是萌生了翻牆偷看的念頭。可沒想到他才剛進院子，發財就狂吠起來，嚇得他慌忙躲進一間屋子。

沒想到，這間屋子就是後院的廚房，劉老闆滿心歡喜地摸索著牆角的柴禾堆，想尋找烤爐的位置，就被突然竄進來的發財咬了大腿，又被洪小亮捉了出來，黑暗中他甚至連烤爐的影子都沒看清。

短時間的大喜大悲讓劉老闆說話都沒了精神頭。

夏魚疑惑地望了池溫文一眼。烤爐明明就是泥匠砌的，怎麼泥匠說把原材料送來後便回去了呢？

這件事是池溫文辦的，看來等等要找他問個清楚了。

劉老闆計劃失敗，夏魚也沒多為難他，讓他賠了三兩銀子的精神損失費，便放他走了。

這件事劉老闆吃了個啞巴虧，老實交了錢，還不敢跟人說自己臉上的傷是怎麼回事，只得憋了一肚子的怨氣。

洪小亮嘟囔道：「讓他賠三兩銀子都是少的了，白瞎了這頓飯。」

王伯嘆了一口氣。「我去切個西瓜吧，降降火氣。」

白小妹也起身道：「我去給發財餵塊肉，還好有發財。」

「對對，還有發財，我也去看看牠。」一提到發財，洪小亮眼睛一亮，也跟了出去。

轉眼間，大堂裡就剩下夏魚和池溫文兩人。

夏魚用手撐著下巴，眸中映著橘色的燈影。「那個泥匠是怎麼回事？」

池溫文笑了笑。「泥匠是我從宋家村另外找的。」

他早有準備，怕鎮上的泥匠被人套了話，便從宋家村找了個靠譜的泥匠夥計幫忙搭砌。

夏魚再次對池溫文佩服得五體投地，之前沒想到的事，他竟然都提前做好了防備。

翌日，食肆的生意照舊，倍香樓又換了新的老闆，這個話題便成了鎮上茶餘飯後談論的焦點。

新來的老闆姓馮，是個為人圓滑的老頭，逢人便笑，客氣話說得一套又一套。

夏魚沒有功夫關注倍香樓的事，但馮老闆卻主動找上了她。

「馮老闆有什麼事直說吧。」夏魚對倍香樓沒什麼好印象，直接把要進屋的馮老闆攔在食肆門前。

馮老闆對此也不生氣，只是笑吟吟道：「姑娘不必對我抱有敵意，我來找妳是講和的。」

夏魚直截了當道：「馮老闆請回，我們不跟池旭陽的人做生意夥伴。」

馮老闆頂著大日頭，擦了一把汗。「莫急莫急，我雖是池旭陽派來接手倍香樓的，但我只在意倍香樓的生意，和池旭陽並沒什麼關係。」

見夏魚沒有阻止他繼續說下去，他又道：「我此番來，是為了跟姑娘商量，飯食的生意咱各做各的，互不為難，達成共贏豈不是更好？」

來之前他已經聽人說過方倜的事，知道泉春鎮的人都心向著有餘食肆。如果在倍香樓還沒站穩腳跟時跟有餘食肆對著幹，自是落不著什麼好，還不如跟有餘食肆打好關係為妙。

馮老闆沒再說其他亂七八糟的事，夏魚自是同意，她也不想整天跟人勾心鬥角，怪累的。

然而，事情就是一波接一波的來，從來不讓人安生。

這日，池溫文去找老于交房租。

一進老于的院子，一股酒臭味撲面而來，院子裡零零散散堆了不少酒罐子。

老于坐在院中的椿樹下，悠閒地搧著扇子，今日他難得清醒，像是算著時間等池溫文來一樣。

池溫文提了一袋糕點放在院中的石臺上，將下個月的房租遞給老于。「于老闆，這是下個月的租金。」

沒想到老于擺了擺手，一臉嫌棄。「這些東西你都拿回去吧，房租不用交了，有人出了更高的價格租鋪面。」

池溫文一怔。

這意思就是說鋪面不再租給他們了？

「敢問，租的人是誰？」

老于嘿嘿一笑。「自然不能告訴你。」

池溫文伸出兩根修長的手指。「我出兩倍的租金。」

老于一口回絕。「那也不行。」

「三倍。」其實他也不是真的想花三倍的價格租鋪面，只是想套套話，看是誰租下的。

老于搖頭。

池溫文皺了皺眉，看來這人出價還真是不低。

這兩個月來，一切都順風順水的，怎麼突然就不租給他們了？眼下離月底沒剩幾天了，他們就算現在重新找鋪面也來不及收拾。

不過，老于的口風也是嚴實，只能找別的方法再來打聽。

想到這裡，池溫文便匆匆回了食肆，將這個消息告訴眾人，趁著這幾日時間再想些別的法子吧。

洪小亮得知有餘食肆沒法續租後，氣得一下子跳了起來。「這肯定是倍香樓那個新來的掌櫃幹的！高於三倍的價錢，除了他，還有誰會腦袋大來接手啊！」

夏魚皺眉思索了片刻，搖了搖頭。「不像，之前馮老闆還來找我講和，他若想在暗地裡做手腳，沒必要特地來找我。兩面三刀這種事如果暴露了，對倍香樓沒什麼好處。」

白小妹一臉擔憂道：「那還會有誰呢？」

大堂內陷入一片寂靜，片刻後，王伯起身道：「我去酒肆老闆那兒問問話，讓他幫忙打聽一下。」

夏魚讓白小妹提了兩罐醬菜，給王伯一併帶去。

看著王伯離開的背影，池溫文眉頭緊蹙，提醒道：「現在最要緊的是再找一間鋪面。」

夏魚點了點頭，贊同道：「確實如此，等會兒中午忙完了，小妹和小亮照常負責食肆的採買，咱倆去鎮上逛一圈。」

在這之前，泉春鎮的鋪面不算少，但自從夏魚開了間食肆賺錢後，白江村許多人也都來泉春鎮做生意，有的還慫恿外鄉的娘家人一起做生意，把夏魚開食肆發財的事情加油添醋說得令人心動極了。

於是泉春鎮一時間開滿了大大小小無數間鋪子，現在想搶租一間鋪面都是難的。

食肆裡幾人憂心忡忡，連話都少了許多。

伍各易來吃中飯，第一個察覺到氣氛不對勁，他湊到櫃檯前，問道：「池掌櫃的，你們今天這是怎麼了，個個看著都心不在焉的？」

池溫文翻出帳簿，用筆尖點了點墨汁。「過幾天食肆要關門了。」

伍各易沒反應過來，笑道：「關門？你們要休息幾天呀？」

池溫文筆尖一頓，難得耐心解釋起來。「食肆的租金到期，老于不再租給我們了。新的鋪面還沒找到，可能會關門幾日，直到找到新的鋪面才能開張。」

伍各易作為有餘食肆的常客，一聽說食肆真的要關門，開張日子還遙遙無期，驚訝道：

「這是怎麼回事？」

池溫文念頭一動，從櫃檯下取出一罈果酒，給伍各易斟了一碗。「伍老闆，請。這事究竟為什麼，我們也不清楚，如果伍老闆得空，麻煩您幫我們探探口風。」

伍各易如果喝了這碗酒，就代表他應下此事。

池溫文不是不相信王伯打探到的消息，只是多一個人打聽，得到的結果就會更真實一些。

伍各易看了一眼碗中散發著果香的甜酒，毫不猶豫地喝下了肚。「沒問題，秋嫂這兩日正閒著無事，我讓她幫忙打聽打聽。」

中午，食肆做了桂花糯米藕，又香又軟糯，在屜上沒做好時就散發出清香宜人的甜味。秋嫂喜歡吃甜的，池溫文特意給伍各易打包了一份桂花糯米藕帶回去。

中午過後，食客們都相繼離開，夏魚沒有因為不能續租食肆而影響心情，反倒讓白小妹加了道辣椒釀給自家人做午飯。

夏魚咬了一口辣味十足的青辣椒，額頭瞬間布上一層細汗，她吐了吐舌頭，接過池溫文遞來的茶水，咕嚕咕嚕喝了兩大口。「下午咱還要忙，多吃點才有力氣幹活。」

洪小亮有一口沒一口地扒著米飯，心口直發堵，如果食肆真的不能開了，他就要離開這裡了，這樣想著，他越發捨不得，眼圈竟然紅了。

夏魚注意到他的異常，給他挾了一個醬燜丸子，笑道：「小亮，你想什麼呢，飯都不吃了？」

洪小亮吸了吸鼻子。「姊，妳就不擔心咱們食肆不能開了怎麼辦？」

夏魚噗哧一聲笑了出來，原來他是在擔心這事啊。

白小妹沒有洪小亮這麼慌張，反正她早就打定主意跟定夏魚了。「不管嫂子幹啥，我都跟著嫂子。」

夏魚吃了一塊甜滋滋、淋著淺黃色透亮蜂蜜的桂花糯米藕。「咱食肆怎麼就不能開了？老于不租鋪面給我們，我們可以去看別的房子，再不行咱就去隔壁的柳風鎮、行將鎮，或者去東陽城開食肆都行。」

洪小亮認真想了一下，猶豫道：「姊，咱如果去東陽城了，我能不能把我娘和小妹帶上？不然一來一回的路途太遙遠了。」

沒想到洪小亮的目標竟然是東陽城，還挺遠大呢。

夏魚樂得飯都不吃了。「行呀，到時候咱開一間比陽香酒樓還氣派的酒樓，讓你娘也來幫忙。」

洪小亮的心情一下就變好了，齜著一口小白牙笑道：「沒問題，我娘幹活可麻利了。」

解開了心結，洪小亮又恢復了胃口，大口吃著鮮美多汁又彈牙的肉丸子，心情好得不能再好。

第二十三章

吃完飯，夏魚和池溫文直接去了牙行。畢竟在牙行裡找房子，可比自己在大街上瞎轉快得多。

進了牙行，招待他們的依舊是之前的馬門。

聽到他們是來找房子後，馬門心裡一喜，急忙找來一本冊子，為兩人推薦鋪面。

這些日子他靠著拿租房的差價，日子過得可有滋味了。

「這間呢？鎮東頭的獨間，左右沒有遮擋，亮堂得很。」馬門自信滿滿的介紹著。

池溫文搖了搖頭。「那間房子的後屋塌了一角。」

「這個！鎮子口的黃金鋪面，來往的人特別多，萬中選一的好地點！」

「那間鋪面太小，只夠擺兩張桌子。」

「那您瞧這個……」

「這間店鋪裡沒有窗戶。」

之後的鋪面不是太小，就是屋子多多少少有些問題，池溫文和夏魚一個也不滿意。

兩人找了一個下午，也沒有找到合適的店面。

夏魚安慰道：「等明天吧，萬一哪家店明天房租到期，不租了，咱正好撿漏。」

雖然知道這樣的可能性很小，兩人也只能往好處想了。

回去時路過衙門，正好碰到揹著包裹的白慶。

「哎，阿魚、池兄弟，我正要去找你們呢。」白慶笑著跟他們打招呼。

夏魚回了一笑，問道：「白大哥，你這是要出遠門嗎？」

白慶笑得露出一口白牙，顯然心情好極了。「是呀，上頭調我去東陽城幫忙。」

「恭喜呀，白大哥。」夏魚真誠地祝福著，白慶這可是升官了呀。「那嫂子、大丫和白祥呢，跟你一起去嗎？」

「去，我先去城裡安置，等穩定了就接他們娘仨過去。」白慶神采奕奕地說著，隨後打量兩人一番，問道：「哎，你倆這是去哪兒了啊？」

夏魚笑了笑，語氣中帶著一絲無奈。「食肆的租約到期了，我們剛去看看鎮上其他鋪面。」

「老于呢？不租了？」

夏魚點了點頭。

白慶皺了皺眉，轉身就要往回走。「我讓張三去問問老于怎麼回事。」

夏魚和池溫文急忙拉住他，在這個節骨眼上，白慶可不能因為他們的事而耽誤了升遷。

夏魚溫和一笑。「沒關係，我們再看看別的，正好這間食肆比較小，我們準備換一間大一點的。」

聽到夏魚這麼說，白慶才作罷，跟兩人又聊了兩句，才直奔鎮口，坐上去東陽城的馬車。

回到食肆，還沒進屋子，就聽到裡面傳來一陣吵嚷聲。

夏魚和池溫文相視一眼，忙走了進去。

大堂內，白小妹摔倒在地，哭得眼睛都腫了，身上的衣服被鞭子抽得破碎成塊，後背鮮血汩汩。

白進財和余翠站在一旁，嘴裡不乾不淨的罵著白小妹，說她自己在鎮上吃香喝辣，一點也不想著家裡的人。

話語間隱約提及白小弟，好像是白小弟惹了什麼麻煩，總之就是讓白小妹拿錢。

洪小亮拿著一根木棍橫在白小妹身前，怒視著兩個突然來食肆裡鬧事的人。

夏魚走進食肆，忙將白小妹扶到後院，為她處理傷口，換上一件乾淨的衣裳。

余翠陰沈著臉就要跟上去，被池溫文一把拽了回來。「後院是我們的住處，閒雜人等不得入內。」

余翠啐了一口。「什麼閒雜人等？我可是白小妹的娘！池書生，你們這也太不厚道了，生意越做越大，錢越賺越多，每個月才給白小妹四十文工錢，可真是使喚人！」

白進財默不作聲地盯著池溫文，周身散發著戾氣，看著就讓人害怕。

池溫文面不改色，朝洪小亮抬了抬下巴，示意他出去。「小亮，晚上的菜不夠，你出去買一些，這裡交給我來處理。」

洪小亮也機靈，還沒等白進財和余翠反應過來，腳底一抹油溜了出去，直奔衙門找張三和李二。

余翠見池溫文似乎沒把自己的話放在心上，惱怒道：「姓池的，我跟你說，你讓小妹在這兒幹了這麼久的活，今天不給我們拿出二十兩銀子，我們就不走了！」

池溫文倒了兩杯水遞給兩人，淡定道：「我們食肆也是小本生意，每月掙的銀錢除去房租、工錢和買菜的本錢，也沒剩多少，妳這張口就要二十兩銀子，我們拿不出來。」

「呸！別裝了，村裡都在傳，你們一個月在鎮上能賺五十兩銀子呢！」余翠心裡酸溜溜的。

池溫文聽了這話，差點一跟頭栽倒在地。「這話是誰傳的？」

「我哪知道是誰傳的，反正都這樣說。」

池溫文內心有些無奈，面上冷淡道：「要是我們一個月能賺五十兩銀子，早就在泉春鎮買間鋪面了，何必發愁過兩天就要關門重新找鋪面。」

「啥？你們食肆要關門了？」白進財瞪著眼，驚訝地問著。

他還指望白小妹每個月往家裡拿銀子呢，食肆怎麼能關門？

余翠聽到食肆要關門，先是心裡一涼，隨後狐疑地盯著池溫文。「你別騙人了，這怎麼可能？」

池溫文淡淡道：「若是不信，妳大可問問隔壁乾貨店的老闆，或者直接找房東老于問個清楚。」

余翠才不管有餘食肆關不關門，她心裡只惦記著白小弟的事。「你們食肆怎麼樣我不管，反正小妹在你們這裡打了這麼長時間的零工，你得補我家二十兩銀子。」

昨天白小弟在隔壁村讀書時，蹺課去教書先生的鄰居家抓小豬，被母豬一下拱到了糞坑裡。白小弟心裡氣不過，點了把火就將那家人的豬圈燒了，由於火勢太大，一連燒毀了三家相連的院子，把人家的囤糧都燒得乾乾淨淨。

現在白小弟被那三家人堵在家裡，非得讓余翠賠他們每家三兩銀子才作罷。

平日裡余翠不怎麼存錢，有點錢都給白小弟買好吃好喝的了。後來白小妹拿回家的四十文錢剛好夠養活他們一家，白進財乾脆連地都不去管了，一家人整天在家閒著，哪還有什麼收入，一口氣拿出九兩銀子簡直比登天還難。

余翠實在沒辦法，想到在鎮上的白小妹，這才帶著白進財來鬧事要錢。

知道余翠來沒安好心，夏魚從後院走進屋子，瞟了余翠一眼，將一張押了手印的契約晾在她的眼前，道：「這紙契約白紙黑字寫得很清楚，白小妹在食肆裡幫工，每個月可拿四十文的工錢。我又沒違反契約，憑什麼要多給你們二十兩銀子？」

這紙契約雖然寫的是付白小妹四十文工錢，但夏魚每次還是會把額外的一部分給她。

洪小亮腿腳快，很快便找來了當值的張三。

張三在路上便聽洪小亮說了事情的緣由，一進屋，便面色不善地朝余翠和白進財大聲嚷嚷起來。「幹什麼呢！」

余翠和白進財看到穿著衙役服的張三，氣焰一下弱了下去，不敢再硬著脾氣吵下去。

余翠開始嚎啕大哭起來。「你們真是太黑心了！生意做得這麼紅火，才給小妹四十文工錢，真是沒良心，欺負人！」

白進財附和著，氣道：「就是！你們這是黑店，怪不得開不下去了！」

洪小亮氣得臉通紅，往前邁了一步。「誰說我們開不下去了，等我們找到新的鋪面，一樣照常開張！」

還開張？那白小妹每個月就還能往家裡拿錢？白進財一愣，不再說話了。

余翠看他歇了嘴，就知道他心裡在想什麼，使勁剜了他一眼，惱怒他不爭氣，只顧著自己吃喝，一點也不想想白小弟怎麼辦。

余翠一想到白小弟的事情，心裡急躁，也不知道白小弟在家有沒有被那幫人欺負了？眼看想透過鬧事要錢不成，余翠眼珠子一轉，乾脆道：「夏魚，妳把白小妹的工錢提前付了，給我十兩銀子，我拿了錢就走人。」

白小妹換了衣服，怕余翠和白進財在前面鬧事，便忍著痛從後院走過來。

一進門就聽到余翠的聲音，她站在門口，一臉決絕道：「不行！往後誰也不知道會發生啥事，憑什麼給你們十兩銀子！」

池溫文心裡打著算盤，十兩銀子也不過是白小妹三、五年的工錢，這期間難保余翠不會生出別的么蛾子，要不然，就把事情做絕了，讓余翠以後徹底不找白小妹的麻煩才好。

他搖了搖頭。「十兩銀子都夠我們在牙行買個能幹力氣活的夥計了。」

余翠有些猶豫了，村裡的人都知道，只有能做出力活的人，才能給別人幫忙拿工錢。白小妹一個女娃，沒有力氣，劈柴、打水都不行，就算賣給夏魚也不值十兩銀子。

她想了想白小弟，耳邊彷彿聽到了他的哭嚎聲。

余翠咬了咬牙，一臉哀求道：「夏魚、池先生，就當你們幫我一個忙，十兩銀子，我把白小妹賣給你們，以後任你們打罵，給你們做牛做馬都行。」

聽到這話，白小妹一驚，心裡又涼又痛。

夏魚望向白小妹，見她並沒有作聲，眼淚啪嗒啪嗒往地上落，怕是已經絕望了。

她問白小妹。「小妹，妳怎麼想？」

白小妹抬起布滿淚痕的臉龐。「嫂子，求妳把我買下了吧。」

在這樣的家熬了十三年，她從沒體會過有人疼愛的滋味，與其被余翠和白進財處處利用，還不如斷了關係。

夏魚拍了拍她的肩膀，給她遞去一條帕子。「好，從今以後白小妹就留在我這裡。正好今日官爺也在，給咱做個見證。」

池溫文拿出一張紙，筆尖蘸墨唰唰唰的在紙上寫起賣身契，振筆直書地道：「今余翠與白進才，以十兩銀子將白小妹……」

余翠一看夏魚如此痛快便答應了下來，心中有些後悔。「十兩銀子不成，十五兩！」

池溫文停下筆尖，望向夏魚。

夏魚瞧余翠的模樣，估摸著她急著用錢，也不怕她不同意這紙賣身契。

她雖然同情白小妹，但也不會縱容余翠在這裡得寸進尺。

她冷冷一笑。「十兩銀子愛簽不簽，不簽拉倒。」

余翠快快閉了嘴，心裡一陣不痛快，要不是她急著用錢，才不簽這賣身契呢，不然白小妹以後嫁人時還能拿一筆彩禮錢。

白小妹看余翠把她當物品一樣討價還價，心中再沒有半分留戀。

她往地上一跪，朝余翠和白進財狠狠磕了三個頭，道：「爹娘生我一場不容易，今日閨女一拜，咱們之間的親情就此了斷。」

余翠瞥了她一眼，心想反正她再也沒辦法給家裡帶錢了，索利地在賣身契上按了手印，也沒去理會跪在地上的白小妹。

白進財惦記著余翠多要來的一兩銀子，亦沒功夫管白小妹。

按了手印，他看著夏魚取了白花花的十兩銀子交給余翠，心裡有些怨白小弟不爭氣，到處惹禍，不然這十兩銀子夠他後半輩子花不完了。

兩人看都沒看賣身契，直接按了手印匆忙走人。

白小妹哭得泣不成聲，夏魚嘆了一口氣，將她扶去後院的屋子裡歇著。

池溫文和洪小亮心中也百般不是滋味，他們知道，白小妹今日的決定雖然無情，卻包含著諸多無奈。

臨近黃昏，王伯從酒肆打探消息回來。

他熱得滿頭大汗，看樣子像是一路趕回來的。

「劉老闆……」王伯喘著氣，好不容易說出三個字，才拿起桌上的茶水大口灌起來。

池溫文聽到這個答案並沒有太驚訝，整個鎮上能跟泉春樓一爭高下搶生意的除了倍香樓，也只有有餘食肆了。

現在倍香樓暫時沒了競爭壓力，劉老闆自然把矛頭指向有餘食肆。

過沒多久，秋嫂也帶來消息。果不其然，這件事確實是劉老闆從中作梗，而且還是發生在一個月前的事。

劉老闆答應老于，只要不再把食肆租給夏魚，他不僅免了老于以前欠的酒錢，還答應他以後去泉春樓吃飯都免費。

難怪老于怎麼也不肯再把鋪面繼續租給他們。

即將入秋，天氣依然熱得讓人渾身黏膩。

這兩天煩心的事情格外多，食肆的幾人心頭都積著一股燥意。

晚上生意結束後，夏魚特地做了清爽的酸辣拌涼麵，給眾人過過癮。

煮好的麵條在冷水中瀝過一遍，加上一把爽脆的黃瓜絲和酥香的花生碎，拌上香油蒜水和酸辣的醬汁，最後再撒上一些香菜，不僅色澤油亮誘人，吃起來更是過癮又開胃。

除了在屋子裡休息的白小妹，眾人都圍在桌前一起吃著拌涼麵。

自從白小妹接手廚房的事情，夏魚沒什麼事就不再親自下廚，而是在一旁指導白小妹怎麼做。

洪小亮感覺自己好久都沒嚐過夏魚的手藝了，這會兒吃起麵條來，覺得味道格外的熟悉親切。

他大口扒著碗裡的麵條，吃起來毫無形象可言，末了，豎起大拇指誇道：「姊，妳做的麵條太好吃了，涼爽可口，酸辣中還帶點甜味，吃起來鮮美極了，我能再吃兩碗！」

「行了，快吃吧，麵條還有一點，吃完再給你做一碗。」夏魚美滋滋地回道。

看到夏魚被洪小亮哄得開心，池溫文有些不開心了。

他放下碗筷，冷著臉道：「吃什麼吃，吃完去看看小妹，給她端去一碗。」

洪小亮不是沒有眼力見兒的人，他隱約察覺到池溫文不高興，含糊應了一聲，急忙吃完就往後院跑去。

洪小亮能理解池溫文，根據他的想法和推斷，池溫文和夏魚明明是夫妻，卻因為房間太少，只能跟自己和王伯擠一間屋子，夫妻兩人分居，日子久了肯定不高興，能理解，能理解！

吃完飯，王伯起身刷碗，池溫文便跟夏魚說起劉老闆的事情。

夏魚用茶水漱了口。「劉老闆的事先放一邊，眼下最要緊的是租一間鋪面。眼看離食肆到期的日子越來越近，咱得趕緊收拾東西了。」

池溫文十指交叉，支著下巴，說出了自己的意見。「要想在兩、三天時間內找到合適的鋪面，除非天降鴻運。不如我們先租一個大院，騰出一間大屋做大堂，在自家開間食肆。」

夏魚眼睛一亮。對呀，她怎麼沒想到呢！臨街的店鋪生意做不成，她可以開一家私房菜呀！

住宅的院子可比臨街鋪面的租金便宜多了。

第二日，兩人一早便趕去了牙行，找馬門挑房子。

馬門聽到前頭有人叫他，滿心歡喜以為生意來了，興沖沖地應了一聲就跑了過來。

當他看到池溫文時，腦仁一跳一跳疼得厲害，雙腿控制不住地想往回跑，說話都結巴了。「那個、那個鋪面就只有你們看過的那些，真的沒有別的了！」

這祖宗難伺候極了，昨天的冊子都跟他介紹完了，愣是讓他每間都挑出一點毛病，還準確無誤！

看到馬門的臉色瞬變，池溫文眼帶笑意叫住他。「放心吧，今天我們來是想看一處帶院子的住處。」

得知夏魚和池溫文是來尋住宅的，馬門鬆了一口氣，又熱臉相迎起來。「想租住宅，你們找我還真是找對人嘍！」

他翻找著櫃檯上摞著的幾本冊子，從中拎出一本黃色外皮的本子，用食指和中指敲彈著封面，驕傲道：「我最近剛收了幾間宅子，都是個頂個的好，想要啥樣的都有！」

馬門領著兩人去了側間，讓跑腿的夥計添壺茶水來。

夏魚坐在老木寬椅上，對馬門笑道：「有沒有帶院的、房間多的宅子？」

「有！」馬門索利地翻開冊子，一上來就把最難賣的房子推出來。「之前倍香樓方老闆方個知道吧？他那個三連的大宅怎麼樣，又寬敞，房間還多。」

池溫文之前為了租房子的事，跑遍鎮上大大小小的街巷，所以他對泉春鎮的房屋鋪面基本都有印象。

提起方個的三連大宅，池溫文給了馬門一個否定的眼神。

當時方個為了撐門面，將三間相鄰的宅子打通成一個大院，裡面還修了花圃、水池和假山，租金定不會便宜，而且那院子著實太大，他們就六個人住也實在是浪費。

「那這間呢？是之前倍香樓馬老闆留下的，一間主屋帶兩耳房，東西兩間廂房，後頭一間柴房，水井、廚房一切齊備，中間一個大院都夠玩蹴鞠了……」

馬門說話間，夏魚和池溫文四目相對，立刻明白彼此的意思。

就它了！

這宅子租下來，院子和廂房可以當作食客用餐的場所，剩下的屋子也夠他們幾個人分著住。

「這間宅子的租金要多少？」池溫文目光淡然地盯著馬門，倒是叫馬門心裡沒了底。

「每月三兩銀子。」馬門真誠地看著兩人，又補了一句。「最低價了。」

他沒敢往高了喊，池溫文眼光毒辣，挑剔至極，他真的怕了。

商定好了房租，馬門就帶著兩人前去驗房。

第二十四章

這座宅院位於鎮西大路的一側，門前便是大道，熱鬧極了。只不過老舊的木門著實不起眼了些。

跟著馬門進了院子，一開門便是兩棵枝繁葉茂的香樟樹，在門口形成一片納涼之地。裡面的院子雖沒有馬門說得那麼誇張，不過也還挺大的。

馬老闆當時走得著急，許多東西都沒有帶走，屋裡的家具大都還保持著原來的模樣，可以直接住進來。

檢查過房子沒有什麼問題，夏魚便同馬門簽了租契。

池溫文去了木匠處，準備重新做一個牌匾掛在大門上，就叫做「有餘私房菜館」。

辦完一件大事，夏魚心裡踏實不少，回到食肆，她見到菜筐裡有不少蓮藕、萵筍、腐竹、菌菇和豆芽，便決定臨時推出一道新菜品——麻辣香鍋，還能順道宣傳一波即將開張的「有餘私房菜館」。

所謂好事不出門，壞事傳千里。不知怎的，有餘食肆即將關門大吉的消息一夜間便被鎮上的所有人知曉。

今天來食肆吃飯的人格外多，大多食客都抱著不想給自己留下遺憾的心理，來吃最後一頓飯。

「掌櫃的，你們食肆怎麼說關門就關門呀，也不考慮一下我們這些食客的感受？我活了大半輩子，吃過你們食肆的飯菜後，才知道什麼叫做享受哪……」一個鬍鬚花白的老大爺嘆了一口氣，背著手走進最裡面的桌子。

王伯給他上了茶，笑道：「租約到期，我們也是沒有辦法。不過我們即將在鎮西開一間有餘私房菜，到時候還會繼續營業。」

「私房菜？」老大爺沒有多想，一拍大腿豪氣道：「行，等開張了，我第一個去捧場！」

他雖然不知道私房菜是什麼，但只要食肆還開張就好。

一旁等著上菜的食客聽到王伯的話，也跟著道：「算上我們，我們也去！」

「給我也留個位子！」

夏魚在廚房裡指導著白小妹調整火候，聽到外頭的動靜，心頭一陣溫暖感動。

遠在東陽城的池旭陽一直關注著泉春鎮的動靜。

當他聽到下人說有餘食肆即將關門大吉時，哈哈一笑心情大好，摟著懷裡的美人好一頓親熱。

起初，他得知池溫文在泉春鎮開了一家小飯館時，根本沒把這件事放在心上，篤定不到三個月就會關門。

可沒想到有餘食肆的生意越來越紅火，拉走了倍香樓一大半的客人。後來馬老闆又出事跑了，客人更是全都聚集在有餘食肆了。

本以為派去的方侗是個靠得住的，在他跟前舌粲蓮花，把之後的計劃說得頭頭是道，誰知那個蠢貨竟然在背後用些爛菜剩飯招待客人，更是把倍香樓的口碑砸得一點不剩。

不過現在，他還沒開始出手對付有餘食肆，就有人幫了他這個大忙，倒是省了他一件事，簡直是天隨人願。

有餘食肆的大堂裡座無虛席，一陣陣誘人的香味從裡面飄出。食客們的桌上都放著一個大大碗公，裡面的菜肉被紅油辣醬沾染得油光紅亮，表面還點綴著白芝麻和鮮翠的香菜，看起來就饞人。

鐵匠鋪的張老頭平時吃不得辣，原本他都不打算點麻辣香鍋的，但是看到旁邊那桌的人大快朵頤，吃得大汗淋漓，暢快至極，沒忍住也點了一份。

麻辣香鍋上桌後，鮮辣的香味光是聞著就讓人口水直流。

張老頭小心挾起一片蓮藕放入口中，藕片鮮香脆爽，又辣又麻的口感立刻讓他頭上布了一層密汗，可那滋味卻讓人欲罷不能，吃得停不下來。

中午忙完，洪小亮便去採買晚上需要的食材，其他人則一起去新的宅院，收拾灑掃，將一些零碎之物搬運過去。

新的宅院主屋自然是歸夏魚和池溫文；左右兩個耳房分別給白小妹和夏果住；東邊的屋子離大門口近，用作招待客人的場所；剩餘的一間西屋就留給王伯和洪小亮一起住。

西屋只有一張床，東屋的床又用不著，眾人便合力將東屋的床搬進西屋，又把用不著的家具分別移到各個房中。

池溫文掃了一眼空蕩的東屋，心裡盤算了一下需要添置的東西，兩個耳房需要加兩張床，這裡也需要幾張桌椅板凳。

竹床便宜，木匠那裡也有現成的，可是桌椅需要提前訂做，時間上趕不及。

他記得牙行旁邊有間家具物件轉賣鋪子，便跟夏魚商量先去那裡買些便宜的桌椅臨時用，等過陣子忙完後，再跟木匠商榷訂做桌椅的事情。

這幾日劉老闆的心情好得不得了，任誰都能一眼看出他準是遇到了什麼好事。

他哼著小曲點著帳本，就算看到一頁頁入不敷出的收支也沒有再煩躁起來。再過兩天，只要有餘食肆一關門，泉春樓就會恢復往日的輝煌。

可他的美好願望還沒實現，就被急急忙忙奔回來的小二打破了。

「老闆，不好了，有餘食肆過兩天要在鎮西開一家什麼私房菜！」

「私房菜是什麼？」劉老闆撂下帳本，趕緊從櫃檯後面走出來，心想著到時候也跟著模仿一下。

小二搖了搖頭。「不知道。」

劉老闆眉頭一皺，計上心來，交代小二看好門面，加快步子就朝倍香樓走去。

馮老闆剛接手倍香樓這麼一個大爛攤子，肯定比他更急著對付有餘食肆，那他索性就跟馮老闆合作，一起想辦法扳倒夏魚。

劉老闆來的時候，馮老闆正在廚房裡檢查食材，一聽夥計說劉老闆來找他，便心知是因為何事。

整個泉春鎮就這麼大，有餘食肆的生意對手只有倍香樓和泉春樓，劉老闆此刻來找他，無非就是想聯手針對東山再起的夏魚罷了。

馮老闆本就打著養老穩度晚年的心態來經營酒樓的，一點也不想摻和劉老闆的事。

他不耐煩地揮了揮手。「不見。」

想拉著他一起蹚這渾水，作夢！

劉老闆被拒之門外，面子上掛不住，他冷哼了一聲轉身，嘀咕道：「傲個什麼勁兒，不見拉倒，我自己想辦法。」

臨近新宅開業，夏魚更是忙得腳不沾地，食肆裡的東西都已經搬過去了。

後院的那口烤爐當初沒有固定，夏魚找了輛推車，將烤爐搬上去，往上蒙了一層布就搬去了新宅。

夏魚準備在開業當天賣烤鴨，這個烤爐可不能少。

一日後，木匠將做好的牌匾送來，幫忙安置在門頭上。

這個牌匾可比之前的好看多了，黑底紅字寫著「有餘私房菜館」，還描了花邊、撒上金粉。

池溫文從院子裡取出一串鞭炮，洪小亮自告奮勇地點了火，將挑著鞭炮的竹竿攥在手裡。白小妹和王伯急忙捂住耳朵。

聽著噼哩啪啦的鞭炮聲，幾人臉上洋溢著燦爛的笑容久久不散，總覺得今天比過年還要高興呢。

聽到鞭炮聲響，不少人都圍了過來，恭喜夏魚開業大吉。有好多常來的食客趕來送賀禮，慶祝有餘食肆沒有關門，有了延續。

這次開業可比上次熱鬧多了。

從昨天開始，夏魚就一直忙活沒有停歇。

鴨子是柳雙的男人白歡收來的，雖然是五十多隻已經處理好的鴨子，可是醃製晾乾也需要花不少功夫。

今兒一大早天還沒亮，夏魚就喊了幾個正在睡夢中的人起來幹活。

醃製好的鴨子在肚中塞入帶酸甜口味的果子，以防鴨子內部水分流失，還能增添些清新的味道，讓肉質更加鮮美。

光是做完這一步驟，天都已經大亮了。

從食肆裡搬過來的烤爐很大，一次可以烤兩隻鴨子。

夏魚囑咐洪小亮注意火候，又調製一碗蜂蜜醋水，時不時地給烤鴨刷上一層汁水。

蜂蜜醋水可以讓烤出來的鴨子外皮更薄脆，吃起來香而不膩，是不可缺少的步驟。

院子裡，池溫文在廚房前面支了個布棚，做好的烤鴨都被整齊地擺在桌上。

開業鞭炮響完，來捧場的食客們都一窩蜂湧進了院子，想看看新的私房菜館是什麼樣子，有的還帶著一家老小來參觀。

原本還算寬敞的院子一下變得十分擁擠。

一進院子，所有人的目光立刻被布棚下色澤紅亮、散發油光和誘人香味的烤鴨吸引了過去。

「這是鴨子？」人群中有人問了出來。

夏魚從廚房裡將剛烤好，還滋滋流油的烤鴨端了出來，笑道：「是的，這叫烤鴨。」

這個時代的人們做飯以蒸煮為多，再奢侈點的就是做些油炸的食物。烤製的食物需要單獨生火堆去做，尋常家裡想要節省木柴，也就很少做烤熟的食物。

頂多就是做飯時往灶膛底下塞個生地瓜、芋頭，藉著燒完的草木炭灰餘溫焐熟罷了。

「烤鴨？真是太香了，聞著都叫人流口水。」

「老闆，給我來兩隻！」

「我也要兩隻！」人群中竟然不知從哪兒傳來一陣吸口水的聲音。

夏魚取下手上的厚布手套，將燙手的鴨子排好，宣布道：「今兒個有餘私房菜館第一天開業，所有菜品半價……」

話還沒說完，便有人捧場大叫一聲。「好！」

接著所有人都歡呼叫好起來。

夏魚揮手示意大家安靜，可是不起作用。

鐺鐺鐺——

洪小亮不知從哪兒找出一口鐵鍋，對著鍋底敲了幾下，人群霎時間靜了下來。

「我還沒說完呢。」夏魚無奈地笑道：「烤鴨只有五十隻，所以每家限定一隻。」

話音一落，所有人的目光都虎視眈眈地盯著桌上的烤鴨。

有人提出疑問。「我們這麼多人，妳能分出誰先來後到嗎？萬一後來的搶了我們先來的名額怎麼辦？」

「是啊！」有不少人也焦慮起來。

夏魚笑道：「大家不用擔心，門口有王伯守著呢，只讓前五十家人進來，所以已經進到院子裡的人不用搶，人人有份！」

這是他們昨天商量好的辦法，就是以防開業第一天人多雜亂，大家鬧得不痛快。

眾人這才放下心來，在夏魚的引導下井然有序地排起隊來。

夏魚守著二十多隻烤好的鴨子，將每一隻烤鴨都切片擺盤。需要打包帶走的則用荷葉包好，另配上一份自製的甜麵醬。

也有留下用餐的食客，被池溫文請到了東屋。

東屋四扇窗戶大開，過堂風吹得人舒服極了。屋中擺著幾張桌椅板凳，與食肆裡沒什麼不同。

伍各易帶著秋嫂和一群端著烤鴨的食客進入屋內，找了個空位坐下。

他將盤子放下，問道：「池掌櫃，你家的私房菜是什麼菜，給我上一份嚐嚐。」

「是呀，我也好奇這私房菜是個什麼菜，上一份來嚐嚐！」有人也跟著道。

池溫文給眾人添了茶水，笑著解釋道：「私房菜並不是一道菜，而是指在自己家裡開的私人食肆。」

眾人皆悟。「原來是這樣啊！那別的菜還有啥？」

「除了烤鴨，今日菜館還有辣爆毛肚、甜菜燻肉、醬沾拌菜、鮮滷五花……」池溫文將菜名一一報給眾人。

因為今日開張半價，這些人不管吃不吃得完，都點了一大堆，反正最後可以打包帶回家。

伍各易挾了一塊鴨肉，沾了點甜麵醬，殷勤地把烤鴨遞給秋嫂。「媳婦，妳先嚐嚐。」

秋嫂毫不客氣地接過烤鴨吃了起來。烤鴨的外皮油亮酥脆，肉質鮮美，肥而不膩，配上甜中帶鹹的醬，吃起來更是絕味！

「好吃！你也快嚐嚐！」秋嫂難得催促起伍各易，迫不及待想讓他也嚐嚐這美妙的滋味。

劉老闆安排的人因為去得晚，沒有搶到烤鴨，只點了些別的飯菜回去。

「老闆，他家現在所有的菜都半價，人多得很。」趙錢把打包來的飯菜遞給劉老闆。

「而且那個私房菜根本就不是一道菜……」

「原來是這樣！」劉老闆聽完趙錢的解釋，心裡的擔子一下放了下來。

不過是在家裡開的食肆而已，也沒什麼特殊的，半價活動他也會！

劉老闆接過飯菜隨手扔在一旁，雖然有餘食肆，喔不，有餘私房菜館做的菜是好吃，但他現在還有更重要的事要做。

他找來紙筆，在上面寫：本店特賣，所有菜品半價，並買二贈一！

然後讓小二貼在門口最顯眼的地方。

光是這樣還不夠，劉老闆故技重施，去牙行找了馬門，想讓夏魚再次關門大吉。

就算夏魚能再次重新找到地方開張，也得耗費人力、物力，添置些用具，耽誤時間。如此多做幾次手腳，就不信她還撐得下去！

——未完，待續，請看文創風1062《吃飯娘子大》下

2022年4月出版

緣來是冤家

文創風 1058～1060

這人什麼臭脾氣？她分明是來幫他的，
他不吃藥也罷，居然嫌她礙眼，還讓她滾？
好哇！她偏不，看她怎麼把這碗藥灌下去！

唇槍舌劍，無非是相互理解的情調／明檀

「叛國通敵」四字砸下，使身為江南望族的沈家瞬間傾覆。
禍首為大房，身為三房女眷的沈芷寧與娘逃了死罪，
卻仍避不了家破人亡，遭受欺凌、壓迫的現實。
分明案已結，家中卻仍遭官兵以搜查為由強搶，
在絕望之際，首輔秦北霄踏馬而來，宛如一道曙光，
儘管於他而言那或許不足掛齒，可卻給了她無限希望。
因此有幸重生，她除了要查清大伯通敵一事，避開禍端，
她也不忘向此刻仍在人生谷底的秦北霄報答恩情。
雖說沒有幫助，他仍能權傾朝野，但這能讓她心裡好過些。
只是……沒人告訴她，這人的嘴這麼毒、這麼難搞啊？
她幫身受重傷的他找大夫、弄藥，怎麼說也是個救命恩人吧？
「我不感謝妳，若我得勢，第一個殺的就是見過我狼狽景況的妳！」
氣得她牙癢癢卻無處可發洩，只能催眠自己是她欠他的。
況且，家中滅頂災禍的來由，或許能從這人身上找到轉機……

流浪貓狗介紹所

為流浪貓狗加油 和貓寶貝 狗寶貝

廝守終生(一定要終生喔！)的幸福機會

對人來說，貓寶貝狗寶貝只是生活的一部分，但妳（你）對牠們來說，卻是生活的全部，領養前請一定要考慮清楚——

▲ 誓要成為家中之寶的 小熊

性　　別：男生
品　　種：米克斯
年　　紀：約2歲
個　　性：活潑樂天、愛撒嬌
健康狀況：已結紮，已完成狂犬病、四合一疫苗施打，有定期服用心絲蟲、一錠除，曾因肝衰竭而住院，目前已完全康復且無後遺症
目前住所：桃園市中壢區（中原大學）

本期資料來源：中原。動物服務社 https://www.facebook.com/cycucatdog

『小熊』的故事：

去年九月中旬，遇到了尾巴被剪斷的小熊，身上滿是被虐打的痕跡，但是當牠看到我們的第一眼，竟然是開心地走到我們面前，乖乖地被套著牽繩去醫院。傷勢復原後，因為不忍讓牠再流落街頭，便將牠留在學校的中途。

小熊雖然不親狗，但為了一天中能和我們多相處一小時，卻願意和狗狗們共處。平時會乖巧地趴在我們身旁，就算被抱起來也喜歡倚靠在人們身上，享受大家的關愛。在日常的陪伴和訓練下，從一進籠子就開始大叫、焦慮地來回踱步，到現在只有在你看著牠時，會小小聲地嗚咽，希望你能陪牠度過籠子內難熬的時刻。

然而聰明的小熊也不免搞些小破壞，像是翻垃圾桶、扒飼料，甚至會跳到其他狗狗都上不去的平臺上搶早餐，常常讓我們又氣又好笑，說他真是個名副其實的「熊孩子」。的確，因為發情期而被丟棄的牠，也只是個想要有人陪伴、渴望被愛的「孩子」。由於我們是屬於社團性質，沒辦法給牠一個家，更不想看到當初選擇我們的牠，被困在校園中面對一次又一次的分離。

如果您有足夠的耐心陪牠一起成長，給牠滿滿的愛，請不要吝嗇說出您的意願，搜尋中原動物服務社FB或IG，抑或是拿起手機找張先生 0909515373或沈小姐 0987105390，抱起單純可愛的小熊回家吧！

認養資格：

1. 認養人須年滿20歲，否則須經法定代理人同意，出示同意書並留下法定代理人之聯絡資訊。
2. 小熊親人但排斥外狗，若家中已有其他毛小孩，請審慎評估後再決定領養。
3. 被關籠後可能會因不安而吠叫，必須事先確定好環境，能讓小熊適應家庭生活。
4. 在進入校園前，小熊可能因撞擊而傷害到肝臟，飲食上須斟酌。
5. 雖然小熊看起來憨憨的，但有護食行為，在玩玩具和用餐時須特別注意。
6. 領養前須拍攝家裡環境以供社團評估，觀察欲認養人與狗狗的互動狀況，並簽署領養協議書，對待小熊不離不棄。

來信請說明：

a. 個人基本資料：姓名、性別、年齡、家庭狀況、職業與經濟來源等。
b. 想認養小熊的理由。
c. 過去養寵物的經驗，及簡介一下您的飼養環境。
d. 若未來有結婚、懷孕、出國或搬家等計劃，將如何安置小熊？

週年慶 2022 我的甜蜜喜事

主角的路，我來走！ 5/9(8:30)~5/18(23:59)

新書首賣，歡喜價75折

文創風 1063-1064 霜月《箏服天下》全二冊

文創風 1065-1067 連禪《青梅一心要發家》全三冊

一花一葉，刻刻美好

75折 文創風1020-1062

7折 文創風968-1019

6折 文創風861-967

以下加蓋 ㊣

- 每本 **100** 元 ▸▸ 文創風760-860
- 每本 **49** 元 ▸▸ 文創風001-759、花蝶/采花/橘子說全系列（典心、樓雨晴除外）
- 單本 **15** 元，2本 **25** 元 ▸▸ PUPPY331-534
- 每本 **10** 元，買 **2** 送 **1** ▸▸ PUPPY001-330、小情書全系列

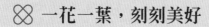

霜月

天馬行空敘事能手

失憶了那麼久，可得加快腳步彌補浪費的時間！
擁有各種先進的知識與源源不絕的「實用配方」，
就算是個肩不能挑、手不能提的弱女子，也能扭轉乾坤……

5/10
(二)出版

文創風 1063-1064《箏服天下》全二冊

靈魂穿進小說的故事對現代人來說並不稀奇，
不過當一切發生在自己身上，而且是以嬰兒的姿態從頭開始時，
說陸雲箏一點都不感到喪氣是騙人的。
幸虧冥冥之中有股神秘力量相助，只要好好運用，
日子不僅可以過得順順利利，搞不好還能成為稀世天才！
只可惜，一場巨變令她失去記憶，就這麼虛度十年光陰……
再次「醒來」，她已是皇帝謝長風獨寵的貴妃，
眼前非但充滿重重險阻，身邊更潛伏著各式各樣的黑暗勢力。
罷了，既然改變不了既定的事實，就看她出些鬼點子，
聯手親愛的夫君掃除障礙，開創太平盛世！

2套合購價
920元

另部好書，別有滋味

文創風 1025-1027《食尚千金》全三冊

在京城當不成名門閨秀，那就回鄉做她的農家女吧！
重活一世，被錯養成相府千金的消息一傳出，
她早就想好了退路，那就是遠離京城是非之地，
然後回鄉認親，當個平頭百姓，走在發家致富的路上！
人人皆誇她手巧，不只吃貨神醫歡喜地收她做徒弟，
就連在村中養病又嘴刁的六皇子也賞識她，成為開店大金主。
原本只是單純的合作夥伴關係，直到皇帝突然下旨指婚，
堂堂皇子的正妃，不選世家貴女，而要她區區一個農家女？

風 文創
1061

吃飯娘子大 上

國家圖書館出版品預行編目資料

吃飯娘子大 / 眠舟著. --
初版. -- 臺北市 : 狗屋出版社有限公司, 2022.05
冊 ; 公分. --（文創風 ; 1061-1062）
ISBN 978-986-509-320-4（上冊 : 平裝）. --

857.7　　111005078

著作者	眠舟
編輯	王冠之
校對	黃薇霓
發行所	狗屋出版社有限公司
地址	台北市104中山區龍江路71巷15號1樓
電話	02-2776-5889～0
發行字號	局版台業字845號
法律顧問	蕭雄淋律師
總經銷	知遠文化事業有限公司
電話	02-2664-8800
初版	2022年5月
國際書碼	ISBN-13　978-986-509-320-4

本著作物由北京晉江原創網絡科技有限公司授權出版

定價270元
狗屋劃撥帳號：19001626
網址：love.doghouse.com.tw　E-mail：love@doghouse.com.tw